SHODENSHA
SHINSHO

…由紀夫

〈ガリマール新評伝シリーズ〉

…ーフェール・ルシュール／著

…雅生／訳

祥伝社新書

三島由紀夫●目次

目次

編集協力／スタジオ・フォンテ

おことわり

三島作品からの引用については、『決定版　三島由紀夫全集』（全四十二巻、平成十二年〜十八年、新潮社）に、準拠した。その際、旧字旧かなは新字新かなにあらため、振り仮名も適宜補った。

作品名の表記では、原則として単行本、雑誌、新聞などの題名は『　』、単行本所収の個々の作品、雑誌評論、新聞記事などの題名は「　」で示した。

ページ左端の註記は訳者による。

三島由紀夫

武士道といふは、死ぬことと見つけたり。二つ二つの場にて、早く死ぬはうに片付くばかりなり。別に仔細なし。胸すわつて進むなり。

武士道の本質は、死ぬことだと知った。つまり生死二つのうち、いずれを取るかといえば、早く死ぬほうをえらぶということにすぎない。これといってめんどうなことはないのだ。腹を据えて、よけいなことは考えず、邁進《まいしん》するだけである。

『葉隠聞書』聞書第一

プロローグ

明治九年（一八七六年）十月のある夜、鎧兜《よろいかぶと》に身を固め、刀を手にした百七十余名の男たちが熊本で蜂起し、地方政府の高官を襲撃した。男たちは、父祖伝来の価値観を確実に破壊していく、明治維新以来の日本の西欧化を徹底的に拒んでいた。電線の下を通る時には扇をかざして頭を蔽《おお》い、新たに導入された紙幣は手で触らずに箸でつまんだ。その不満がついに爆発したのは、新政府が廃刀令を出し(1)、武士の魂である刀を奪い取りはじめたからだった。新政府打倒の密議が重ねられた。相手の兵は多勢で、火器で武装し訓練を受けている。蜂起したところで勝ち目がないことはわかっていた。だが、黙ったまま魂を奪われていくよりも、武士として死んでいくことを選んだのだった。

(1) 明治九年（一八七六年）三月二十八日

明け方には、蜂起した男たちの半数が血に染まって斃《たお》れていた。残った者は辞世の句を詠み、切腹して果てた。これは日本の歴史上、戦時中以外に行なわれた集団自決のうちで、もっとも死者の多いものである。封建時代の日本に殉じた彼らは「神風連《しんぷうれん》」と呼ばれていた。

それから一世紀後、近代大国となった日本の一人の著名な作家が、自衛隊市ヶ谷駐屯地で蹶起《けっき》を訴えた。自らが組織する私兵団の隊員四人とともに総監を人質に取り、自衛隊員に自分の演説を聴かせたのだった。日本の魂を失わせていく近代化の波に対する激しい嫌悪、敗戦後に天皇が神聖性を剝奪されたことへの無念の思い、武士として生きるという強い決意、そういったものに突き動かされた作家は、自ら武器を取って戦うことができない自衛隊員たちに、蹶起して血を流す権利を、天皇のために死ぬ権利を要求するように呼びかけた。だがその言葉は野次と罵声でかき消される。相手は多勢、武器で身を固めている。作家はほとんど孤立無援、一振りの日本刀で身を守るしかない。お前たちはそれでも男か？　作家は、自分のことを気がふれたと思っている群衆に向かって、声を張り上げる。作家は生涯を通して問いつづけてきたのだった、俺は男か？　と。けれども神の風は、もはや自衛隊員たちの心に吹くことはない。作家は時代を誤ったのだ。誰一人として耳を傾けてはいなかった。首尾よくいったとしても、不成功だったとしても、結末は同じだった。三島由紀夫は群衆に背を向け姿を消すと、私兵団の隊員が茫然《ぼうぜん》と見守るなか、自らの腹を割いて命を絶った。二十世紀に行なわれた最後の切腹だった。

1　ねじれた生い立ち

三島由紀夫は大正十四年（一九二五年）一月十四日に東京で生まれたが、その当時には、武士が闊歩《かっぽ》していたころの日本は、もはや老人たちの色褪《あ》せた記憶のなかにしか存在していなかった。しかし、シルクハットやネクタイピンや、艶々と輝く自動車が行き交う近代的な見かけの下には、古い日本の痕跡がまだいたるところに残っていた。

明治時代は、日本が何世紀にもわたる鎖国政策を捨てて、西欧諸国に門戸を開いた時代である。天皇睦仁《むつひと》の治世下で、日本は封建制が色濃く残る体制から近代国家へと、信じられないような速度で急激に変化していく。ついこのあいだまで武士や大名や農民が暮らしていた国は、その精神的支柱を失ってしまう危険も顧みずに、軍事的・経済的大国へと変貌を遂げたのだった。

明治四十五年（一九一二年）七月三十日、睦仁天皇が崩御し、在位中の元号からとって明治天皇と追号されると、皇太子嘉仁《よしひと》親王が即位し、大正時代が幕を開ける。新しい天皇はカリスマ性に乏しく病弱で、神経性の発作を起こしてからは衰弱していく。あたかも時代は第一次大戦後の混乱期、国家の危急存亡の機を乗り切るために、大正十年（一九二一年）十一月、皇太子裕仁《ひろひと》親王が摂政に任じられる。

　三島が生まれたのは大正の末、混乱と変動の時代だった。東京と横浜の半分を壊滅させた大正十二年（一九二三年）の関東大震災が民衆運動の勢いを削《そ》いでおり、また、十三万人もの死者を数えたこの未曾有の大災害によって都市の復興・再開発が促されたこともあり、日本は大恐慌に陥る前の束《つか》の間の繁栄を謳歌《おうか》していた。

　大正十五年（一九二六年）十二月二十五日、嘉仁天皇崩御。皇太子裕仁親王が即位し、三島がその生涯をともにすることになる昭和がはじまる。国民の平和および世界各国の共存繁栄を願ってつけられた「昭和」は、ふたつの時代からなっている。ひとつは、満州事変から真珠湾攻撃に至る軍国主義の時代、もうひとつは、昭和二十年（一九四五年）の降伏からはじまる平和主義の時代である。三島の幼少期は、国粋主義的な価値観があらゆるところに染み渡っていた。社会における上下の区別は、人間同士の関係をも――家族の関係に至るまで――規定していた。

自分は武家の末裔《まつえい》だ、と折に触れ得意げに語ってはいたが、三島由紀夫、本名平岡公威《きみたけ》の父方の祖先は農民であり、江戸時代も十九世紀初めまでは苗字も持っていなかった。平岡の姓が初めてあらわれるのは、ようやく文政年間（一八一八～三〇年）になってから、播磨国《はりまのくに》印南郡《いんなみ》志方村《しかた》（現在の兵庫県加古川市）にある寺の文書のなかである。そこには、平岡太左衛門《たざえもん》の息子太吉《たきち》が領主の雉子《きじ》を弓矢で殺してしまったために一家が所払いになった、と記されている。作家の家系図をたどっていくと、その根には不名誉な傷が刻まれているのだ。

平岡家の名誉を挽回《ばんかい》することになるのは、所払いの原因となったその太吉だ。太吉は嘉永年間（一八四八～五五年）までには蔵を持つほどの財をなし、ふたりの息子を首都に送って教育を受けさせた。長男の万次郎《まんじろう》は専修学校（現在の専修大学）の法科を卒業、弁護士の道にすすみ、明治三十一年（一八九八年）には開設されて間もない衆議院の議員となる。

三島の祖父にあたる次男の定太郎《さだたろう》は兄と同じ法律を学び、明治二十五年（一八九二年）に二十九歳で帝国大学の法科を卒業すると内務省に入る。頭脳明晰で野心家、そして精力的に仕事をこなす定太郎は、楽々と出世階段を駆け上がり、明治四十一年（一九〇八年）には樺太《からふと》庁長官に就任する。

定太郎は大学を卒業した翌年、名門士族の娘である永井夏子《ながいなつこ》と結婚。夏子の父方の祖父は幕臣であり、徳川家とも姻戚関係にあった。明治になって文明開化したとはいえ、いまだ根強く身分秩序に支配されていた社会で、上品で教養に富んだ士族の娘が農民の倅《せがれ》に嫁ぐなどということは、まず考えられないことだ。しかし、そこにはいくつかの理由があった。まず、帝大出の「学士さま」であることによって、定太郎は将来を約束された数少ないエリートの一員となっていた。さらには、親族から夏子の「御不例《ごふれい》」と呼ばれていた事柄があった。夏子は幼少期からしばしばヒステリーの発作を起こした。案じた両親は、環境の変化が娘を癒すかもしれないという望みを託して、十二歳になった夏子を有栖川宮《ありすがわのみや》宅に預けたが、数年後に生家に戻ってきたときも快癒の気配はなく、ただ上流階級に属しているという気位が一層高くなっていただけであった。

それでも、夏子は十二人の子女の長女なので、嫁ぎ先を見つけなければならない。長女が片付かないうちは、弟妹が結婚するわけにはいかないからだ。そのような事情で、父親は不本意ながらも、学があり娘の性格をとやかく言わない男との縁組みを早々と決めたのだった。夏子は自分を厄介払いする窮余の策として取り決められたこの結婚に屈辱を感じ、以後、夫への憎悪を誰彼なしにまくし立て、自己憐憫《れんびん》をくどくどと繰り返すことになる。

大正三年（一九一四年）、定太郎は樺太庁長官を退官すると、自分の父親にならって事業家になろうと企てる。だが定太郎には商才はなかった。十年のあいだに土地と資産を失っただけではなく、莫大《ばくだい》な負債を抱えこむ。抵当に入っていた東京の邸宅も差し押さえられ、一家は借家に移ることを余儀なくされた。暗い部屋がたくさんある四谷《よつや》の古い家、後に三島が生まれることになるのはこの家である。

定太郎は破産したくらいで意気阻喪する男ではなかった。資産が底をついても、持ち前の自恃《じじ》と泰然自若とした気質のおかげで面目を保ちつづけ、相変わらず浴びるほど酒を飲み、張りのある高調子で喉を聞かせて次々と女道楽をし、一家の長としては失格だったが、自らの羽振りのいい生活は立派に維持していた。そんな夫に夏子はますます恨みを募らせるばかりだった。

夏子の方も奢侈《しゃし》に対する欲望に身を焦がしていた。夫のせいでこんな低い社会的地位にまで身を落とす羽目になっただけでもう十分だ。身分違いの結婚から生じる憤懣《ふんまん》を紛らわせるために、夏子は歌舞伎見物や高級レストランでの食事、流行の店での買物などを好み、自らの浪費で夫の負債をさらに増やしていた。夫が外で飲み歩いているときは読書に耽《ふけ》り、王朝古典文学ばかりではなく、ようやく翻訳・出版されるようになった西欧文学を貪るように読む。フランス語とドイツ語を解し、即興でいろいろな物語を作って生き生きと語ることもできたが、精神の健康と同じく身体の健康の方もおぼつかなく、悪化した坐骨《ざこつ》神経痛の激烈な痛みの発作のせいで、半病人の生活を送っていた。

苦痛、欲求不満、情緒不安定といったものが、虚弱なこの女性をひとりの暴君へと変えていく。三島は半自叙伝的小説『仮面の告白』のなかで、祖母の痼疾《こしつ》が定太郎からうつされた淋《りん》病の結果だと仄《ほの》めかしている。夏子の虫の居所が悪いと、酒の香りをただよわせて帰宅した定太郎を迎えるのは、罵詈雑言《ばりぞうごん》の嵐だった。そうでないときでも夏子は、布団のなかで怒りを抱えて丸くなったまま、食いしばった歯のあいだから呪詛《じゅそ》を吐き出していた。

穏やかならざるこの夫婦間に生まれた一人息子が、三島の父となる梓《あずさ》である。両親にさんざん悩まされた梓は、社会に出るにあたり、何としてでも親とは正反対の人間になろうとする。生真面目で頑固一徹、人と群れることはせず、人間嫌いの気がある男。父親の人付き合いの良さを反面教師として、うわべだけの人間関係にうつつを抜かすことはない。

梓は生まれながらの官吏で、銀縁の丸眼鏡の奥から冷徹なまなざしで世間をながめていた。帝大法科の学位を持ち、三島が生まれる頃までには農林省水産局の局長代理になる。国のために働くことはこの上ない名誉とされ収入はまずまずだったが、父親の負債を清算したり、母親の浪費をまかなったりできるほどではない。

平岡家は、山の手の住宅地にある二階建ての借家で、下男一人と六人もの女中を使っていた。これは景気のよかった大正十年頃でも常識はずれの奉公人の数であるが、梓は社会的成功を目に見える形で示すこの費用を削ろうとはしなかった。裕福なブルジョアとしての体面を保つことに固執していたのだ。そして同じように冷静に計算したうえで、見合い結婚をする。

大正十三年(一九二四年)、梓は三十歳で身を固める。相手は十歳離れた橋倭文重《しずえ》という開成中学校長の娘、何代もつづいた教育者と儒学者の家柄だった。この物静かな娘は、平岡家の内情をなにひとつ知らないまま嫁いできた。のっけから夏子は嫁を新たな鬱憤晴らしの相手とする。昼夜を問わず無理難題を押しつけ、女中扱いする。そうかと思えばまったく口もきかない。それまで書物を友に愛情に包まれて育ってきた箱入り娘の倭文重は、できるだけ二階の自分の部屋に閉じこもり、本を読んで過ごすのだった。大正十四年(一九二五年)一月十四日、倭文重が最初の子を産んだのも、書物に囲まれた孤独なこの部屋である。

御七夜《おしちや》の晩、赤子はフランネルの襦袢《じゆばん》、羽二重の下着、絣《かすり》の着物を着せられ、祖父が「公威《きみたけ》」の名を奉書に書いて三方の上にのせ、床の間に置いた。生まれて四十九日目、祖母はその子を母の手から有無を言わせず奪い取って、自分の部屋へ連れて行く。そしてまるで粘土でできた人形のように赤子をこね上げて、自分に似た神経質で病弱な子に仕立てていくのだった。夏子は孫を十二歳になるまで虜囚にし、母の愛からも外の世界からも隔絶された、日の光も入ってこない陰鬱な部屋に幽閉することになる。

夏子がこの子を完全な監督下に置いたのは、自分と同じ華族的な教育をほどこすという名目ではあったが、そうしたのは何よりも、自分のやり場のない怒りや打ち砕かれた憧憬《しょうけい》、肉体的苦痛といったものを、誰でもいいから分かち合ってもらいたかったからであろう。赤子が母親のもとへ返されるのは授乳のときだけ、母子が触れ合うその唯一の時間も、夏子が傍らで懐中時計を手にしたまま、血走った目で二人を見つめていた。そして充分に乳を飲んだと見ると、一言も言わずに赤子を取り上げ、一階の自室へ降りていく。

専横な義母、留守がちの夫、倭文重は涙に暮れながらも、文句を言ってもどうにもならないことがわかっていた。義父の定太郎の方は、孫が生まれたころには離れの隠居所に身を落ち着け、家族とはほとんど顔も合わせず、かつて自分を破産させたうわべだけの仲間たちを迎えては、碁を打って時を過ごしている。夏子の毒舌も恬然《てんぜん》と受け流し、家庭の問題にも目を向けず、よほどのことがなければ碁盤から離れることはない。

倭文重は公威の三年後に、妹の美津子《みつこ》を産む。そのさらに二年後には弟の千之《ちゆき》。この二人は幸いにも母親のもとで育てられた。夏子は公威にかかりきりで、弟妹には何の興味も示さなかったのである。

公威は異常なまでに外界から隔離されて育てられていた。三歳になっても、よほど天気の良い日でないと、外出は許されない。五歳になると、陽気のいい春の日には倭文重と二人で出かけられるようになるが、外に出る前には祖母によって、まるで吹雪のなかを出て行くかのようにしっかりと着込まされる。当然のように、男の子たちと遊ぶのは禁じられていた。男の子の遊びは危険だというのだ。夏子は代わりに近所の女の子のうちから遊び相手を二、三人選んだ。公威はしんと静まりかえった薄暗い部屋で祖母に見張られながら、その子たちと人形や折り紙で遊ぶことしかできなかった。ちょっとした物音でも祖母の神経痛に響くというので、玩具は女の子向けの、動くことも音を出すこともないものに限られていた。公威はおとなしく遊びながら、半ば閉ざした障子の向こうに聞こえる男の子たちの喚声を耳にして、その子たちが手にしている鉄砲や車に思いを馳《は》せるのだった。

そのような不自然な育ち方を案じた倭文重は、ある晴れた日、義母が寝ているあいだに公威をこっそり外へ連れ出そうとしたことがある。しかし夏子はとたんに目をさまして飛び起き、子どもを取り上げ病床の間をぴったりと閉ざしてしまった。倭文重はその場に茫然《ぼうぜん》と立ちすくむ。実の母であるのに、我が子に対しては女中並みの力しか持っていないのだ。倭文重は頼る者もなく、友人もなく、心のたけを打ち明ける相手もなく、鬱屈とした思いをためこむばかりだった。少しでも口答えしようものなら、どんなひどい仕打ちをされるかわからない。夏子が何カ月にもわたって、息子とのあらゆる接触を禁じるかもしれない。ただでさえわずかの時間しか我が子と過ごせないのに、すべてを失うことになるのは耐えられなかった。

梓といえば、公威の父親であるよりも、まず夏子の一人息子であった。時には、子どもを外に出させてやるよう母親に持ちかけることもあったが、拒絶されればそれ以上は何も言えない。母がそうするには理由があるのだ、と結論づけ、妻の不満には耳を貸さなかった。倭文重は何も言わぬまま、夫に恨みを募らせていた。

公威は自分がどれほど自然に反した育てられ方をしているのか知らないまま人きくなっていく。常軌を逸した祖母の束縛を何の感情も面《おもて》に出さずに受け入れ、倭文重が買い与えた玩具を危険だ、あるいは騒々しいという理由で夏子が没収しても、涙一つこぼすことも、訴えるようなまなざしを母親に向けることもなかった。学校の遠足に参加するのを禁じられたときも、ひとりおとなしく座って積み木で遊んでいた。幼くして悟りきったかのように、公威はじっと運命に身を委ねていた。

それでも公威は、まるでストックホルム症候群[2]に陥っているかのように、祖母のことも母と同じくらい愛していた。しかし夏子の嫉妬の激しさは、公威がほんのわずかでも倭文重への愛情を示すとそれを裏切りと見なすほどで、祖母の許しを得ずに母親に頼るようなことがあると、癇癪《かんしゃく》を起こして二人に当たり散らすのだった。祖母の神経性の発作を未然に防いで誰も傷つくことがないように、公威は祖母にも母にも自分の心の内を押し隠していた。

父親と一緒にいても、その能面のような無表情を崩すことはない。ある昼下がり、うまく息子を散歩に連れ出すことに成功した梓は、母の「女子教育」でこの子がすっかり腑《ふぬ》抜けになってしまう前に男らしく鍛えてやろうと、ひとつ間違えれば大事になりかねない暴挙にでる。轟音をあげて通りすぎる機関車へ向けて、抱き上げた公威を線路脇から差し出したのだ。しかし子どもは、鼻先すれすれを機関車がかすめても微動だにしない。恐がりも喜びもせず、まったくの無反応だ。梓は自分の息子が魂のない木偶《でく》かなにかのように思えたという。けれどもその子どもの内部では、過敏なまでの感受性がすでに猛威をふるいはじめていたのだ。

『仮面の告白』で三島は、自分を長いあいだ思い悩ませてきた最初の記憶に言及している。近所を散歩している途中、五歳の三島は、若い糞尿汲取人《くみとり》が坂を下りて自分の方へやってくるのに出くわす。若者の血色のよい頰、地下足袋、ぴったりとした紺の股引、そして汚穢屋《おわいや》という職業、少年は激しい衝撃を受け、何が起きたのかわからないまま、未知の欲望に貫かれる。自分から抜け出して汚穢屋になりたいという憧れが少年に浮かんだのであった。他者に自分を転化するこの情動は、やがて花電車の運転手や地下鉄の切符切りを対象としても繰り返されることになる。三島にとっては、自分とは関係のない世界、拒まれているがゆえにいっそう激しく惹《ひ》きつけられる世界で暮らす人々の生活は、啃く悲劇的なものに結びついているのだった。

(2)　犯罪被害者が、犯人と一時的に時間や場所を共有することによって、過度の同情さらには好意等の特別な依存感情を抱くことをいう。

そこから私が永遠に拒まれているという悲哀が、いつも彼らおよび彼らの生活の上に転化され夢みられて、辛うじて私は私自身の悲哀を通して、そこに与《あずか》ろうとしているものらしかった。(『仮面の告白』)

さらにもう一つの記憶は、練兵帰りの兵士たちが門前を通るのを間近に見たときのものである。兵士たちの汗の匂いに少年は陶酔するが、それは性的な昂奮《こうふん》のためではない。汗の匂いとともに、兵士たちの遠い異国での危険な、おそらくは死と隣り合わせの冒険がまざまざと浮かんできたためであった。

年不相応に鋭敏な感受性を持つ少年は、現実に抗して作りあげた心地よい空想の世界に一人立て籠もる一方で、現実への敵意と、幻想への渇望を募らせていく。本で読んだお伽噺《とぎばなし》は精妙な黒い錬金術によって不吉で病的な夢想へと変貌し、きらめく夢のような世界の代わりに、巧緻な犯罪と洗練された懲罰からなる世界を少年は空想する。

ともすると私の心が、死と夜と血潮へとむかってゆくのを、遮《さまた》げることはできなかった。（『仮面の告白』）

少年は、理由のわからない一抹のやましさを感じながら、殺される王子たちの姿を思い描く。腹を切り裂かれ、流れる血潮に浸って横たわる王子たちは、引きこもった自分とは比べようもないほど美しかった。あるとき絵本をめくっていると、一枚の絵を前にして雷に打たれたような衝撃を受ける。白馬にまたがって剣をかざし、苦難へ飛びこんでいこうとしている若い騎士。少年はこの美しい騎士が殺される場面を想像して恍惚《こうこつ》となる。それからというもの、人目を避けてその本を開いては、まるで禁断の秘密が描かれた絵を盗み見るかのような後ろめたさをおぼえながら、抗《あらが》いがたく自分を魅了するあの絵があらわれるまで、胸をときめかせて頁をめくるのだった。しかしある日、何気なしにその頁を開いた看護婦から、描かれている金髪の美しい騎士は実は男ではなく、ジャンヌ・ダルクという名の女だと教えられ、少年は打ちのめされる。それは、人生における最初の「現実からの復讐《ふくしゅう》」にほかならなかった。もはや宿命的な残酷な死に甘美な空想をめぐらすことはできない。少年はもう二度とその本を開くことはないだろう。

公威は外部の世界を貪欲に観察するが、自分がその世界から排除されていることを意識していた。病弱なために家族から大事に庇護《ひご》され、外の世界との接触は制限されていたのだ。

公威はまだ五歳にもならないのに、生死の境をさまよう。誕生日の直前、激しい発作を起こすと、コーヒー様のものを吐いて昏睡《こんすい》状態に陥り、医者が呼ばれる。医者は自家中毒と診断し、回復の見込みは薄いと両親に告げる。倭文重は茫然としたまま、棺《ひつぎ》に入れるための玩具や着物を用意する。夏子は自室に閉じこもっていた。やがて医学博士である倭文重の兄が、意識のないこの小さな肉体から排尿があったことを認める。脈は正常に戻り、一命はとりとめた。公威は一週間で回復したが、その後しばらく、月に一回はぶり返し、入院しなければならなかった。病気が完全に治まるのは、小学校に通うようになってからだ。公威が通うことになるその学校は、普通の小学校ではない。祖母の貴族趣味に適《かな》った教育機関、学習院である。

昭和六年（一九三一年）、公威は学習院初等科に入学する。明治十年（一八七七年）に設立された学習院は、当初は皇族と華族のための学校だったが――裕仁天皇もかつてここで学んだ――、徐々にそれ以外の良家の子弟にも門戸が開かれていき、公威が入学する頃には生徒の約三分の一は平民だった。華族の子はほぼ無試験で入学できたが、平民の公威は入学考査を受けなければならない。すでに字が読め、詩めいたものを書くことまでできた公威は、苦もなく合格した。

成績さえ良ければ一目置かれる、というのであれば、公威にとって学校は救いたりえたであろう。だが、厳格な規律に支配されたこの小集団は、望んでいた逃げ場所ではなかった。家庭と同じように、他者というこの新たな地獄もまた、公威をそっと一人にしておいてはくれないのだ。身分の違いがあらゆる人間関係を覆っており、公威は自分の家庭背景の貧弱さを否応《いやおう》なく思い知らされる。一般家庭の生徒であっても、自分よりも宏壮《こうそう》な邸宅に暮らしていた。華族の子弟は尊大さが制服を着て歩いているようなもので、教師のことさえ下に見ている。生徒名簿でも華族生徒の名前は丸で囲んであり、特別扱いを受けていた。

公威は社会階層が下だっただけではなく、自分の身を守る力すら持ち合わせていない。腺病質でなよなよしている公威は、級友たちからすれば恰好《かっこう》のなぶりものだった。少年たちの冷酷な残虐さ、悪への渇望、これらが主題になって、後にいくつかの短篇が書かれることになる。

孫が学校へ通うようになっても夏子は束縛をゆるめることはない。一年生のあいだ公威は体調を崩して自宅療養をすることが多く、祖母は以前にもまして孫の健康に目を光らせていた。抵抗力を増進し、身体の成長を促す必要があるにもかかわらず、食事は淡泊な白身の魚に限られ、学校の給食もとらせない。体操の時間も休ませる。公威にとって何が本当に良いのか考えていたのは、家族のなかで倭文重だけであったが、どうすればいいのかわからないまま、長男に注ぐことのできない愛情を弟妹に向けるしかなかった。

女奇術師の松旭斎天勝《しょうきょくさいてんかつ》に夢中になっていた公威は、ある日、母の部屋に忍び込むと簞笥《たんす》から着物のなかで最も派手なものを引き出して身にまとい、手近にあった紅おしろいで化粧をする。子どもなら誰もがする他愛もない遊びである。しかしその姿で母のもとへ行き、「天勝よ。僕、天勝よ」と得意げに叫んで駆けまわったとき、母は困惑してすっと目を伏せた。我が子のなかに名づけようのない何かを感じ取ったのだ。

糞尿汲取人と天勝につづいて公威が自分を同一化したのは、クレオパトラだった。公威は親しい医者にせがんで活動写真に連れて行ってもらう。厚い化粧で威風堂々たる衣装を着たエジプトの女王、その残酷さに魅了された少年は、家に帰ると大人の目を盗んでは弟妹を相手にクレオパトラの扮装《ふんそう》に憂き身をやつす。けれども何にもまして少年に欲望と羞恥が渾然《こんぜん》一体となった強烈な印象を与えてくれるのは、やはりむごたらしい死を運命づけられた王子たちの物語であった。

初等科四年になるまで、公威は遠足に参加を許されなかった。身体に障《さわ》る、というのが祖母の言い分だった。失望と落胆を味わいながら、その感情をどのように表わせばいいのかわからない公威は、級友が江の島に泊まりがけで行っているあいだ、祖母の部屋にこもり、叶《かな》えられることのない望みを紙に向かって書きはじめる。二年生のときの、この「江の島ゑんそくの時」と題された作文には、公威の淋《さび》しさとあきらめの感情がよくあらわれている。

昭和八年（一九三三年）、一家は信濃《しなの》町の慶應《けいおう》義塾大学病院近くの、同じ通りに面した二軒の小さな家に転居する。梓が昇進したことにともない、仕事関係の人たちを自宅へ招く機会も出てきたが、応接室は昼も夜も父の定太郎とその取り巻き連に占拠されている。そこで家を別々にすることになったのだ。また、この転居には経済的な理由もあった。物価は高騰をつづけるのに、平岡家の収入はさほど上がらない。六人いた女中のうち三人は暇を出され、家は二軒ともみすぼらしいものだった。狭くて暗い方の家には公威の両親と弟妹が暮らす。もう一軒の方には祖父母と八歳になる公威。それから三年のあいだ、公威はほとんど両親の家にはいなかった。倭文重は毎日学校の送り迎えをすることはできたが、息子を夕食まで留めていてはならなかった。千之と美津子にとっては、近所の子たちの方が、めったに会わない実の兄よりも気心が知れているくらいだった。兄のもとを訪れても、祖母は自分たちを冷たく扱うので、次第に足が遠ざかってしまったのだ。倭文重が公威に会いに行くこともあったが、夏子のぎらついたまなざしで一挙手一投足を監視されるのは、やはり耐えられなかった。

公威はいつまでも夏子の意のままになる「物」であった。孫が大きくなるにつれて祖母の容態は悪化の一途をたどり、宿痾《しゅくあ》の坐骨神経痛に腎不全と胃潰瘍が重なった。夏子は十歳にもなっていない孫を自分の病室で寝起きさせ、有無を言わせず看病にあたらせる。真夜中に起こしては薬を持ってこさせたり、額の汗をぬぐわせたり、背中をさすらせたりする。夏子は発作を起こすと苦痛に身をよじって泣き叫び、髪をかきむしる。錯乱して刃物を喉にあてがい、殺してくれ、と口走ることもある。公威にはそんな祖母をなすすべもなく怯《おび》えた目で見つめるしかできなかった。このような幼少期のトラウマは、作家にとっては時として恰好の題材となる。しかし三島は、祖母と過ごした異常な幼年時代についてほとんど語ることはない。ただ、病気が我がもの顔に家中にはびこっていた、と簡単に書くだけである(3)。

たまに両親の家へ行くと、公威は普通の子どもに戻ることができた。思うままに笑い、走り回る。母親にまとわりつく。弟妹の面倒をみる。――もっとも父親は息子に無関心で、庭にしつらえた離れから出てこないのだが。誰からも祖父母宅での暮らしについて尋ねられないのに、公威は夏子のことを進んで話題にし、夏子がしてくれた話を皆に聞かせた。祖母を襲う癇癪《かんしやく》や錯乱についてはロをつぐんでいた。公威のなかにあるのは、相矛盾する感情だった。さまざまな禁止に縛られた異常な生活を強いられていることに苦しむ一方で、それでもやはり祖母を深く愛していた。恐怖と同じだけの愛情を祖母に抱いていたのだ。

夏子は一歩間違えれば公威の人生を狂わせてしまいかねなかった。それでもこの祖母は孫に何にも代えがたい貴重なものを授けた。それは歌舞伎への愛である。以前から夏子は、一人で歌舞伎座に通っていた。昼過ぎから観劇し、夕方帰宅すると、芝居の筋書きや役者の楽屋話、舞台の有り様やきらびやかな衣装について孫に語り聞かせていた。年とともに公威のなかでは、途方もない物語が目の前の舞台で繰り広げられるこの芝居を見てみたいという思いが膨《ふく》らんでいく。

(3)　「花ざかりの森」の一節。

中等科二年の十三歳になり、公威が充分大きくなったと判断すると、夏子は初めて歌舞伎座へ孫を連れて行った。演目は『仮名手本忠臣蔵《かなでほん》』。芝居は五時間にもおよんだが、公威は日々の生活の辛さを忘れて夢中になっていた。たちまち芝居狂になり、さまざまな演目の脚本を読んでは手帳に筋や科白《せりふ》を書き抜いた。芝居に向ける情熱は、それから一生のあいだつづくだろう。足繁く歌舞伎座へ通うだけでなく、六篇の歌舞伎様式の戯曲を物にする(4)。最後の一篇『椿説弓張月《ちんせつゆみはりづき》』は死の前年に自ら演出もしている。歌舞伎役者たちの言によれば、三島は現代の作家でただ一人、歌舞伎の約束事と正調の科白を自家薬籠中のものとしている人物だという。

公威は歌舞伎を介して祖母から、侍や浪士、刃傷《にんじょう》沙汰、名誉ある自死などで彩られた昔日の日本に対する鍾愛《しょうあい》を受け継いだ。そしてさらには華麗な衣装、色鮮やかな化粧、耽美《たんび》への嗜好《しこう》も。思春期に入る前からすでに血塗られた病的な夢想に取り憑《つ》かれていたが、そこに洗練を極めた古き日本が重なることで、公威の美意識の基盤は徐々に形成されていく。公威が祖母から教えこまれたのは誇り高き武士の精神、残酷な、そしてそれゆえに崇高な死を幼いうちから運命づけられている武士の精神であった。同年代の少年たちが抱いている関心とは、あまりにかけ離れていた。

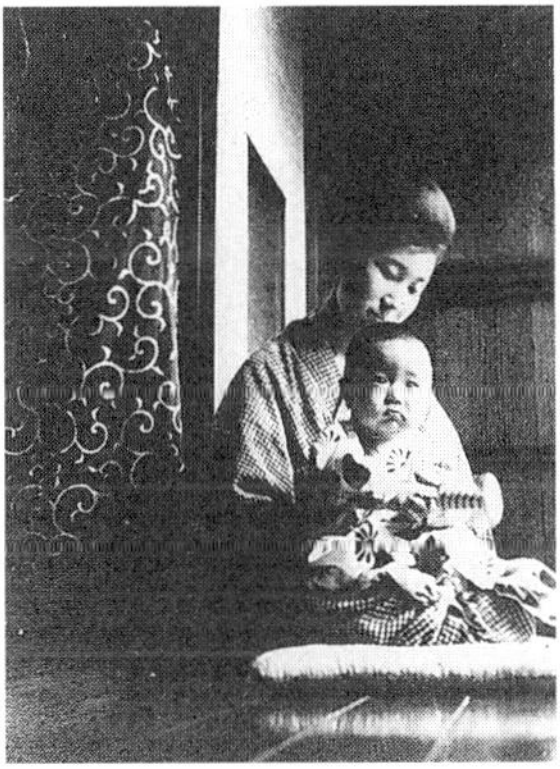

母の倭文重と（大正14年8月）写真提供／藤田三男編集事務所

祖母の夏子と（昭和5年）
写真提供／藤田三男編集事務所

学習院初等科入学のころ（昭和6年）
写真提供／藤田三男編集事務所

グイド・レーニ『聖セバスチャンの殉教』
ⓒ The Bridgeman Art Library/ Getty Image

エロティスムと死が公威の肉体のなかで分かちがたく結びついたのは、昭和十二年（一九三七年）に起きた二つの経験によって、それまでとは異なる新しい世界が開かれてからだ。十二歳の少年は、洋行帰りの父親が持ち帰った美術書をめくっていた。と、一枚の画像があらわれる。それはバロック期のイタリア画家グイド・レーニによる『聖《サン》セバスチャンの殉教』だった。縛られた両の手首を高く掲げた美しい殉教者。その腋窩《えきか》と脇腹に深々と刺さった矢。白い粗布で腰を覆っただけの半裸のセバスチャンは、法悦の極みのような表情を浮かべたまま死に瀕《ひん》している。

少年の手がまるで別の生き物であるかのようにズボンへと伸びていき、ボタンを一つまた一つと外していく。そして公威は、自分の生涯を決定づけることになるこの絵を前にして、はじめての自慰とはじめての射精を経験する。その後は「悪習」の際に用いるために、いろいろな挿絵を恣《ほしいまま》に改変してノートに写すことに喜びを見出した。頁いっぱいに描かれた、苦痛に顔をゆがめ、ぱっくりと開いた傷口からどくどくと流れる血の海で悶《もだ》える王子たち。公威はそれらの作品を誰にも見せることはない。自分の欲望が、暇さえあれば女の話ばかりしている同級生たちの欲望とは異質なものだとわかっていたからだ。

『仮面の告白』では、その頃の秘めた恋の回想が語られている。相手は近江《おうみ》という同級生、公威は匂い立つような精気に溢《あふ》れたこの年上の少年に惹《ひ》きつけられ、はちきれんばかりのその力と自信に憧憬を抱いていた。けれども、近江への恋慕の念によって公威が忘我の境地にまで至るのは、裸体にされた近江が丘の雑木林で、聖セバスチャンのように矢に射抜かれて死にかけている姿を思い浮かべるときだけだった(5)。

初恋の相手ともいえる近江への愛が昂揚し、やがて沈静していく経験から公威が理解したことは、自分が惹かれるのは知的な人間ではなく、無知で頑強で粗暴でさえあるような、肉体だけで生きている男たちだ、ということである。だが、そういった男たちと何一つ共通点を持たない自分には、近江に対してそうであったように、近づくことなく遠く離れたところからそっと憧れるしかない。この愛は決して相手と分かち合うことができないのだから。公威は自分の嗜好を嗅ぎつけられないために、また、まわりに溶けこんだ気になり、自分も他

(4)『地獄変』(昭和二十八年)、『鰯売恋曳網《いわしうりこいのひきあみ》』(昭和二十九年)、『熊野《ゆや》』(昭和三十年)、『芙蓉露大内実記《ふようのつゆおおうちじっき》』(昭和三十年)、『むすめごのみ帯取池《おびとりのいけ》』(昭和三十三年)、『椿説弓張月』(昭和四十四年)の六編。

(5)『仮面の告白』にはこれに対応する箇所はない。強いて挙げるなら、近江が去った後の主人公の感慨(新潮文庫版、73―74ページ)の場面か。

の少年と同じだと思いこむために、級友たちとすすんで女の話をするようになる。けれども同級生たちのような羞恥《しゅうち》を覚えたことはなかった。女性にはこれまで一度たりとも性的魅力を感じたことがなかったからである。少年はすでに最初の仮面をつけていたのだった。

昭和十二年に起きたもうひとつの大きな出来事は、春先のことだ。夏子が公威を両親のもとに返す時がきたと判断したのだった。定太郎は孫を自由にしてやるよう一年前から夏子を説きつづけていた。夏子は昼夜を問わず苦痛に苛《さいな》まれていたため、まだ六十二歳なのに見た目は十歳も老けており、もはや孫の面倒まで手が回らなくなっていた。祖母は自分のもとを離れる公威に、毎日午後に電話をすること、週に一度は泊まりにくることを約束させ、孫の方は最後までその言いつけに従った。

公威の教育について重要な事柄の決定権は、相変わらず夏子が握っていた。学習院は中等科の生徒に少なくとも一年間の寮生活を半ば強制しており、倭文重は息子にそれを経験させたかった。他の子と一緒に生活し、自分一人で身の回りのことができるようにならなければ、と考えたからだ。だが夏子は聞く耳を持たない。孫には集団生活が耐えられるわけがないと頑《かたく》なに信じているのだ。

さしあたってのところ、倭文重は我が子を手元に取り戻すことができてこの上なく幸福だった。すぐに今の住まいよりも広いところを探しはじめ、ほどなくして両親と三人の子供は、渋谷《しぶや》区にある簡素だが快適な家に移った。公威は生まれてはじめて自分の個室を与えられる。これからは気兼ねなく音を出して構わないのだ。――けれどもそこから物音が聞こえてくることはないだろう。少年はその部屋をものを書くために使うのだから。

家族揃《そろ》っての新生活は、祖母のもととは比べものにならないほど自由なものだった。けれども再会の喜びも、別の暴君の登場により色褪《あ》せてしまう。父親は子供にとっての重石《おもし》であるべきだ、それで潰れてしまうような子どもは死んだ方がましだ、という揺るざない信念を持つ梓は、冷酷で専横的な家長だった。

特に倭文重と公威に対しては、輪をかけて苛酷にあたった。梓の目には妻はあまりにも神経質で、長男ときたら忌々しいほど軟弱だ。何が息子をこのように女々しくしてしまったのか。父親は元凶にあるのは読書癖だと考え、それを徹底的に禁じることに決める。いままでは自由に外で遊べるというのに、公威は部屋にこもって本を読む方が好きだった。十二歳の頃より『源氏物語』から谷崎潤一郎の悪魔的な作品に至る日本文学を渉猟していただけでなく、リルケやオスカー・ワイルド、ヴィリエ・ド・リラダンといった西洋文学までも読み漁《あさ》っていた。このような文学的嗜好は、公威の年齢や、西洋を一段下に見る戦時日本の世相からすると変わっていたが、学習院はそのような本を禁書とすることはなかった。しかし、儒教的価値観に凝り固まった梓にしてみれば、文学などは虚偽と腐敗のかたまりでしかない。公威が読書しているのを見つけると本を取り上げ、怒鳴り散らしながら部屋の外へ投げ捨てるのだった。

家で本を読むのは禁じられた一方で、ものを書いていることは父親に気づかれてはいなかった。親元に戻って間もない昭和十二年（一九三七年）四月、中等科に進んだ公威が最初にしたことは、これまで何人もの作家を輩出してきた学習院文芸部の一員となることだった。初等科時代の作文からは、早熟な天才の徴《しるし》が認められることはなかった。それどころか、その気取ったわざとらしい文体を嫌う教師もいた。だが文芸部に入ると公威の才能は理解され、創作をつづけるよう励ましを受けるようになる。

同年十一月、公威は由緒ある校友会誌『輔仁会雑誌《ほじんかいざっし》』(6)に五篇の詩(7)を投稿し、翌十二月に活字になる。同誌の次の号には、平岡公威の本名で、さらに多くの詩と、最初の小説「酸模《すかんぽう》──秋彦の幼き思ひ出」が掲載される。六歳の少年が、初夏、スカンポの花が燃えるように咲く丘のうえで、次には丘の麓の暗い森のなかで、一人の脱獄犯人と出会うという物語である。泣き濡《ぬ》れる少年、殺人者、生命とざわめきと秘密の意味が満ちあふれる自然、後の三島作品で再び描かれることになるこれらの要素が、十二歳の少年の筆によって生み出されたのだった。

昭和十二年十月、梓は農林省営林局事務官に就任する。庁舎は大阪だったが、夏子が孫の転校に反対したため、単身赴任することに決まった。この後四年ほどのあいだ、梓が東京の自宅に戻ってくるのは、月に三、四回だけとなる(8)。これでようやく倭文重と公威は思うままに睦《むつ》み合えるようになった。

公威にとっては、過保護のあまり制限でがんじがらめにされた生活のなかで、自分の唯一の味方、自分が唯一情愛を注ぐ相手、それは母親だった。十二年間も内に抑えつけてきた公

(6)　明治二十三年（一八九〇年）六月創刊。昭和十二年（一九三七年）までは年三回発行であったが、昭和十三年から十五年は年二回、昭和十六年から十八年には年一回。
(7)　「斜陽」「昼寝」「秋二題（あき、寂秋）」「谺《こだま》」の五篇。
(8)　昭和十六年（一九四一年）一月頃に帰京（水産局長に就任）。

威の愛情が、堰《せき》を切ったようにあふれ出す。倭文重は従来の決まりをすべて覆して、息子が本を読んだり、詩を書いたり、これまでずっと禁じられていたことをするのを励ました。公威の方は、自分が書き上げたものを真っ先に母のもとへ持って行って読んでもらう。これは終生変わることはなかった。

公威は弟妹とも打ち解け、二人も兄によくなついていた。どちらかといえば一人でいる方を好む公威だったが、弟妹と遊ぶのは好きだった。十二歳なのに八つほどにしか見えないほど、外見は相変わらず弱々しかったが、初等科のころに比べるとはるかに健康になって、勉強に打ち込める体力もつき、成績も良くなった。公威は幸福といってもいい日々を送っていた。

暑中休暇に入ると、梓は公威を鍛える必要があると一方的に決めた。息子の生白い肌や痩せて弱々しい身体を自分自身の恥だと思っていたのである。それまで公威は、主治医や祖母から直射日光に身体をさらすことを禁じられていたが、梓は息子に日光浴をさせようと考えた。さらには泳ぎも教えこむつもりだった。

一家は八月いっぱいを海辺で過ごした。しかしその夏、公威は泳ぎをおぼえなかった。その代わりに見出したのは、虚空を前にしたときのような、魅了とも恐怖ともつかない海の蠱《こ》惑《わく》だった。眩暈《めまい》に襲われた公威は、母のもとへと逃げていく。海は少年のなかにいつまでもその波音を響かせつづけ、やがて連綿たる描写となって作品のなかへ流れこんでいくことになる。

公威が十四歳になった誕生日の数日後、夏子は潰瘍出血のため世を去った。祖母の死を知らされても、公威は能面のように無表情だった。夏子の記憶は公威の潜在意識の奥底に押しこまれ、もう表に出てくることはない。公威はこれから先、夏子について話したり書いたりはしない。唯一の例外は『仮面の告白』である。しかし、夏了による異様な教育は、公威の人生に決して消えることのない大きな影響を及ぼした。この祖母なくしては、おそらく作家三島由紀夫が誕生することはなかった。

2 「美」と「恍惚」と「死」の三位一体

学習院中等科での公威は、級友の輪から離れたところにいた。同級生たちは滑稽なまでに気取ったり、手を替え品を替えて嗜虐《しぎゃく》的な遊びに興じたり、隠れて校舎裏の雑木林に行っては煙草臭い息で戻ってくる。そんななかに入っていくことはできなかった。制服をはちきれさせんばかりに大きくなっていく肩幅、濃い髭《ひげ》に覆われていく頬、公威は少年たちのなかに花開きつつある男らしさの徴《しるし》を、自分とは無縁のものとして、食い入るように見つめている。手を伸ばして触れてみたいという思いに身を焦がしていたが、そんなことをすれば殴られるに違いない。堂に入った身のこなし、それをさらに際立たせるふてぶてしいまなざしなどを前にすると、どぎまぎして落ち着かない、などと口にしたらどうなってしまうことか。

公威には、自分は知性しか持ち合わせておらず、強靭《きょうじん》な肉体は欠如していることが、嫌というほどわかっていた。他の少年にあらわれている雄々しさの兆しは、まだ当分のあいだ自分には無関係なのだ。露骨な当てこすり、こっそり回される猥褻《わいせつ》な写真、乱闘騒ぎ、弱肉強食の力関係、こういったものに巻き込まれる代わりに、公威は文芸部に入り、昭和十五年（一九四〇年）六月には最年少の編集委員になる。

このころの公威は、自分をなによりもまず詩人だと考えていた。詩は次から次へ湧きあがり、一週間で一冊のノートを埋めるほどだった。いずれの詩もとりたてて目をひくものではないが、そこにあらわれる漠としたエロティスムは、自分の性的嗜好に対する作者の戸惑いがそれとなく投影されたものだった。公威にはわかっている。学習院の教師連中は何も知らずに自分の詩を褒《ほ》めそやしているが、その行間からは悪ぶった同級生たちに向けた恋慕の情がにじみ出ているのだ。

しかし、それらの作品には後に三島が展開していくテーマの萌芽《ほうが》があらわれており、他の生徒の書くものとは一線を画していた。明晰《めいせき》さに裏打ちされた残虐嗜好《しこう》、事物に密着した観察眼、雅語や漢語を用いる凝った文体、貴族趣味、それらによってすでに公威は一筋縄ではいかない作家であり、円熟期の三島と比べてもそれほど大きくかけ離れてはいない。

十四歳のときの未完の小説「館」では、権謀術数の渦巻く中世ヨーロッパを舞台に、殺人にのみ快楽を覚える悪魔的な貴族が自らの城館で行なう処刑が描かれる。少年のこの空想が発展し、後に書かれる『仮面の告白』のなかでは、拷問具の数々、人身御供《ごくう》、苦悶《くもん》する兵士の唇への接吻《せっぷん》、そして人肉嗜食《ししょく》までをも微に入り細に入り描き出す「殺人劇場」の場面として結実するだろう。

公威の非凡な才能をいち早くみとめた生徒のなかに坊城俊民《ぼうじょうとしたみ》がいた。華族の子息で公威より八歳年長の二十歳、文芸部の先輩だった。これだけ年の差があると生徒同士で友情を育むのは難しいものだ。坊城は『輔仁会雑誌』に投稿された詩に感嘆し、すぐその作者に会いに行く。二人の初対面はやはりぎこちないものだった。片や自信にあふれた青年、片や内気でひ弱な少年。会話はすぐに終わったが、上級生から突然声をかけられた文学少年は、あの人の稚児《ちご》ではないか、と同級生のからかい半分、やっかみ半分の質問を浴びることになる。

しかしこれ以降、互いを隔てる年齢や気質の違いにもかかわらず、二人のあいだには文学によって結びつけられた友情が、ほぼ四年にわたってつづいた。それは公威がこの先輩を追い抜くのに要した期間でもあった。

二人が顔を合わせることはあまりなかったが、坊城の家で一緒に本を読んだり、文学を語り合ったりすることもあった。公威がユイスマンスやコクトーを知ったのは坊城を通してである。二人は毎日のように長い手紙を交わした。時には、ただ手紙を渡すためだけに会ったりもした。お互いの詩の批評からはじまり、読んだ本の報告、日々の消息、見た夢の叙述。だが公威が胸の内をさらけ出すことはほとんどなかった。家族の話はしない。坊城を家に招くこともない。公威は坊城からいろいろ吸収することの方を好み、熱に浮かされたように手紙を待っていた。少年にとってこの年長の友人は見習うべきモデルであり、さらには頼もしい兄でもあった――少なくともある時点までは。

公威は自分の文学的才能に自信を深めていくにつれて、坊城を追い抜いたと自覚するようになり、ついにはその作品をあまり感心しないとまで言い放つ。自尊心を傷つけられた坊城は、昭和十六年（一九四一年）の夏頃、大学生と人妻の悲恋を描いた渾身《こんしん》の短篇小説を公威のもとに送り、それが自分の体験に基づくものだと、どこか自慢げに説明したうえで批評を求めた。返事はこない。しびれを切らした坊城は、公威を喫茶店に呼び出す。意見を求められた公威は、こんな会話はありえません、と言った。その部分は実際の会話をそのまま書いたのだという抗弁には、女主人公の言葉が下品で野卑だ、地の文は新聞記事のように個性がない、とやり返した。坊城の前に座っているのはもう、おどおどして人と目も合わせられないひ弱な少年ではなかったのだ。

公威は文芸部での華々しい活躍に自信をつけていた。坊城に代わる上流階級の先輩たちと交流し、さらに目立とうとしていた。また、国語教師の清水文雄《しみずふみお》のもとを放課後に足繁く訪れ、日本の古典文学の教えを受けていた。翌昭和十七年（一九四二年）、公威は自ら同人誌『赤絵』を立ち上げるが、坊城に声をかけることはなかった。二人は戦後まで手紙のやりとりをつづけるが、次第に間遠になり、やがてそれも途絶えた。

『赤絵』の同人は、坊城を通じて知り合った二人の先輩だった。公威は坊城を捨てて、この二人と近づくことにしたのだった。一人は徳川義恭《よしやす》。詩を書くと同時に画家でもあり、後に公威の処女出版の装幀《そうてい》も手がけた。もう一人は五歳年長の東文彦《あずまふみひこ》。胸を患って絶対安静の療養生活を送りながら、ゆっくりと死に向かっていた。病床で最後まで書きつづけ、昭和十八年（一九四三年）に二十三歳の若さで世を去る。感染率が高いため病室には入れず、公威と顔を合わせて話すことは少なかったが、二人は二年にわたり濃密な手紙を交わしていた。書くことにかけるそのひたむきな意志、早世を定められたその運命、東は一人の英雄として、夭折《ようせつ》の天才として公威の目に映っていた。東からの手紙は失われてしまったものの、公威が送った百通あまりの書簡は残っている。その大部分は文学についてのものだが、なかには公威自身の迷いや苦悩に触れられたものもある。

学習院中等科４年（昭和15年6月30日）

学習院中等科時代に描いた自画像

写真提供／藤田三男編集事務所（上下とも）

東は若くして世を去り、それとともに『赤絵』も二号で終刊となった。公威は坊城に対しては違い、東には変わらぬ友情を寄せつづけるだろう。はるか後年、自らの死の数カ月前、三島は講談社に、東文彦という無名作家の作品集の刊行を依頼し、自分が序文を書くと約束する。その序文とともに『東文彦作品集』が世に出たのは、三島の自刃から四ヵ月後のことだった。

一方この時期、公威の読書はますます幅広くなっていた。『古事記』や『万葉集』といった日本の古典とともに、コクトーやプルーストといったフランス文学を耽読《たんどく》する。とくに夢中になったのは、『ドルジェル伯の舞踏会』のレイモン・ラディゲだった。公威は背徳の香り漂うこの小説を何度も繰り返し読んだ。この熱狂の根底にあったのは、二十歳で夭折した作者への嫉妬と競争心だったことを、後年の三島はさまざまなところで書いている。それほどまでに心酔したラディゲから離れるようになるのは、帝大法科時代に森鷗外《もりおうがい》に傾倒してからだった。三島は鷗外の芸術と生き方に強い影響を受けて新たな視座を獲得し、次の段階へと進んでいくことになる。

鷗外には、成人を魅するふしぎな力があり、鷗外の美に開眼したことは、自分が大人になったということでもあった。今でも、明治以来のもっとも美しい文章は、鷗外の書いたものだ、という確信は崩れない。／鷗外は私のラディゲ熱をさましてくれた。私はラディゲの魔力を脱け出した。（「ラディゲに憑《つ》かれて」）

その当時の知識人の大多数がそうであったように、公威少年も外国文学を貪るように読んでいた。この時期に書かれた詩や小説は、その影響が色濃く滲《にじ》み出た野心的なものではあるが、これら若書きの作品は万人の称賛を受けたわけではない。なかには鼻持ちならないと感じる人もいた。公威は十六歳のころから倭文重の父の友人であった詩人、川路柳虹《かわじりゅうこう》に師事して詩を学んでいた。しかし柳虹が公威の詩作に、そして公威当人に抱いていたのは、虫酸《むしず》が走るような嫌悪感だった。――あれは早熟でも天才でもない、ただの変態だ――この言葉を伝え聞いた公威は、東に手紙を書く。柳虹の言ったことはおそらく正しいだろう、自分はもう少し子どもっぽい素直な目で物を眺めていたかったが、それがどうしてもできない。さらに手紙は次のようなことも伝える。自分が不安に苛《さいな》まれていること、文学的でないものには関心が持てないこと、同級生にまじって屈託のない生活を送ることができないこと、そして自己自身に対して抱く嫌悪の念。とりわけ自己嫌悪を感じるのは、自分を偽って正常さの仮面を身につけているときだった。しかし公威はその後もずっと我慢して仮面をかぶりつづけることになる。

昭和十五年（一九四〇年）、平岡家の日々は世の中の動向に左右されているようには見えない。けれども日本を取り巻く国際情勢は、すでに取り返しのつかないほど危機的な状況に陥っていた。天皇裕仁の即位とともに一九二六年十二月二十五日からはじまった「昭和」は、国民の平和と共存繁栄を意味する「百姓昭明、協和万邦」に由来する元号だが、現実はそれとはかけ離れたものであった。

世界恐慌後の混乱のなかヨーロッパでファシズムが台頭してくるのと歩調を合わせるように、日本では軍部や右翼勢力の政治に対する圧力が強まり、大陸への拡張主義をとるようになる。昭和六年（一九三一年）、関東軍は柳条湖《りゅうじょうこ》付近での鉄道爆破事件を契機に満州全土を占領、清朝最後の皇帝溥儀《ふぎ》を擁して傀儡《かいらい》国家の満州国を樹立する。だが国際連盟はこれを日本の侵略行為とし、満州国を認めない。決議を不服とした日本は、翌年に国際連盟を脱退する。

一方、国内では国家改造を叫んで政党内閣を攻撃する右翼革新派グループの運動が拡大していく。五・一五事件（昭和七年）、二・二六事件（昭和十一年）と青年将校らによる政府要人の暗殺がつづくなか、軍部の発言力はますます増大し、軍部独裁への道が開かれる。

昭和十二年（一九三七年）七月に日中両軍の武力衝突が起こると、大陸への大規模な派兵が決定。日中戦争のはじまりである。しかし、蔣介石率いる国民政府がそれまで敵対していた毛沢東の共産党と手を結び、抗日民族統一戦線が結成されたことから戦争は泥沼化し、長期戦の様相を示すようになる。昭和十三年（一九三八年）国家総動員法の制定、翌年には大学での軍事教練が必修化される。

日本が目指していたのは、日満支三国の互助連環、共同防共、経済結合にもとづく東亜新秩序の建設であった。しかしこれは、極東に植民地を持つ列強諸国の利害と真っ向から対立していた。全面衝突の時は目前に迫っていた。

日に日に高まっていく世界中を巻き込む大戦争の脅威、しかし公威はそれに対する何の関心も、何の不安も表わしてはいない。前の年に最年少の編集委員になっていた公威は、昭和十六年（一九四一年）に東文彦が卒業した後を引き継いで『輔仁会雑誌』の編集長になる。いまや学習院の文芸活動の中心人物であった。

同じ年、師である清水文雄は、自分が編集に携わっている同人誌『文芸文化』に小説を連載するよう公威を勧誘する。『文芸文化』は学生の刊行物ではなく、正真正銘の文芸雑誌であった。この雑誌が学生に寄稿を依頼するのは創刊以来はじめてのことだった。文芸批評ではなく小説を掲載するのも最初のことだった。公威は百ページばかりの小説を書くことを約束する。題名は「花ざかりの森」。

校外の雑誌にはじめて作品を発表するにあたって、公威は清水にペンネームを選ぶ助言を求めた。小説を書いていることが父親に知られては困るし、学生の分際で校外の雑誌に作品を発表して、学校当局に目をつけられたくなかったのだ。三島由紀夫という名に特別な意味はなかった。姓は富士の麗容がよく見える三島の町からつけられ、下の名は雪をもとに、三文字の漢字がいいという公威の意向を踏まえて考案されたという。

「花ざかりの森」とともに、十六歳の三島由紀夫は学生詩人を脱け出し、本格的に文学の道に入っていく。発表の場はいわゆる文壇とは直接関係のない同人誌ではあったが、その見事な作品は、作者の輝かしい未来を約束するものだった。若い作家が競って新しい表現を模索しているなか、「花ざかりの森」は一見すると、古き日本の叙情と風雅にあふれ、洗練を極めたきらびやかな古典文学への回帰を指向していた。「序の巻」を含む「その一」から

「その三（下）」までの全五章からなり、年齢不詳の語り手「わたし」が思いを馳《は》せる自分の祖先をめぐって、それぞれ時代の異なる物語が紡《つむ》がれていく。

そのなかの一つでは、語り手の祖先である平安時代の殿上人《てんじょうびと》とひそかな関係があった女の物語が、優美な雅文でつづられたその日記を「引用」しながら語られる。殿上人のつれなさに耐えかねて、幼なじみの男と京を出奔した女は、いざなわれるまま紀伊の浜までやってくる。女は海を怖《おそ》れ、何日も障子を立てきって潮騒《しおさい》を聞くまいとするが、ある朝、海の恐怖と直面しようと心を決める。生まれてはじめて海を間近に目にした女は、死と表裏一体の恍《こう》惚《こつ》に包まれる。物語は、自分が抱いた海への怖れとは、憧れの変形であったのではないか、という女の述懐で終わる。

ここでは、後の三島作品で重要な要素となる海が、すでに中心テーマとしてあらわれている。海は人に激しい恐怖を引き起こす。自己の内面を見つめ直させる。そして憧憬《しょうけい》を燃えあがらせる。身を灼《や》き焦がす憧憬は、ただひたすらに美へと向かう。美の本質は恍惚だ。そしてその恍惚の先には死があるのだ。「花ざかりの森」を書くことで、三島は自らの芸術と人生において探求すべき「美」と「恍惚」と「死」という三つのものが、それぞれ等価、かつ互いに補い合いながら一つに結びついているような美学を手に入れたのだった。

三年前に書かれた「酸模」では、抑圧されたエロティスムと不安に満ちたロマン主義の萌芽が見られたが、絢爛《けんらん》たるこの作品はそれを深化させたものであった。「花ざかりの森」を読んだ三島の最初の読者は驚嘆する。そこにあらわれた古い日本への郷愁に心動かされたのである。時流に乗った作品とは言い難かったが、だからこそ軍国主義一色に染まっているなかでひときわ光彩を放っていた。この作品は『文芸文化』の昭和十六年九月号から十二月号に連載された。三島は正式に同人となり、毎月の会合にも招かれるようになる。昭和十九年（一九四四年）に同誌が廃刊されるまで、三島は小説や詩や評論を定期的に寄稿しつづける。

昭和十六年（一九四一年）はじめ、父の梓は農林省水産局長に就任し、大阪から帰京する。渋谷の平岡家はふたたび重苦しい空気が支配するようになった。父親には息子が文学で評判になっていることが気に入らなかった。その作品は一つも読んだことがなかった。文学をするような輩《やから》は亡国の民だ、と考えていたのだ。この時代においては、梓のような考え方は極端なものではない。子どものころから叩《たた》き込まれてきた儒教的な価値観からすれば、小説は嘘《うそ》偽りであり、道徳的頽廃《たいはい》の表明以外の何ものでもないのだ。文士稼業などまっとうな職業とはみなされず、それどころか恥ずべきものとされた。公威はもう小説を書かないこと、これからは父が推奨する本だけを読むことを誓わせられる。だが、ナイス、ナチスの一点張りの父が作った読書リストは、洗練されているとはとても言えなかった。梓が息子に要求するのは、その優秀な頭脳を物理や機械や化学といった実用的な方面に役立てることだった。確かに幼少期の育て方は良くなかったが、だからこそきちんとした責任ある大人になってもらわなければ。儒教では「孝心」こそが人の道における最も大切な徳とされる。公威は父の命令を黙って受け入れるほかはない。

　けれどもその従順さは見せかけだけであった。公威は毎晩、夜遅くまで猛然と書いていた。そのことを知った梓は激怒する。ある日、息子が留守のあいだに踏みこんで部屋を引っかき回し、原稿を片っ端から破り捨てた。倭文重にはどうすることもできなかった。無残に荒らされた部屋で涙をためて立ちつくす公威に紅茶と菓子を持ってくると、そっと頭を撫《な》で、ハンカチで涙を拭いてやり、そして何も言わずに部屋から出て行く。大が憎かったが、子どもにその父親の悪口を言うことなどできないのだ。梓の攻撃は一度や二度のことではなかった。その度に公威は大急ぎではじめから書き直さなければならず、日の目を見ることなく永遠に失われてしまった作品もあった。

公威は引き裂かれていた。父親に公然と逆らうことはできない。かといって創作をやめることもできない。そこで窮余の策として、原稿を学校まで持っていったり、近所に住む妹の級友に託したりするようになった。こうして公威は、昭和十七年（一九四二年）から学習院を卒業する昭和十九年（一九四四年）九月[9]までのあいだに、八篇の小説、日本古典文学に関する三本の評論、そしていくつもの詩を首尾よく発表し、そのいずれもが同人たちに絶賛された。この時期公威を守り育てた『文芸文化』の同人はいずれも学者であり、いわゆる「文士」ではなかったが、当時世評の高かった日本浪曼派に属する作家、批評家たちと近い関係にあった。公威は『文芸文化』同人の紹介を通して、この日本浪曼派の人々と交わるようになる。

日本浪曼派の成立は昭和十年（一九三五年）、日本のファシズムがプロレタリア運動に対して決定的な勝利を収めた時期である。その中心人物たちはマルクス主義から転向した民族主義者だった。三千年の伝統こそが国民の大義であり、人はそのために死ぬのだ、という確信に支えられた日本浪曼派は、伝統的なものすべてを崇高な理想とするとともに、連綿とつづく皇統の純血を至上のものとして、天皇の神格化を信条とするような、複雑晦渋《かいじゅう》な美学的民族主義を創りあげていた。そこでは古典文学の美は、天皇の神格性の反映であり確証であるともされていた。伝統、天皇崇拝、戦争と死の讃美、こういったものがまだ若い三島の精神に染《し》みこんでいった。

日本浪曼派とその周辺にいる年長者たちは、「花ざかりの森」にあらわれている三島の性向を称賛した。自らの文章のなかで絶えず死を、とくに若者の死を崇高化していた蓮田善明《はすだぜんめい》や伊東静雄《いとうしずお》は、三島を「われわれ自身の年少者」、さらには「悠久な日本の歴史の申し子」とまで言っている(10)。三島もまた蓮田の学識と理想を敬愛し、死に色濃く染められた伊東の詩を宗教的ともいえる熱心さで読んで、その詩のなかに自分自身を重ね合わせていた。

作家として歩みはじめたころの三島は、自分を支え導いてくれる年長者を求めては、利用価値がなくなると見限って次を探す、ということを繰り返す。日本浪曼派についてもやはり同じで、戦後になると、その過激な思想を青年期の病気と断じて、否定するだろう。ただその当時においても、日本浪曼派が唱える聖戦や破壊のための破壊といったものは、三島の関心を引かなかった。三島はまもなく別の形で戦争と関わるようになる。

(9) 修業年限短縮措置により九月の卒業となった。
(10) 『文芸文化』昭和十九年九月号の後記。

3　戦争の日々

三島が「花ざかりの森」を連載しているとき、日本は戦争へ突入する。昭和十六年（一九四一年）十月、対米強硬論を主張する東條英機《とうじようひでき》が内閣総理大臣に就任。内務大臣、陸軍大臣も兼任して、独裁的な権力を掌握した。十二月七日、日本はハワイ真珠湾のアメリカ太平洋艦隊を奇襲、翌八日に米英に対し宣戦布告する。太平洋戦争のはじまりである。日本は破竹の勢いで進撃をつづける。グアム島、ウェーク島、香港、マニラ、シンガポール、そして石油資源を有するインドネシア、東南アジア一帯は、開戦後半年もたたないうちに日本軍の手に落ちた。しかしやがて戦局が逆転することになる。翌年になると、アメリカの圧倒的な空軍力を背景にした連合国軍に次々と拠点を奪取され、撤退に次ぐ撤退を余儀なくさせられるのだ。

戦争は三島の心を奪う。だがその心を魅了していたのは現実の戦争ではなく、ひとつの哲学的概念としての戦争だ。三島にとって戦争は、長いあいだ忘却に沈んでいたある生き方を現代に甦《よみがえ》らせるものだった。明治維新の前、武士が刀を振るい主君のために死んだ壮烈な時代を思い起こさせた。

戦火が激しさを増していくこの時代、前線へ送られることになる若者にとっては、死は差し迫った脅威以外の何ものでもない。だが三島は、崇高な死を探求することこそが自分の運命なのだと考えるようになっていく。それは戦争を是認するということではない。三島は戦争を「野卑」で「凡庸」だと断じ、父親がナチスや日本帝国軍に心酔しきっているのを非難していた。しかし不意に現実のものとして目の前にあらわれた戦争は、十八歳の三島のなかに、英雄的な死を幸福の理想とする狂おしい幻想をかきたてるばかりだった。

私にとっては戦争でさえが子供らしい歓びだった。弾丸が当っても私なら痛くはなかろうと本気で信じる過剰な夢想が、このころも一向衰えを見せていなかった。自分の死の予想さえ私を未知の歓びでおののかせるのであった。私は自分が全てを所有しているように感じた。（『仮面の告白』）

先のない人生を生きているという思いから、見よう見まねで煙草に手を出し酒に手を出したりもした。だが恋愛の面ではそうはいかない。学習院時代に寮生活をしなかった三島は、うわさに聞く共同寝室での秘め事とも無縁だった。これまで何の経験もなく、恋愛について無知だという事実が重くのしかかっていた三島には、接吻《せっぷん》がひとつの固定観念となる。けれどもその一方で現実の肉体接触には恐怖を感じていた。自分が生み出す登場人物たちと同じように、三島は愛されることを望みながらも、いざ誰かから少しでも愛情を示されると途端に逃げ出すのだ。

戦況が厳しくなるにつれて、日常からは余裕が失われていった。食料の調達が難しくなっていき、日々の暮しは苦しくなる。昭和十九年（一九四四年）七月、戦局不利の責任をとって東條内閣が総辞職。後を継いだ小磯國昭《こいそくにあき》は、戦争継続には物資が不足しているにもかかわらず、徹底抗戦をとなえる。物資の枯渇はすでに深刻だった。ミッドウェイ海戦で大敗を喫した日本は、おびただしい人員と艦船を失い、補給線の確保もままならなくなっていたのだ。残された手段は、生還を期することのない必死必殺の体当たり攻撃だった。

最初の神風特攻隊による米艦への突入が計画されているころ、三島は本籍地の兵庫県で徴兵検査を受ける。東京よりも田舎の方がひ弱さが目立って採られないですむかもしれない、という梓の配慮だった。結果は、貧弱な体格でありながら第二乙種合格。これは、やがて三島にも入隊命令が届き、新兵として軍隊生活をはじめる日の遠くないことを意味していた。

昭和十九年（一九四四年）の夏、学習院高等科の生徒は舞鶴《まいづる》の海軍機関学校で二週間の訓練を受けた。つづいて沼津《ぬまづ》の海軍工廠《こうしょう》で勤労動員。何度か学業の中断はあったが、その年の九月、三島は学習院高等科を首席で卒業する。このときばかりは梓も狂喜して息子を誇った。成績は唯一「中上」の体育を除いてすべて「上」。

卒業式で恩賜の銀時計を拝受したあと、校長とともに車で宮中へ御礼言上にいく。その日、天皇の威厳に包まれた微動だにしない姿を前にして強い感銘を受けた三島は、はるか後年、東大全共闘（全学共闘会議）の学生との討論のなかで、あのときの天皇はそれはとても立派だった、と語ることになる。

卒業式の翌月には、処女短編集『花ざかりの森』が刊行された。人生を画する大きな出来事を相次いで二つ経験した三島は、「これで私は、いつ死んでもよいことになったのである」（『私の遍歴時代』）という一文でそのときの思いを要約している。

昭和十九年半ばからは日本本土に空襲が及びはじめており、この時期に本を出版するのは容易なことではなかった。まずは政府に用紙の申請をする必要がある。三島はその申請書に、皇国の文学伝統を護持して、などという文句を並べ、とにかく割り当て許可が下りた。それから出版社を見つけなければならない。清水文雄の友人が三島を連れて東京の小出版社を回り、ようやく小説作品を引き受けてくれるところを見つけ出した。

こうして無事出版の運びとなり、そのささやかな記念会が開かれた。倭文重の頼みで、梓は洋行の際に買ってきたウィスキーを提供したが、会への出席は拒んだ。出席者のなかには、清水文雄をはじめとする『文芸文化』の同人や日本浪曼派の若い作家たちに混じって、倭文重の姿もあった。倭文重は、我が子が年長者のあいだに座って、皆から大切にされているのを見て、驚きながらも晴れがましい気持ちだった。空襲警報がいつ響き渡るかわからないこのとき、今が自分の人生で最も素晴らしい瞬間だと感じていた。外の世界の騒乱も忘れ、安らかな喜びに浸っていた。

破壊が荒れ狂う現実に背を向け幻想の世界に飛翔するこの作品が読者の渇望に応えたからであろう、『花ざかりの森』は、発売後またたくまに初版四千部が売り切れた。文学賞どころか書評もなかったこの時期に三島由紀夫の処女出版が商業的成功を収めたのは、もっぱら

父の梓と（昭和19年７月31日）。２カ月前に徴兵検査を受け、第二乙種合格となる

学習院高等科を首席で卒業。昭和天皇より銀時計を賜る（昭和19年９月９日）
写真提供／藤田三男編集事務所（上下とも）

作品自体の魅力によるものだった。

この出版と前後して、三島は東京大学法学部法律学科独法に入学する。これは梓の意向だった。息子を法学部、そのなかでも主流のドイツ法のクラスに入れることで、何とかして文学なるものと絶縁させようとしたのだった。三島は父の命令に従ったが、授業と創作をどのように両立させるか、いつまでも頭を悩ませなくてもよかった。まもなく級友たちとともに学徒動員で群馬県の飛行機工場に配属になったからだ。そこでは特攻隊用の零式戦闘機を生産していた。

学習院時代に動員されたときと違い、今回の動員で三島は医学的理由をつけて肉体労働の免除を願い出た。痩せ細って顔色も悪い三島には、事務仕事が与えられる。この仕事は昼には終わったので、自由な午後を創作にあてることができたのだ。しかし工場は米軍の爆撃の目標であり、空襲警報のサイレンが頻繁に鳴り響く。そのたびに三島も皆とともに防空壕《ごう》へ避難し、脅威が去るのをじっと待つのだった。

昭和二十年（一九四五年）の二月までに三島は、自分を室町時代の将軍足利義尚《あしかがよしひさ》と同一化した中編小説「中世」の第一回、第二回を書き上げていた。義尚は、銀閣寺を建立した足利義政《よしまさ》の嫡男で、その出生が足利将軍家の家督をめぐる争いを引き起こす。これに端を発する応仁の乱は、日本の歴史のなかで最も破壊的な内戦で、十一年におよぶ戦乱のうちに、京都の町は灰燼《かいじん》に帰してしまう。応仁の乱は義尚方の勝利に終わるが、その後も戦乱の世はつづき、将軍義尚はわずか二十五歳の若さで陣中に死ぬ。連日の空襲に東京が焦土となろうという時に、戦乱で荒廃した室町時代を書きながら、三島はそのあいだに共通するものを見ていたのだった。

「美」と「死」と「悲劇的運命」をめぐるさまざまな幻想が三島のなかに深く根を下ろしたのは、「最後の小説」になるかもしれないこの「中世」を書いている頃である。もはや少年期に属してもおらず、かといって大人にもなっていない二十歳の三島は、自分を何とでも夢想することができた。薄命の天才、日本の美的伝統を保持する最後の若者、あるいはデカダン中のデカダン。後になって三島は、自分のこのようなナルシシズムを冷笑をもって回想することになるだろう。

昭和二十年二月、平岡公威のもとに赤紙が届く。召集令状である。公威は型にのっとった遺書を残して出発する。それをすすり泣きしながら見送った倭文重は、仏壇の前に座りこんで一心に祈っていた。平岡父子は出頭の前夜に本籍地の兵庫県志方に到着する。

風邪をひいていた公威の具合は翌日になると悪化し、入隊検査で屈強な農民たちに混じって丸裸のまま列を作っているときには、高熱を発し咳《せき》を繰り返していた。軍医から肺の既往症のある者は挙手するよう言われたので手を挙げたところ、結核による肺浸潤の診断が下される。軍務不適格、即日帰郷。別室で軍曹から、さぞ残念であろうが今後は銃後にあって常に第一線にいる気魄をもって尽忠報国にはげむように、といった訓示を長々と受けた公威が営門から出てくると、梓は息子の手を取るようにして一目散に兵営から逃げた。誰かが追いかけてきて、さっきのは間違いだ、立派な合格だ、おめでとう、などと言ってくるのではないかと気が気ではなかったのだ。

家に帰ると、家族全員が大喜びだった。だが公威本人は何の感情も面《おもて》にあらわしていなかった。病気のことを考えていたからではない。安堵《あんど》するとともに落胆を嚙《か》みしめていたのだ。軍隊での輝かしい死というものをあれほどまで望んでいたはずなのに、自分は逃げ出してきてしまった。それはなぜか。最後の瞬間になって、現実に引き戻されてしまったからだ。兵隊としての死はロマンチックなものでも美しいものでもなく、その反対に忌まわしく醜悪なものだ、ということに気づいてしまったからだ。結核もまた、詩的に昇華して文学に結晶できるような類《たぐ》いのものではなかった。東京の医者に改めて診断を受けると、それはただの風邪だったのだ。

戦争は日に日に激しさを増していった。三月からは空襲が激化し、東京には焼夷弾《しょういだん》が降りそそいだ。日本にはもはや戦争をつづけるだけの力はなかった。政府はソ連に終戦の斡旋《あっせん》を依頼するが、にべもなく撥《は》ねつけられる。ソ連は日本に宣戦して、戦勝国の分け前にありつこうとしていた。

五月、三島たち法科の学生は神奈川県高座《こうざ》郡の海軍工廠《こうしょう》に動員される。学生たちは工廠の寮に寝泊まりし、整備工として働くことになっていた。三島は再び健康不良の口実で肉体労働を免除されることに成功し、「図書館」の管理を任される。図書館といっても名ばかりで、狭苦しい一室に学生用の法学の図書がわずかに並べてあるだけだった。大学がはじまってから授業が行なわれたのは三週間だけということもあり、図書館を訪れる学生はいなかった。三島は誰にも邪魔されることなく、『和泉式部日記』『古事記』『室町時代小説集』などの古典や、泉鏡花、小泉八雲、タゴール、ネルヴァルなどを読みふけっていた。だがその一方で、自分を取り巻く世界は破滅と荒廃へ向かって突き進んでいく。三島は川端康成に宛てた長い手紙で心情を吐露する。

戦争が一途に烈しくなって、文学の仕事机は急速に窄《せば》められてまいりました。（……）このような時に死物狂いに仕事をすることが、果して文学の神意に叶《かな》うものか、それはわかりません。ただ何かに叶っている、という必死の意識があるばかりです。（……）私自身そういう怖ろしいつきつめた状態が何を意味するのかもわからないで、もう神の手に操られる人形の気楽さで動いているとしか云《い》いようがないのです（……）。僕は文学とは少くともこんな狂熱的な信仰と懐疑の生活、マルチン・ルッテルのような生活ではないと思っていました。日常生活を喪《うしな》うことが致命的だと考えてまいりました。第一義を考えるために、ゆっくりと第二義を生活してゆくのが文学の形成だと思っていました。しかし一体今の私に「生活」などと大きな顔をして云う資格があるでしょうか。

（昭和二十年七月十八日付書簡）

清水文雄への葉書には、イェーツの一幕物『鷹の井戸』を謡曲の候文で訳していると書かれている。戦争末期の破滅的な状況のなかでイェーツに浸ることによって、孤独な美的趣味に熱中していたのだった。三島はほとんど休みなく原稿を書きつづける。警報が鳴った時には、書きかけの原稿を抱えて防空壕へ逃げこむ。そうして、遠い大都市の空襲に燃える炎が、死と破滅の贅沢《ぜいたく》な大宴会の遠い篝火《かがりび》のようにさまざまに照り映えるのを、その穴から陶然と見つめるのだった。

　ふとした折に心に影を落とすのは、豪徳寺《ごうとくじ》に住む母の従姉妹のもとに身を寄せている家族のことだ。梓はひとり残って渋谷の家を守っていた。五月から八月のあいだ、一日休暇が取れるたびに公威は豪徳寺の家を訪れた。家族の無事を確かめると、どれだけ原稿が進んだか母に見せるのだった。だが心の内では、自分を死へ運び去ってくれる爆弾や猛火を狂おしく待っていた。

　八月六日、最後の抵抗をつづける日本に対して、アメリカは広島に原子爆弾を投下した。その三日後には長崎。八月十五日正午、天皇はラジオを通じて詔勅を読み上げ、敗戦を宣言した。日本人が電波にのった君主の声を聞いたのははじめてのことである。古色蒼然《そうぜん》たる言葉で書かれた詔勅は、大部分の人にとって意味のわかりにくいものだった。

（……）交戦已《スデ》ニ四歳ヲ閲《ケミ》シ朕カ陸海将兵ノ勇戦朕カ百僚有司《ヒヤクリヨウユウシ》ノ励精朕カ一億衆庶ノ奉

公各々《オノオノ》最善ヲ尽セルニ拘《カカワ》ラス戦局必スシモ好転セス世界ノ大勢亦《マタ》我ニ利アラス（……）
尚交戦ヲ継続セムカ終《ツイ》ニ我カ民族ノ滅亡ヲ招来スルノミナラス延《ヒイ》テ人類ノ文明ヲモ破却スヘシ斯《カク》ノ如クムハ朕何ヲ以テカ億兆ノ赤子《セキシ》ヲ保シ皇祖皇宗ノ神霊ニ謝セムヤ是《コ》レ朕カ帝国政府ヲシテ共同宣言ニ応セシムルニ至レル所以《ユエン》ナリ（……）惟《オモ》フニ今後帝国ノ受クヘキ苦難ハ固《モト》ヨリ尋常ニアラス爾《ナンジ》臣民ノ衷情モ朕善《ヨ》ク之ヲ知ル然《シカ》レトモ朕ハ時運ノ趨《オモム》ク所堪《タ》ヘ難キヲ堪ヘ忍ヒ難キヲ忍ヒ以テ万世ノ為ニ太平ヲ開カムト欲ス（……）宜《ヨロ》シク挙国一家子孫相伝ヘ確《カタ》ク神州ノ不滅ヲ信シ任重クシテ道遠キヲ念《オモ》ヒ総力ヲ将来ノ建設ニ傾ケ道義ヲ篤《アツ》クシ志操ヲ鞏《カタ》クシ誓《チカツ》テ国体ノ精華ヲ発揚シ世界ノ進運ニ後《オク》レサラムコトヲ期スヘシ

（……）交戦状態はすでに四年を過ぎ、余の陸海軍の将兵の勇敢なる戦い、余のすべての官僚役人の精勤と励行、余の一億国民大衆の自己を犠牲にした活動、それぞれが最善をつくしたのにもかかわらず、戦局はかならずしも好転せず、世界の大勢もまたわが国にとって有利とはいえない。（……）この上なお交戦を続けるならば、ついにはわが日本民族の滅亡をも招きかねず、さらには人類文明そのものを破滅させるにちがいない。そのようになったならば、余は何をもって億兆の国民と子孫を保てばよいか、皇祖神・歴代天皇・皇室の神霊にあやまればよいか。以上が、余が帝国政府に命じ、無条件降伏を要求するポツダム宣言を受諾させるに至った理由である。（……）思うに、今後、帝国の受けるべき苦難は、もとより尋常なものではない。汝ら臣民の真情も、余はそれをよく知っている。しかし、ここは時勢のおもむくところに従い、耐えがたきを耐え、忍びがたきを忍び、それをもって万国の未来、子々孫々のために、太平の世への一歩を踏み出したいと思う。（……）ぜひとも国を挙げて一家の子孫にまで語り伝え、誇るべき自国の不滅を確信し、責任は重くかつ復興への道のりは遠いことを覚悟し、総力を将来の建設に傾け、道義を重んじて志操を堅固に保ち、自国の精髄と美質を発揮し、世界の進む道におくれを取らぬよう心がけよ。

発熱のため一週間前から豪徳寺の家で静養していた公威は、家族とともにこの玉音放送を聞いた。放送が終わり、沈黙が流れたあと、梓は息子に向かって言う。「これからは芸術家の世の中だから、やっぱり小説家になったらいい」。後にまた考え直して、その言葉を撤回することになるのだが。

通りは静まりかえっていた。暴動の気配はなかった。陸軍大臣をはじめ、五百人以上の将校が自決したが、兵士たちの大部分、そして国民の大多数は、淡々と敗戦を受け入れた。三島は、自分から夭折《ようせつ》の機会が奪われたことを理解した。未来というものが恐ろしかった。三島は心に深い痛手を負ったまま戦争直後の日々を送ることになる。自分を取り巻く世界の動向に目を向けることもなく、大学へ通って機械的に法律の勉強をこなし、家に帰っては書きかけの原稿に没頭する。

その頃に取り組んでいたのは「岬にての物語」だった。主人公は十一歳の少年、幼い日の公威と同じように、母に連れられて泳ぎを習いに海岸へ行く。海は少年を恐怖させ、そして魅了する。泳ぎを習うことを避ける一方で、海をただ眺めていることに無上の幸福を感じていた少年は、ある日、岬へと足をのばす。廃屋から聞こえるオルガンの音に誘われて、美しい少女と青年に出会い、三人で岬の先端まで散歩する。隠れんぼをしようということになって少年が数を数えていると、不意に鳥の声のような短い叫びが聞こえた。少女と青年はどこにもいない。何か不吉なことが起きたのだ、少年を取り巻く世界は何ひとつ変わっていないように見えているというのに。

日本は戦争に敗れた。三島のまわりではあらゆるものが変わってしまったのだった。

4　戦後の彷徨

日本中がそうであったように、三島もまた終戦を深い悲嘆のなかで迎えた。一面の焼け野原となった東京は荒廃した内面の風景そのもので、残骸の群れだけが生々しい現実感を持っていた。今はもう、死が自分を手荒に拉《らっ》し去ってくれることはない。

三島は途方に暮れていた。首都は壊滅状態だった。通りには家を失った夥《おびただ》しい人々がさまよう。飢餓のためにどの顔も痩せこけ、目ばかりが異様な光を放っている。工場という工場は瓦礫《がれき》と化し、町は失業者であふれ、物価は急激に高騰する。復員してきた兵隊たちは冷たく迎えられたが、それは、復員兵の姿が突きつける敗戦の屈辱が、飢えに劣らず身を抉《えぐ》り苛《さいな》むからだった。

無条件降伏した日本は連合国の占領下に置かれたが、実質的にはマッカーサーを連合国軍最高司令官とするアメリカ軍によって占領行政が行なわれた。武装解除、財閥解体、農地改革などの民主化が進められ、東京裁判では主要戦犯が裁かれることになる。

三島は激動する日本の状況には一切目を向けようとはしなかった。しかし、二つの事件が三島を否応《いやおう》なく苛酷な現実と向き合わせる。そのひとつは恋愛に関わる出来事だった。三島は交際していた女性と許婚の間柄になるはずだったが、自分が逡巡《しゅんじゅん》しているうちに、相手は他の男と結婚してしまう。その女性と出会ったのは昭和十九年八月、学習院時代からの友人の妹だった。

一年足らずのこの交際のなかで、三島は自分が「正常」であることを自らに証明しようと試みるが、どうやっても相手の女性に肉体的欲望を感じることができず、その企てはことごとく失敗に終わる。やがて女性の兄から結婚の意志の有無を確認する書簡を受け取った三島は、愛してもいない一人の女を誘惑し、良心の呵責《かしゃく》も感じずにその女を捨てることができる男に自分はなったのだ、という考えに有頂天になる。だがこのドン・ファンには肉の欲望がすっぽりと欠け落ちていた。はじめて接吻《せっぷん》を交わしても、この女性が自分に何の陶酔も何の快楽ももたらさないことを確認するばかりで、一刻も早く逃げなくては、という切迫した思いに追い立てられる。自殺を本気になって考えたのはその時がはじめてだった。だが、いたるところに死があふれているこの時期は、どう考えても自殺にふさわしくない。運命に身を任せ、何ものかが自分を殺してくれるのを待てばいいのだ……。

この一連の出来事は、『仮面の告白』の後半部で、主人公と「園子《そのこ》」の話として書かれている。この作品のなかで、仮面をかぶった三島は母親に相談することにし、園子の兄から届いた手紙の内容を話す。自分は園子を愛しているのかよくわからない、という息子の告白を聞いた母は、それなら断ればいいと言う。そして婉曲《えんきょく》な拒絶の手紙とともに、この恋愛は終わるのだった。

この恋愛の経験に比べ、もうひとつの事件は、はるかに深い傷を三島の心に残した。昭和二十年（一九四五年）十月、鍾愛《しょうあい》する妹、美津子が急死したのだ。聖心女子学院に在学中だった美津子は、疎開先から戻った図書館の本を学校で運搬しているときに発熱する。高熱が去らず病院に入院したが、すぐ人事不省に陥る。腸チフスだった。三島は病院に通い詰め、母と交代で病床に付き添っていた。片時も目を離さず額の汗を拭う。病室に入ってくる虫を追い払う。吸い飲みで水を飲ませる。だがその甲斐《かい》もなく、数日後、美津子は腸出血のため息を引き取った。死の数時間前、意識が全くないのに「お兄ちゃま、どうもありがとう」とはっきり言ったのを聞いて、三島は号泣した。朽ちかけた薄汚い病院で死んでゆく妹を看取《みと》ったつらい経験が、三島の内部に巣喰《く》う暗い病的な翳《かげ》をいっそう濃いものにしたのだった。

悲しみに飲み込まれてしまわぬよう、三島は冷たい法理論に没頭する。法理論は、ちょっとしたことで血が噴き出すような傷つきやすい心に触れることはないまま、純粋な知的刺激を与えてくれるのだ。戦時中、小さな文学グループのなかで天才気取りだった少年は、今では途方に暮れ無為を持てあます一介の法学生にすぎなかった。

かつて自分を熱烈に支持してくれた蓮田《はすだ》善明《ぜんめい》は、終戦時、天皇を侮辱した上官を射殺したあと、こめかみを撃って自決を遂げた。三島を守り育ててくれたその他の日本浪曼派の先輩たちは、左翼文学者たちによる粛清の標的とされ、占領軍当局から追放命令を受けていた。戦時中に交際のあった保田《やすだ》與重郎《よじゅうろう》、佐藤春夫、中河《なかがわ》与一《よいち》といった人たちは「戦犯文学者」としてブラックリストに載せられ、引退と孤絶を余儀なくされていた。

終戦後、三島はこうした人たちから完全に距離を置くようになる。この交際にはもう何の利用価値もない、という判断もそこにはあっただろう。時を忘れて文学論を戦わせたり、何度も食事を共にしたり、子供と遊んだりした人であっても、たまたま顔を合わせるような折には冷たい態度で接した。三島が理由も告げず唐突に人と袂《たもと》を分かつのは、これが初めてでもなければ、最後でもない。三島の突然の態度豹変《ひょうへん》は、別の庇護《ひご》者を、自分に見合うだけの著名な庇護者を見つけ出して、そちらに乗り換えたということなのだ。
昭和二十年三月より手紙を交《か》わしてはいたが、三島が川端康成と実際に会うのは二十一歳になったばかりの頃である。川端は四十六歳だった。ある編集者の紹介で、ほとんど無名の新進作家は、鎌倉に住む大作家のもとを初めて訪問する(11)。首都の政治的・思想的喧騒《けんそう》から離れて暮らしていた川端は、戦後になって追放されることはなかった。孤独の意識に染め上げられたその作品は、現実を主観のなかで組み立て直して新しく結晶させた夢幻的な世界を描いており、日本社会の動乱には背を向けていた。三島の訪問を受ける少し前に発表した文章のなかで、川端は自らの思いを次のような言葉で述べている。

私はもう死んだ者として、あわれな日本の美しさのほかのことは、これから一行も書こうとは思わない。（「島木健作追悼」）

川端は面倒見がよく、必要とあらば若い作家を後押しするのを厭《いと》わなかった。けれども、

(11) 昭和二十一年一月二十七日のこと。

いま自分の前にいる熱を帯びたまなざしの若者は、これまで自分のもとを訪れた者たちとは明らかに違っていた。穏やかに相対しているが、二人の性格は本質的に正反対であった。しかしその文学は、谷崎潤一郎とともに同じ系譜に属している。川端は、伝統に回帰した近代人、と言えるだろう。はじめは外国文学や西欧の前衛運動を貪欲に吸収しながら自らの文学世界を築いていき、その初期作品にはフロイトや西洋医学や科学の影響があらわれている。それがやがて、日本の伝統に回帰することで新たな創造の泉を探求するようになっていくのだ。三島をはじめとする同時代の作家も、同じような歩みをたどることになるだろう。

三島の訪問を契機に、二人のあいだでは深い敬意に支えられた対等な関係が確立していく。川端と三島が交わした書簡からは、二人が相手の作品や目指す方向性を深く理解していたことが見て取れる。三島にとって川端は、自分がずっと求めていた、文壇における後ろ盾となってくれる存在だった。川端との交友は生涯にわたってつづくことになる。これは三島には極めて珍しいことだった。

三島が鎌倉の川端邸を訪れる数週間前、昭和二十一年（一九四六年）の元旦には、日本の歴史を揺るがす大きな出来事が起こっていた。現人神《あらひとがみ》とされていた天皇が、いわゆる「人間宣言」の詔書を発したのだ。

朕ハ爾等《ナンジラ》臣民ト共ニアリ、常ニ利害ヲ同ジウシ休戚《キユウセキ》ヲ分《ワル》タント欲ス。朕ト爾等臣民トノ間ノ紐帯《チユウタイ》ハ、終始相互ノ信頼ト敬愛トニ依《ヨ》リテ結バレ、単ナル神話ト伝説トニ依リテ生ゼルモノニ非ズ。天皇ヲ以テ現御神《アキツカミ》トシ、且《カツ》日本国民ヲ以テ他ノ民族ニ優越セル民族ニシテ、延《ヒイ》テ世界ヲ支配スベキ運命ヲ有ストノ架空ナル観念ニ基クモノニ非ズ。

余は汝ら国民とともにある。常に利害を同じくし、喜びも悲しみもわかちあいたい。余と汝ら国民との間の絆は、いつも相互の信頼と敬愛とによって結ばれ、単なる神話と伝説を根拠に生まれたものではない。天皇をもって現人神とし、また日本国民が他民族より優れており、そのゆえに世界を支配すべき使命をもつといった架空の観念によって生まれた絆でもない。

天皇の存在を利用して日本を統治することにしたアメリカは、天皇の在位を許すとともに、戦中のイデオロギーの否定を求めた。統治権を総攬《そうらん》し陸海軍を統帥する神聖不可侵の天皇は、日本国民統合の象徴でしかなくなる。それは、日本各地を巡って打ちひしがれた国民を励ます、丸眼鏡をかけた背広姿にネクタイの小柄な男性だった。しかし、天皇が自らの神性を否定したとしても、禁裏《きんり》の奥深くにおわす現人神としての天皇の厳《おごそ》かな姿は、三島の心の内に刻まれたまま消えることはないだろう。

戦前の価値観を信奉する者たちにとって、屈辱はこれだけで終わらなかった。同年十一月三日には、占領軍の指示・意向でできた新憲法が発布される。そこには現在に至るまで論争の的となっている条文が含まれていた。武力の永久放棄をうたう第九条である。

一、日本国民は、正義と秩序を基調とする国際平和を誠実に希求し、国権の発動たる戦争と、武力による威嚇又は武力の行使は、国際紛争を解決する手段としては、永久にこれを放棄する。
二、前項の目的を達するため、陸海空軍その他の戦力は、これを保持しない。国の交戦権は、これを認めない。

やがてこの条文は拡大解釈され、昭和二十九年（一九五四年）には専守防衛の組織である自衛隊が設立される。三島の最期に密接に関わるのが、この自衛隊である。

戦後のこうした社会の激動を半ば無気力状態のなかでやり過ごしていた三島は、「花ざかりの森」「岬にての物語」「中世」を含む大部の原稿を、新しい文芸雑誌を準備していた筑摩書房に持ち込む。かつて自分の処女短編集を出してくれた小出版社がそこに合併されたことを聞いたのだった。新雑誌の編集顧問をしていたのは、文芸批評家でフランス文学にも造詣の深い中村光夫《なかむらみつお》。三島の原稿は中村の眼鏡にはかなわず、評価は惨憺《さんたん》たるものだった。これらの原稿が筑摩書房から日の目を見ることはなかった。だが当時の状況からすると、それも無理のないことだった。

戦後の思想界や文学界は左翼勢力に牛耳られていた。連合国軍総司令部が混乱のさなかにまず手をつけたのは、政治犯の釈放、特高警察の解体、検閲の廃止などだった（以後検閲は占領軍によって行なわれる）。戦時中に監獄に収容されていた大部分のマルクス主義知識人にとってこれらの指令は、ただ単に解放を意味するだけではなかった。新たな生がはじまることを意味していたのだ。作家たちは熱に浮かされたように執筆活動に取りかかり、長いあいだ抑圧されてきた思想を思うままに迸《ほとばし》らせる。虐げられた年月を取り戻すかのように、自由で大胆なものを次々に生み出していく。

自由の身になったのは左翼知識人ばかりではない。戦前は検閲も厳しく、用紙も不足していたため、政治色のない作家たちまでもが沈黙を強いられていた。谷崎潤一郎、志賀直哉、正宗白鳥《まさむねはくちょう》といった大御所も例外ではなく、その名が雑誌を飾るのは、本心からそう思っていたかどうかは別として、戦争に協力的なものを書いた時だけだった。そのため戦時中には文学的に重要な作品は何ひとつ刊行されなかったといっても言い過ぎではないだろう。もちろんこの時期いくつかの傑作が人目に触れないところで書かれていたのは確かである。その好個の例が谷崎の『細雪《ささめゆき》』だ。この作品が昭和十八年一月から雑誌に連載されると、時局に合わないという理由ですぐに軍部から発表を禁じられた。谷崎は田舎にこもって執筆をつづける。その全編が刊行されるのは昭和二十三年十二月のことだった。

戦後の文学界に滾《たぎ》るこの活気は、昭和二十一年一月以降、食べるものも満足にない焼け野原に吹き荒れた新雑誌創刊ラッシュに反映している。これらの雑誌を通して、戦後にあらわれた若い作家たちは自作を世に出すことになる。そのなかにいたのが、埴谷雄高《はにやゆたか》や安部公房《あべこうぼう》といった前衛に属する抽象的・実験的な作品を書く作家であり、大岡昇平《おおおかしょうへい》や島尾敏雄《しまおとしお》といった自らの戦争体験に根ざした作品を書く作家であった。

当時の小説には、敗戦後の日本の暗い現実を真正面から描くものが多かった。貧困、絶望、道徳の乱れなどから醸成される自堕落な雰囲気が社会に蔓延《まんえん》していたこの時代、人気を博していたのは太宰治《だざいおさむ》の『斜陽』（昭和二十二年）だった。戦後、社会が激変するなかで次第に没落していく貴族の家庭を舞台に、さまざまな滅びの姿を描くこの作品には、敗戦によって作者に刻みこまれた絶望が翳を濃く落としている。

昭和二十一年末までに、日本には六十あまりの新しい雑誌があらわれた。日本の出版界では、小説や評論はまず最初に雑誌に発表されるのが普通で、書き下ろしの形で書店に並ぶことは少ない。雑誌は次々に創刊されるが、戦前から活躍し既に名の売れた作家で頁を飾ることのできない雑誌の多くは競争に生き残れず、二号か三号で泡沫《ほうまつ》のように消えるほかなかった。

おのずと文学界は五十代、六十代の作家で占められており、新進作家が世間の耳目を惹《ひ》いてその一画に自分の場所を獲得するのは困難なことだった。しかしそれでも、戦後に生まれた新しい声が人々の注目を集めるようになっていた。「戦後派」と呼ばれるこの作家たちにとって、広島と長崎の壊滅は最後の審判の日と、敗戦は天地創造の第一日と等しかった。「戦後派」を代表する野間宏《のまひろし》、梅崎春生《うめざきはるお》、椎名麟三《しいなりんぞう》はいずれも二十代前半で、戦争中は兵士として戦っており、そこから生き残った者として生と死に執拗《しつよう》なまなざしを注いでいた。

何らかのレッテルをつけて三島を分類するのは容易ではないが、こういった新しい声に連なることは疑いない。昭和二十一年（一九四六年）から二十三年（一九四八年）にかけて三島は創作に没頭していた。有名な流行作家になりたかった、それも一日でも早く。戦後の危機的な日々のなかで知的昂奮《こうふん》はいやましに煽《あお》られていた。三島は変わりゆく日本を醒《さ》めた目で観察する。だが決してそれに順応しようとはしない。ましてや自らの小説に取り入れようなどとはしない。

後に三島はこの時期を「あれは兇暴きわまる抒情《じょじょう》の一時期だった」（「終末感からの出発――昭和二十年の自画像」）という言葉で語るだろう。その「兇暴きわまる抒情」の企てが色濃くあらわれているのが、はじめての長編小説『盗賊』である。起筆は昭和二十一年一月、章ごとに分けていくつかの雑誌に発表した後、昭和二十三年に全編が刊行された。

しかし、川端康成が熱烈な序文を寄せたにもかかわらず、この作品は世間からまったく無視される。ひとつには流行の問題があった。この時期の読者が求めていたのは、社会的視野や未来への展望を備えた作品であり、『盗賊』のような心理の入り組んだ襞《ひだ》を分析する小説ではなかった。私的色彩があまりに強いのも問題であった。

主人公の藤村明秀《ふじむらあきひで》は当時の三島自身と多くの点が重なっている。学習院出身、帝国大学を卒業したばかりの年齢、夢想に浸るあまり現実から遊離してしまっているような性格。その明秀は、母とともに避暑地の瀟洒《しょうしゃ》なホテルで過ごすあいだに美貌の令嬢美子《よしこ》に恋心を抱くが、したたかな相手に翻弄された末、手ひどい屈辱を受ける。明秀ははじめその痛みに気づかない。しかしある日海を前に気づく、美子にしりぞけられた時に、美子への恋慕は死への憧憬《しょうけい》へと切り替わっていたことを。自殺の決心を固めた明秀は、その頃知り合った令嬢清子《きよこ》もまた、恋人に捨てられ死を決意していることを偶然知り、恋の契約を結ぶ。二人はそれぞれかつての恋人の思い出を美化しながら、己の幻想と死の決意とを映し出す鏡として相手を利用する。世間から恋人同士だと思われていた明秀と清子は、結婚式の夜、心中によって各々の死を成就するのだった。

小説中には作者が主人公に対して冷笑的なまなざしを向ける箇所がいくつかあるのは確かだ。しかし三島がこの作品を書いた意図は、幻想への耽溺《たんでき》から抜け出すことのない主人公たちを――そして自分自身を――擁護し正当化することにあった。そのことが特に明瞭にあらわれているのは作品の掉尾《とうび》である。主人公たちの心中からしばらくして、明秀を捨てた美子と、清子を捨てた佐伯《さえき》は、何も事情を知らないまま初めて出会う。二人は互いの美貌に惹かれるが、目が合った途端、「真に美なるもの、永遠に若きものが、二人の中から誰か巧みな盗賊によって根こそぎ盗み去られている」のを知り慄然とする。明秀と清子は死とともに真の美と永遠の若さを達成し、それによってかつての恋人たちに復讐《ふくしゅう》を果たしたのだった。

初めて鎌倉の家を訪れて以来、三島は自分の書いたものを、編集者から突き返されたものも含めて、川端に見てもらっていた。川端はおとなしそうなこの学生が書いた異彩を放つ冷徹な作品を高く評価し、鎌倉在住の人士と創刊したばかりの雑誌『人間』へ推薦する（川端は鎌倉文庫という小出版社の副社長だった）。しばらくして三島は自作の一篇が『人間』に掲載される予定だと聞かされ大喜びしたが、ことは順調には運ばなかった。名の通った既成作家の作品に頁を譲るために掲載は何度も延期され、その度に三島は翌月の号が出るまでじりじりと待たされるのだった。ようやく「煙草」が活字になるのは、昭和二十一年六月のことである。

「煙草」は自伝的要素の強い短篇で、学習院中等科時代に材を取っている。語り手の「私」は華族学校文芸部の少年。自分自身、未解決のまま過ぎゆく日々、退屈な学校、凡庸な教師、馬鹿な同級生、そして自分自身、鬱屈を抱えた少年には何もかもが耐えがたい。そうしたすべてから離れて一人で学校裏の森を散歩する時だけが、束《つか》の間の幸福だった。

　ある秋の日、主人公はその森のなかで知らない上級生に出くわす。禁じられている煙草を隠れて吸っていた上級生に呼び止められ、勧められるまま初めて吸った煙草で、麻酔にかけられたような陶酔を味わう。家に帰ると罪悪感に襲われ、指先についた煙草の匂いを嗅《か》ぎつけられるのではないかという不安に苛《さいな》まれるが、このささやかな不良行為の翌日から、今までとは違った目であらゆるものを見るようになる。同級生たちに対する日頃の軽蔑が実は負け惜しみにすぎなかったことに気づき、それまでの無関心が対抗心へと変化していくのを感じる。冬に入る頃、森で煙草をくれた上級生に偶然再会した少年は、連れて行かれたラグビー部の部室で、勇気を出して煙草をねだるが、煙に噎せて咳《せ》き込んでしまう。その夜眠れない床のなかで主人公は考える。

　誇り高い私はどこへ行った？　今まで私は自分以外のものでありたくないと頑《かたく》なに希《ねが》ったのではなかったか。今や私は自分以外のものであることを切に望みはじめたのではなかろうか。漠然と醜く感じていたものが、忽《たちま》ち美しさへと変身するように思われた。子供であることをこれほど呪《のろ》わしく感じたことはなかった。

川端に称賛されたにもかかわらず、「煙草」はほとんど何の注目も集めなかった。けれどもその主題や表現、そして絶望に裏打ちされた明晰《めいせき》性など、「煙草」は三島の戦後文壇へのデビュー作にふさわしいものだった。十一月には「岬での物語」が川端の骨折りで『群像』に載ったが、これも同様に反響がなかった。

翌昭和二十二年（一九四七年）四月には古伝を下敷きにした「軽王子《かるのみこ》と衣通姫《そとおりひめ》」を『群像』に、八月には戦争末期における上流社会の恋愛心理を描く「夜の仕度」を『人間』に発表する。『人間』編集長の木村徳三《きむらとくぞう》は若い三島にしばしば技術上の注意を与え、三島はその指摘を受けて原稿を書き直した。十一月、ある小さな出版社が第二創作集『岬にての物語』を出版した。しかし、処女作品集のときのような奇跡的な成功は望むべくもなかった。

戦後の混乱のなか自らの進む道を模索していたこの青年には二つの顔があった。昼のあいだは平岡公威、帝国大学法学部の学生だった。授業が終わるとまっすぐ家に帰り、家族と夕食をとった後、自分の部屋に閉じこもる。そこで作家の三島由紀夫となり、夜明けまで創作に耽《ふけ》るのだった。昭和二十二年十一月に大学を卒業するまで、法律を深く勉強するには小説に打ち込みすぎてはいたが、それでも法律の講義を文学的に聴くことができるくらいにはなり、特に刑法、刑事訴訟法、民事訴訟法などの講義を好んだ。

知的活動で占められた規則正しく禁欲的な毎日、しかし土曜の夜だけは例外だった。土曜の夜になると三島はそっと家を抜け出し、学習院時代の級友である上流青年たちと合流して、ナイトクラブで遊び回る。時には弟の千之を連れて行くこともあった。三島は仲間たちのように裕福ではなかったが、渋谷の家は空襲を免れ、父には充分な収入があったため、生活にはある程度余裕があったのだ。

一行の行きつけは赤坂の「ラテン・クォーター」。ダンスフロアがあるだけの建物で、日本人の楽団がアメリカのスタンダード・ナンバーを演奏し、バーには闇のウィスキーが並んでいた。日本人でも富裕層なら入れたが、進駐軍のアメリカ人とその連れが優先だった。気前よく金を落として経済復興に貢献してくれるからで、占領者として傍若無人に振る舞っても、アメリカ人というだけでうやうやしく迎え入れられた。騒音と熱気が渦巻く人混みに揉《も》まれながら誰もが酒を飲み煙草を吸い踊るなかで、酒も煙草もやらない三島は浮いていた。

夜の社交生活にもルールがあり、はじめのうちなかなか夜の世界に溶けこむことができなかった。そこで三島はまずダンスのレッスンを受けることにした。すぐに気に入り、進んで踊るようになるが、生来の生真面目さのためか、無意識のうちに他人の目を気にするためか、どこかぎこちなく決して上手とは言えなかった。音楽が耳に入っていないのかリズムに合っておらず、関節の外れた操り人形のようだった。三島は自分が心の底から楽しんでいるわけではないとは意識しないまま気楽で軽薄な付き合いをつづけていたが、その心の奥底にはいつでも死が深く根を下ろしていた。

このような両極端の生活は、昭和二十二年夏に終わりをつげる。東京帝国大学はその年東京大学と改称されたが、そこの法学部を卒業すれば輝かしい将来が約束されていた。しかし父の梓が望んでいたのはそのさらに上であった。父は息子に、官僚機構の頂点を極めるために必要な高等文官試験を受けるよう命じたのだった。驚いたことに息子は何も言わずにおとなしく父の命令に服し、土曜夜の遊び仲間に、試験の準備があるので社交生活を一時離れると説明して別れを告げた。文学の世界でなかなか認められないので、官僚の道を真剣に考えるようになったのかもしれない。さしあたり家の者を安心させようとする意図があったのだろう。

三島は日本勧業銀行の就職試験も受ける。こちらの方は不採用だったが、昭和二十二年十二月、高等文官試験に無事合格する。エリート官僚の精華である大蔵省を志望したのもやはり父の意向だった。大蔵省の採用試験にも合格した三島は、クリスマス・イヴに最初で最後の辞令を手にする。勤務先は銀行局国民貯蓄課だった。

官僚生活を送ったのは昭和二十三年（一九四八年）九月までの九カ月間である。この期間、三島は睡眠時間を削って毎晩夜中の三時ごろまで執筆していた。慢性的な寝不足のため数字の書き間違いをしたことも一度ならずあったが、身だしなみのきちんとした真面目で有能な青年官僚だった。この平岡事務官が作家三島由紀夫であることは一握りの同僚を除いて誰も知らなかった。あるとき、大蔵大臣の演説原稿を書かされたことがあった。が、その草稿は課長の赤鉛筆で直されて戻ってきた。凝り過ぎだというのだ(12)。

昭和二十三年六月、太宰治が自殺する。享年三十九歳。自作の主人公たちと同じように、

(12)　演説原稿は「……笠置シヅ子さんの華やかなアトラクションの前に、私のようなハゲ頭が演説をしてまことに艶消しでありますが……」といった調子だったという。（長岡実「大蔵事務官平岡公威君」、『新潮』、昭和四十六年一月、臨時増刊号、195ページ）。

愛人の人妻と玉川上水に身を投じたのだ（女が太宰を無理矢理道連れにしたという噂も根強かった）。太宰は自己への深い絶望からあらゆる種類の放蕩《ほうとう》へ耽溺《たんでき》し、自己破壊の衝動を作品のなかで繰り返し変奏していた。幾度となく自殺や心中を企てており、相手の女性を死なせて自分だけが生き残った顚末《てんまつ》が処女作品集の主題であった。太宰の暗澹《あんたん》とした作品は多くの読者を惹きつけていたが、それは自分たちの不安や絶望が代弁されていると感じていたからに他ならない。

三島と太宰は生涯にただ一度だけ顔を合わせている。昭和二十一年十二月のこの出会いは、今では日本の文学史上で有名な出来事として知られている。二十一歳の学生と三十七歳の流行作家は、文学仲間が集まって酒を飲んでいる席にいた。闇でようやく手に入った日本酒を囲んで一座が酣み交わしているなか、酒が飲めない三島は黙って座っていた。と、不意に立ち上がり、すでに酔っている太宰の前へ行くと、まっすぐ向かって挑むような口調で言う。「僕は太宰さんの文学はきらいなんです」。太宰は虚を突かれたような表情を一瞬浮かべたが、誰にともなく「そんなことを言ったって、こうして来てるんだから、やっぱり好きなんだよな」と呟《つぶや》いたという。

三島は回想のなかで、太宰に近づいていったときは懐《ふところ》に匕首《あいくち》を忍ばせた刺客の心境だったと語っている。太宰の稀有《けう》の才能は認めるものの、その殉教者気取りを嫌悪し、得意げな自己戯画化や絶望讃美に生理的反撥を感じていた。自分が最も隠したがっている部分を臆面もなく露出する太宰に我慢ならなかった。三島は自らのなかにも太宰と同じ自己破壊の傾向があることを嗅《か》ぎつけ、その危険な道を進んでいった場合に自分を待ち受けているものを感じて、あわてて顔を背けたのだ。

三島は官僚と作家の二重生活をつづけていたが、それももう限界だった。出勤途中の朝、勤めと執筆の過労のため、三島は駅のホームから転落してしまう。幸い大事には至らなかったが、この事故をきっかけに梓は息子が大蔵省を辞めて職業作家になることを許す。その時の条件が、なるからには日本一の小説家になれ、というものだった。父の命令に心の底から従うのは、これがはじめてのことだった。ほどなくして三島は辞表を提出する。同僚には、仕事と文筆を両立させるのは自分には無理だ、と説明した。

昭和二十三年九月半ばに辞表が受理されると、その日以降「平岡公威」は公文書に記す戸籍上の名前でしかなくなった。「三島由紀夫」はもはや真夜中に自室に閉じこもって執筆するときにだけ使う筆名ではなく、いつでも名乗れるものとなったのだ。

この決断は父親に対する挑戦であると同時に、自分自身に対する挑戦でもあった。三島はまだ筆一本では暮らしていけない無名作家にすぎない。当てにしていたのは、十一月に刊行される『盗賊』と、十二月に鎌倉文庫から刊行予定の『夜の仕度』だった。だが、大蔵省在職の九カ月のあいだに発表した十数篇の短篇小説も、そのいくつかは権威ある文芸誌に載ったのに全くと言っていいほど話題にならず、これらの新作も世の喝采を博するとは期待できそうもなかった。

だからといって、大蔵省を退職すると決断したのは軽挙妄動だったわけではない。これまでの教育を通して、三島には実務的な感覚が備わっていた。己の存在理由である文学に全身全霊を傾けるためには、勤めを辞めることがどうしても不可欠だと判断したのだ。それに三島のなかにはすでに次の作品が胚胎《はいたい》していた。自己の内奥を抉《えぐ》り出すことになるその作品は、何としても形にしなければならなかった。自己治療とも言うべきこの作品を書いてはじめて、自分を待っている作家人生に心置きなく踏み出していくことができるのだ。

三島は新しい編集者に、次に書くのははじめての自伝小説だ、と伝える。だがそれはありきたりの私小説ではない。今まで仮想の人物に対して向けていた鋭い心理分析の刃《やいば》を自らに転じ、己の生体解剖をしようという試みで、ボードレールのいわゆる「死刑囚にして死刑執

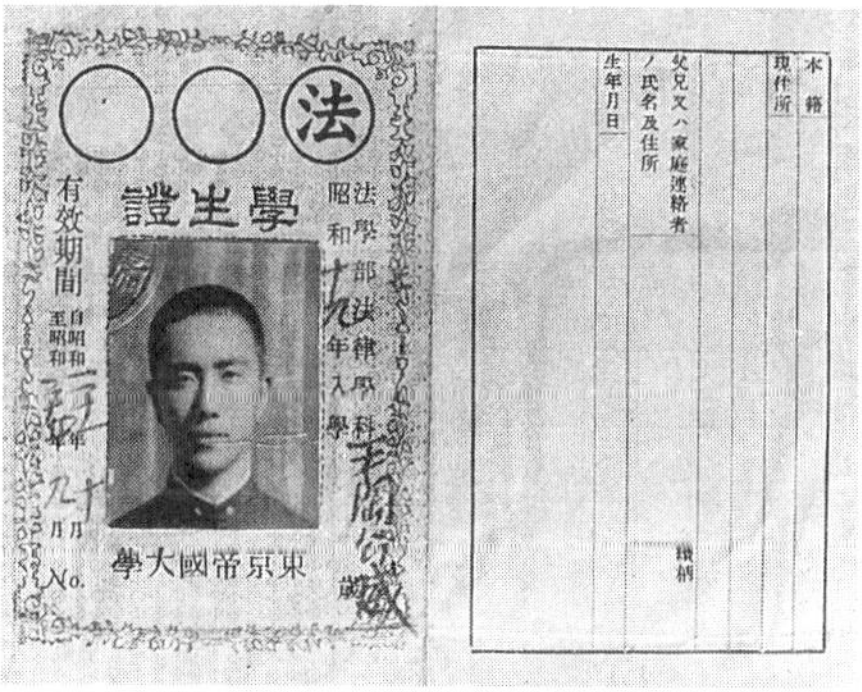
法
學生證
法學部法律學科
昭和　　年入學
有效期間
自昭和　　年　　月
至昭和　　年　　月
No.
東京帝國大學
本籍
現住所
父兄又ハ家庭連絡者ノ氏名及住所
職柄
生年月日

東京帝国大学在学中の学生証

大蔵省を退職した直後（昭和23年10月）
写真提供／藤田三男編集事務所（上下とも）

行人」たらんとするものだ(13)。三島は、自らのなかにある死への陶酔やニヒリスティックな耽美主義の源を突き止めようとしていた。『仮面の告白』が生まれるのはこの探究のなかからである。

(13) 昭和二十三年十一月二日付の坂本一亀《さかもとかずき》宛書簡を参照。文中のボードレールの詩句は『悪の華』所収「ワレト我ガ身ヲ罰スルモノ」の一節。

5　仮面を脱ぎ捨てて

昭和二十四年（一九四九年）七月、『仮面の告白』が世に出る。そのなかでは、赤裸々にさらけ出された三島の人生が、恐るべき明晰《めいせき》さと卓越した文体で分析されている。最初の記憶、祖母のもとでの幽閉生活、性の目覚め、次第に大きくなる文学への情熱、戦争時代、異性愛の欠落……、三島は自らを物語化し、徹底的な自己解剖を行なう。この生々しい報告を書くことによって、三島は自分自身を認識し、そして受け入れることができた。この作業を経ることで、はじめて未来と向き合うことが可能になったのだ。

小説の終わりの方で、主人公は友人とともに売春宿に赴き、自分が女性に対して不能だということを確認する。無味乾燥な官吏登用試験に没頭し気を紛らわせていると、ある日、人妻となった園子に偶然再会、以後時折二人で会って話をするようになる。会うたびに主人公は静かな幸福をおぼえるが、一年後、園子はキリスト教の洗礼を受ける決意を語って別れを告げる。二人が最後にダンスホールで踊ったあとで中庭に出たとき、主人公の視線は談笑する若い男女の一人に吸い寄せられる。それは浅黒く整った顔立ちをした半裸の若者だった。晒《さらし》の腹巻きを巻き、腕には牡丹の刺青《いれずみ》がある。不意に情欲に襲われた主人公は、園子の存在を忘れ去る。考えるのはただ、この若者が半裸のまま町に出て与太者と戦い、相手の匕首《あいくち》がその胴に突き刺さって腹巻きが血潮で美しく彩られることだった。園子の声によって現実に引き戻されたとき、自分のなかで今まで積み上げてきたものが崩れ落ちるのを感じるのだった。

露骨な描写や生々しい場面があり、いまだ禁忌とされていた同性愛を扱っているにもかかわらず、『仮面の告白』は二万部を売りつくす快挙を成し遂げ、三島由紀夫の名は一躍有名になった。新聞や雑誌はこぞってこの作品を論評した。衝撃的な内容に反撥する批評もあったが、大部分の批評家は小説としての質の高さや赤裸々な告白の迫真性を称賛した。その年の十二月には川端康成が「一九五〇年のホープ、三島由紀夫」と銘打った小文を雑誌に寄せ、三島の作家としての地位は不動のものとなった。

しかし、まだ二十四歳にしかならない青年作家の苦悩は、この成功にも癒えることはない。むしろ、己の内奥に深く隠してきたものを世間に対してさらけ出した影響か、不眠と胃痙攣《けいれん》に苦しむようになっていた。三島は当時の編集者に、精神科医を紹介してくれるよう頼んでいる。だが、実際にその医者と会ったのは、わずか一、二回だけだった。

翌昭和二十五年（一九五〇年）は、川端の好意的な予想とは異なって、出口の見えない闇のなかでもがきつづける一年だった。この年に発表された短篇小説からもそのことはうかがえる。その多くは不気味でおぞましいテーマを扱っているのだ。例えば「果実」は、子供を欲しがる一組のレズビアンの話である。女の子の赤ん坊を手に入れ、すさまじいばかりの愛情で溺愛するが、やがてその子は病死してしまう。二人は後を追うように自殺する。数日後、異臭を怪しんだ隣人が、「熟み腐れた果実のように、既に糜爛《びらん》がはじまっ」た二人を発見する。

また「日曜日」という作品では、同じ官庁に勤める平凡な若い恋人たちの残酷な死が語られる。いつも週末を一緒に過ごすので「日曜日」と渾名《あだな》されている二人は、郊外へ出かけた帰途、雑踏する駅のプラットフォームで押されて線路に落ち、轢死《れきし》してしまう。車輪に切断された恋人同士の首は砂利の上にきれいに並ぶのだった。

その一方で、昭和二十五年には成功作となる長篇小説も発表されている。六月に刊行された『愛の渇き』である。舞台は戦争直後の大阪府郊外の村にある屋敷。家長の弥吉《やきち》は苦学力行ののち商船会社社長まで上り詰め、勇退後にこの別荘兼農園を本拠地にしている。この屋敷にはすでに長男夫婦と、戦争からまだ帰らない夫を待つ三男の妻と、その子供たちが身を寄せているが、弥吉は、次男が死んだあと寄る辺のない未亡人となった嫁の悦子《えつこ》を自分のもとへ呼び寄せる。だが悦子にとってそこは安住の地ではない。まもなく迫られるまま舅《しゅうと》の妾《めかけ》となるが、心のなかでは若い園丁の三郎《さぶろう》に惹《ひ》かれ、暗い情念に押しつぶされる日々を送るのだ。『愛の渇き』は登場人物それぞれが抱えている成就することのない愛を複雑に入り組ませながら、愛情や嫉妬や欲望や復讐をさまざまに描き出す。

悦子は舅のもとに身を寄せる前、不幸な結婚生活を送っていた。次々とよそに女をつくって自分を裏切りつづける夫への嫉妬に責め苛《さいな》まれていた。結婚生活で悦子が最も幸福だったのは、夫を独占できた期間、夫が腸チフスで死ぬ直前の看病期間だけだった。

それから十六日間、悦子の最も幸福であった短い期間。……新婚旅行と良人の死と、この短い幸福の期間の何と似ていたことか。悦子は良人と死の地方へ旅をしたのだ。新婚旅行と同じように、それは激しい心身の酷使と疲労を知らぬ飽くなき欲望と痛みと。

（『愛の渇き』）

不毛な愛をめぐるこの小説においては、登場人物はその非情さに特徴づけられている。悦子を中心として各人の感情が複雑に錯綜《さくそう》するなかで、誰もが他人の一挙手一投足を窺《うかが》い、心の内を探り合う。ただ一人その外側にいて何にも揺らぐことがないのが三郎である。三郎は逞《たくま》しい筋肉を持つ純朴な二十歳の若者で、「愛」という言葉を理解できない。三郎にあるのは単純な肉体の欲望だけで、「愛」などという感情は剰余の概念なのだ。

小説ではしばしば一人称で悦子の思考が語られる。悦子は生きる意味を自問しながら、生とは容易なものだと思いこもうとするが、人生に対して一切幻想を抱いてはいない。夫というのはいつでも浮気をし、妻は苦しむように運命づけられている。年を経た夫婦はお互い口もきかず、沈黙のなかで相手への憎悪を膨《ふく》らませるばかりだ。かつては夫に軽んじられ、今は三郎から相手にされない悦子。その惨めな境遇に自虐的な愉楽を味わいながら、悦子はさまざまな策を弄《ろう》して相手の気を引こうとするが、三郎が女中の美代《みよ》を妊娠させたことを知り激しい衝撃を受ける。嫉妬で盲目になった悦子は、錯乱の末に絶望的な行動に駆られ、悲劇的な結末を引き起こすのだった。

主題の面でも文体の面でもモーリアックの影響を色濃く受けたこの作品で、作者が醒《さ》めた筆致で描き出すのは、索漠とした夫婦生活と報われることのない愛である。そのどちらも不毛で、挫折を運命づけられている。愛する者は狂おしい情熱の虜《とりこ》になるが、いざ相手がその思いに応えて自分に愛を向けると、逃げ出してしまうのだ——実生活における三島自身と同じように。

三島は一つの世界から別の世界へ難なく移ることができた。『愛の渇き』を書いていたまさに同じ時期、通俗小説を並行して執筆していたのだ。『純白の夜』は、三島がその後の二十年間に書く通俗小説の嚆矢《こうし》となる作品である(14)。よく売れるよう読みやすさを第一に書かれたこれらの通俗小説を三島自身は軽視しており、自ら「マイナーワーク」と見なしていた。この類《たぐ》いの作品を効率よく仕上げるため、不承不承ホテルの一室に缶詰になり、十日ほどで一本を書きあげることもあった。

『純白の夜』は成功し、すぐに映画にまでなった。映画化された二十本あまりの三島作品のうち最初のものである。『愛の渇き』もそれに匹敵する大成功で七万部という驚異的な売れ行きを示し、三島はこの年莫大《ばくだい》な印税収入を手にすることになった。いまや平岡家の収入を一人で担う三島は、八月に一家で目黒区緑ケ丘へ転居する。平岡家はこの広々とした日本家屋に、三島の結婚までの八年間を暮らすことになる。

緑ケ丘時代は三島の家庭生活がおだやかだった時期といえるだろう。父親の梓は『仮面の告白』を馬鹿げているとしてほとんど評価していなかったが、この作品と『愛の渇き』がもたらした商業的成功によって、息子の進路選択についての迷いも氷解した。梓は掌を返したかのように、今度は作家としての息子のことで得意になり、三島の代理人気取りで態度が大きくなった。終戦直後はしばしば離婚を口にしていた倭文重も、新居に移ってからは夫とのあいだに和解のようなものができた。平岡家に平穏な日々が訪れ、一家は三島の収入で余裕ある暮らしを送るようになった。

---

(14)　いわゆる「文芸誌」以外に発表された通俗小説は、以下の十七篇。『純白の夜』（昭和二十五年）、『夏子の冒険』（昭和二十六年）、『にっぽん製』（昭和二十七年）、『恋の都』（昭和二十九年）、『女神』（昭和二十九～三十年）、『沈める滝』（昭和三十年）、『幸福号出帆』（昭和三十年）、『永すぎた春』（昭和三十一年）、『お嬢さん』（昭和三十五年）、『獣の戯れ』（昭和三十六年）、『愛の疾走』（昭和三十七年）、『肉体の学校』（昭和三十八年）、『音楽』（昭和三十九年）、『複雑な彼』（昭和四十一年）、『三島由紀夫レター教室』（昭和四十一～四十二年）、『夜会服』（昭和四十一～四十二年）、『命売ります』（昭和四十三年）。

昭和二十五年の夏の終わり頃から、三島は戦後の東京に次々あらわれたゲイバーやナイトクラブに足繁く通いはじめる。行きつけは銀座にある「ブランスウィック」というゲイ・カフェ。その店の常連は、金持ちの年配の日本人、外国人のビジネスマン、米軍兵士、日本人の男娼などの奇妙な群れだった。夜になるとフロア・ショーがはじまる。そこにいたのが、当時まだ無名のゲイ・ボーイだった丸山明宏《まるやまあきひろ》である。後に美輪《みわ》と改姓して舞台に転じ、美しい女装で知られるようになる丸山は三島と親しくなり、その交友は終生つづいた。二人のあいだに関係はあったのかどうか、三島の死後も同性愛を否定する遺族への配慮から、丸山はさまざまな噂に対して自らは何も語っていない。

三島は一人ではなく、誰かと連れだってゲイバーめぐりをし、店に入ってからはもっぱら傍観者として振る舞っていた。貧相な体軀やコンプレックスであった低い背（三島の身長は一六〇センチ程度しかなかった）のために美男たちと張り合う気になれず、ほとんどナルシシズムに近いまでの自尊心から一夜限りの出会いも敬遠していた。三島の言によると、ゲイバーめぐりをするのは男をひっかけるためではなく、新しい小説『禁色《きんじき》』の背景資料を集めるためだった。常連となった三島は馴染《なじ》み客と会えばすすんで挨拶をするが、持ち歩いていたノートに絶えず何かを書きこんでいて、自分も同じ世界に属していると思われないようにしていた。

『禁色』は昭和二十六年（一九五一年）一月から十月にかけて雑誌に連載、十一月に単行本として刊行された(15)。この野心作が、恋愛事情にも権謀術数にも人心操作にもまだ経験の浅い弱冠二十六歳の若者の手になるものとは信じがたい。作者は戦後東京における同性愛者の世界の驚くべき実情を活写する。大部分の読者はこの作品によって、それまで禁忌として隠されてきたホモセクシュアルの世界を知ることになった。

二十二歳の南悠一《みなみゆういち》は近づく者すべてを虜《とりこ》にする類《たぐ》いまれな美貌を備えている。礼儀正しい物腰、恬淡《てんたん》とした態度、邪気のない心で人を魅了するこの美青年は、しかし別の顔を持つ

(15) 昭和二十六年一月から十月に発表されたのは第一章から第十八章に相当する部分で、十一月に題を『禁色 第一部』として単行本になる。第二部（第十九章から第三十三章に相当）は昭和二十七年八月から昭和二十八年八月にかけて「秘楽《ひぎょう》」の題で発表されたのち、九月に題を『秘楽 禁色第二部』として単行本になる。昭和二十九年四月『三島由紀夫作品集3』に収録される際「秘楽」の題を抹消して『禁色』で統一、章も通し番号に改められた。

ようになる。そのように仕向けたのは六十五歳の檜《ひのき》 俊輔《しゅんすけ》、想像力が枯渇し、自分を苦しめた女たちに対する怨恨にふくれあがった老作家である。俊輔は、美しくそして（少なくとも初めのうちは）純真な悠一を裏返したかのように、醜悪で狡猾《こうかい》だ。

悠一から自分が男しか愛せない人間だと告白され、病身の母から結婚を急《せ》かされている悩みを打ち明けられると、俊輔はある取引を持ちかける。五十万円を援助して結婚させ妻帯者として世間の目を欺いたまま、男同士の愛を実地に渉猟する手助けをする代わりに、自分の復讐計画に手を貸してほしいというのだ。その計画とは、かつて俊輔に屈辱を与えた二人の女に悠一を近づけてそれぞれ恋をさせ、決して成就することのない愛と別の女性への嫉妬のなかで、自分が苦しんだのと同じように苦しみを味わわせようというものだった。老作家は美しい青年を自分の「芸術作品」とし、若いころ得られなかったすべてを代わりに取り返す分身にするのだ。

企ては老作家の期待以上にうまく運ぶ。二人の女は嫉妬に悶《もだ》え苦しんだ挙げ句、屈辱にまみれて深く傷つくことになる。その一方で悠一は同性愛者の秘密社会に出入りし、その場限りの関係を重ねるだけでなく、次から次に言い寄ってくる社会的地位のある老人を翻弄し、他人を支配する側だった男たちを自らの足元に屈服させる。やがて悠一が己の美しさと力を自覚するようになって離れていくと、老作家は自らが仕組んだ罠《わな》に自分自身が落ち込んでいたことに気づくのだった。俊輔は悠一を愛していたことを認め、莫大な財産をその美青年に遺して自殺する。

『禁色』は初期の傑作のひとつであり、普通であれば円熟期の作家にしか扱えないようなテーマを、若い三島は深くそして濃密に掘り下げている。女嫌いの老作家の人物造形、この作家の言葉を通して語られる「美」「若さ」「精神」「芸術」などに関する鋭い考察といったものだけでなく、悠一と少年たちのあいだに繰り広げられる誘惑の駆け引きや、めまぐるしく変化する喜劇的状況などもこの作品の魅力である。

悠一はある大金持ちが大磯《おおいそ》で催したゲイ・パーティに招かれるが、そこでの乱痴気騒ぎは、F・スコット・フィッツジェラルドが一九二〇年代にリヴィエラで目にしただろうものとほとんど同じである。あらゆるものが生々しいまでの現実感をもって描かれる。各年代における男色家の振る舞い、注文服へのこだわり、ポマードの香る髪、銀のシガレットケース、そしてゲイ・カフェ「ルドン」で悠一を取り巻く男たちの生態。作者は、自分も決して無縁ではないある世界を、あくまで外側からほとんど人類学的ともいえるような手法で分析している。

そこは異様な粘着力のある植物が密生したいわば感性の密林だったのである。／その密林のなかで道を見失った男は瘴癘《しょうれい》の気に蝕《むしば》まれ、はては一個の醜悪な感性のお化けになった。誰も嗤《わら》えない。程度の差こそあれ、男色の世界では、否応なしに人間を感性の泥沼に引きずりおろすふしぎな力に抵抗し了《おお》せている男はいないのである。たとえば抵抗のよすがとして、多忙な実業や、知的探究や、芸術や、男の世界のさまざまな精神の上部構造にすがりつこうと試みながら、一人として、部屋の床《ゆか》にひたひたと浸水してくる感性の氾濫《はんらん》に抗しうる人はなく、自分の身がどこかでこの沼水とつながりをもっていることを忘れ去ることのできる人もなかった。同類同士の湿った親近感から、誰一人決定的に手の切れる人はなかった。何度も脱出は試みられた。しかしとどのつまりは、又してもこの湿った握手に、粘ついた目くばせに還って来るほかはないのである。本質的に家庭をもつ能力のないこの男たちが、わずかに家庭の灯火《ともしび》らしいものを見出すのは、「君も同類だ」と語っている仄暗《ほのぐら》い目のなかにだけであった。（『禁色』）

『禁色』は、倒錯した性に抗《あらが》うことができず、精神とは無縁の肉体の欲望だけを追い求める美青年の物語であると同時に、膨大な知識と教養を身につけ、極めて鋭敏な洞察力を備えた孤独な老作家の物語でもある。三島は悠一であり、また俊輔でもあるのだ。前者のように力の象徴である美しさと魅力を我がものにしたいとあこがれながら、後者と同じく知性と悲観的な人生観しか持ち合わせておらず、あこがれの実現のためには、現実から逃れるか、あるいは現実を変形するかしかない。

この小説から聞こえてくるのは次のようなことだ。すなわち、美こそが唯一の道徳であり、それは清冽《せいれつ》な眉の線に、肉感的な唇が描く優美な形に、抱擁を求めて差し出された肉体の完璧さに応じて変化する。さらには、人間を残酷にするのは愛されているという意識だ、という響きも聞こえてくるが、これは三島が親近感を抱いていた作家であるコクトーのこだまであろう。

『仮面の告白』において主人公は「倒錯」の世界のただ一人の住人であった。しかし『禁色』を執筆することによって、三島は自分が一人きりではないことを悟る。この作品では同性愛者はあらゆる社会階層に遍在している。また、そこに出てくる「ハッテン場」の描写は、少しも色褪《あ》せていない。戦後間もない時代における夜の公園の様相は、二十一世紀の東京で繰り広げられているものと同じなのだ。

『禁色』を担当したのは女性編集者であった。後に三島から、日本の女性のなかで誰よりも文学を知っている、と言われることになる松本道子《まつもとみちこ》である。松本は月に一回、定められた日に三島宅を訪れ、その月の掲載分の原稿を受け取った。その度に倭文重は息子のそばを離れずにいて、この女編集者と二人きりにすることはなかった。松本は、この家に嫁にくる女性は大変だろう、と思ったという。松本が感銘を受けたのは、三島が他の有名作家と異なり、締切期限を厳守する点だった。指定した日時に必ず原稿を渡し、しかもその原稿はつねにきれいで、すぐに印刷所へまわすことができた。三島はほとんど自分の文章を修正しなかった。書きはじめる前に頭のなかですでに文章ができあがっていたからだ。

三島の仕事のリズムはすでに確立していた。酒はたしなまず、煙草はピースを少々、夜通し執筆し、昼頃まで眠る。まるで修道士のような、あるいはかつてそうであった役人のような規則正しい生活だった。松本がこの作家らしからぬきちんとした生活に驚きを表明したとき、三島はこう答えたという。「大抵の作家は頭のなかはどこまでも正常なのに、無頼漢のふりをしている。ぼくの場合は、正常にふるまっているが、内側は病んでいるのさ(16)」。この言葉に誇張はない。三島はつねに死の幻想に取り憑《つ》かれていた。そして今では『禁色』を通じて入り込んだ「感性の密林」に囚《とら》われて抜け出せなくなっているのを感じていた。

内部に巣喰《く》う魔《デモン》こそが、これまで三島の詩嚢《しのう》であった。しかしそれは背負いつづけるには重すぎる荷でもあった。昭和二十六年（一九五一年）の末、三島は一人で外国を旅することにする。何年にもわたって創作に没頭し、二十六歳にしてすでに二十冊以上の著作を上梓《じょうし》した三島は今、西洋へ長い旅行をすることの痛切な必要を感じていた。ともかく日本を離れ、自分を打開し、新しい自分を発見してきたいという気持ちが募っていた。

当時は日本人が海外へ出るのは容易なことではなかった。占領下ゆえまだパスポートはなく、マッカーサー司令官自身の署名による旅行許可証があるばかりで、入手はほとんど不可能だった。幸い父親の友人に朝日新聞社出版局長がいて、その人の配慮で三島は名前だけの特別通信員にしてもらうことができた。厳重な身体検査を受け、占領軍総司令部での長い審査を経てようやく旅行許可証が発行された。

(16)　ジョン・ネイスン『新版・三島由紀夫—ある評伝—』（野口武彦訳、新潮社、平成十二年［二〇〇〇年］）、141ページ。一部訳を改めた。

昭和二十六年十二月二十五日、三島はプレジデント・ウィルソン号の船客となって横浜を出航する。サンフランシスコへ向かう船上で三島が書きはじめた旅日記『アポロの杯』には、旅に出て最初に発見したものが、迸《ほとばし》る喜びとともに記されている。それは太陽だった。二十六年ものあいだ暗がりに引きこもっていた三島は、甲板に出て終日全身に太陽を浴びて過ごす。その日々は青白い肌を日焼けさせただけではなく、新しい人間になろうとする意志を堅固なものにした。三島は孤独を標榜《ひょうぼう》していた自我を捨てて他の乗客と積極的に交わるようになる。甲板に一人でいるときは、自分が変わるために何が過剰で何が欠落しているのかを考える。その答えをもたらしてくれたのは、日差しの愛撫《あいぶ》だった。

私に余分なものといえば、明らかに感受性であり、私に欠けているものといえば、何か、肉体的な存在感ともいうべきものであった。すでに私はただの冷たい知性を軽蔑することをおぼえていたから、一個の彫像のように、疑いようのない肉体的存在感を持った知性しか認めず、そういうものしか欲しいと思わなかった。それを得るには、洞穴のような書斎や研究室に閉じこもっていてはだめで、どうしても太陽の媒介が要るのだった。(『私の遍歴時代』)

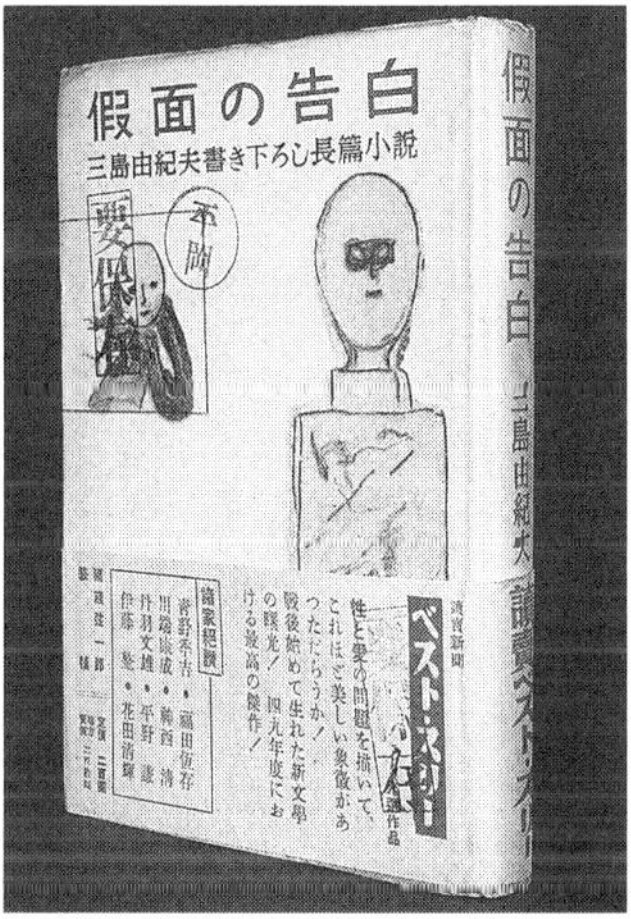

初の書き下ろし長編小説『仮面の告白』（昭和24年７月）

初の洋行、プレジデント・ウィルソン号船上にて（昭和26年12月25日横浜発）
写真提供／藤田三男編集事務所（上下とも）

サンフランシスコとロサンゼルスで数日ずつ過ごしたあと、三島はニューヨークに十日間滞在する。知り合いに紹介されたアメリカ文化自由協会のクルーガー女史の案内でエンパイア・ステート・ビルディングやラジオシティ・ミュージックホールを見物。女史は道中、三島を社会主義者に転向させようと試みたが、功を奏さなかった。三島は近代美術館でピカソの「ゲルニカ」を見、『コール・ミー・マダム』や『南太平洋』といったミュージカル、コメディ『ムーン・イズ・ブルー』などを楽しむ。リヒャルト・シュトラウス作曲のオペラ『サロメ』には特に感嘆したようで、日記の何頁かをそれに費やしている。

ニューヨークではまた『仮面の告白』を英訳中のメレディス・ウェザビーに会った。ウェザビーはいくつかの疑問点を尋ねるだけのつもりだったが、三島は嫌な顔ひとつせず丁寧に質問に答え、会話は真夜中にまで及んだ。

しかしこういった文化的側面を除いたニューヨークの町そのものは、三島にとりたてて刺激を与えなかったようである。日記によれば、「紐育《ニューヨーク》の印象――などというものはありえない。一言にして言えば、五百年後の東京のようなものであろう」(『アポロの杯』)。旅行者の三島はあらゆるものを日本と比較する。三島の目には西洋のすべてがエキゾティックに映っているのだ。

二十日あまりをアメリカで過ごしたのち、三島はブラジルへ向かう。二月末にリオ・デ・ジャネイロで行なわれる謝肉祭《カーニヴァル》を見物するためもあり、ブラジルには一カ月ほど滞在する。案内役を務めた朝日新聞通信員の茂木の回想によれば、三島は愛想がよくて礼儀正しく、金遣いがおおらかだった。相手を見抜いて自分をそれに合わせる能力に長《た》けていた。仕事のリズムを変えることなく、夜通し執筆し、昼過ぎまで空調の利《き》いたホテルの部屋で眠っていた。茂木の目には、三島は粗野をてらって自分の繊細さを隠そうとしているように見えた。頭をそらせて不自然なほどの高笑いを響かせることもしばしばだった。

三島がブラジル人たちに惹かれたのは、その屈託のなさと親切さ、そして肉体との大らかな関わり方だ。開放的なこの国にきて大きく変わったのは、自らの同性愛を隠そうとしなくなったことだ。三島は自分を解き放ったのだ。茂木によると、通りや公園で出会った若者をホテルの部屋に連れてきたという。どうやって知り合うのかと尋ねたところ、あの世界には言葉なしの了解がある、というのが三島の説明だった。女性の影も皆無ではなかったが、三島に関心があるのは女性心理と求愛過程でしかなく、最終的な行為にはまったく興味がなかった。
謝肉祭は二月二十三日にはじまった。三島にとってそれは単なる祭りではなく、身も心も没入する陶酔だった。日記には「三晩を踊り明かした」とあるが、案内役の茂木によれば、三島が乱舞する群衆に混じる気になったのは最後の夜になってからだった。危険も顧《かえり》みず、半裸になって舞踏の狂熱に飛び込み、群衆と一つに溶け合う。そして喜悦に包まれたまま、我を忘れて舞踏の快楽に身を委ねていた。

三月三日、パリに到着した三島は、一週間の予定でオペラ座近くのグラン・トテル（グランド・ホテル）に宿泊する。数日後、シャンゼリゼを歩いていると、一人の男が近づき、ドルを公定交換率より有利に両替しようと持ちかけてきた。言われるままにとあるカフェの裏部屋までついて行き、旅行者小切手《トラベラーズチェック》を懐から出したところ、突然呼子が鳴り、その隙に男は小切手をさらって逃げ去った。まだ大使館はなかったので、すぐに日本の在外事務所に盗難届を出して小切手を差し止めてもらったが、金が戻るまでには一カ月待たなければならない。ホテルの支払いもできなくなったので、十六区のモザール街にある日本人経営の料理屋兼宿屋「ぼたんや」を紹介され、ツケで暮らすことになる。同じ宿には映画監督の木下恵介《きのしたけいすけ》も逗留《とうりゅう》していた。また木下を通じて作曲家の黛《まゆずみ》敏郎《としろう》とも知り合う。三島は黛にゲイバーへ連れていってくれるよう頼み、木下も加わり三人で「ラ・レーヌ・ブフンシュ（白い女王）」へ繰り出す。しかし少年たちはフランス語が堪能な黛のまわりに集まり、三島を無視した。そのような事情もあったのか、三島はパリにいい感情を抱かなかった。部屋の窓から外を眺めても、眼下の通りを歩いているのは子供と老人ばかりで、若者の姿はない。パリの美しさは醜女《しこめ》の厚化粧のようなものだ、と三島は日記に記す。パリにいるあいだ、三島は大部分の時間を部屋で戯曲『夜の向日葵《ひまわり》』を書くことにあてていた。

四月十九日、ロンドンに到着すると、マウント・ロワイヤルに投宿。ロンドンでの数日間を、ブリテン作曲のオペラ『ビリー・バッド』やシェークスピアの喜劇『から騒ぎ』を見たり、サリー州ギルフォードへの日帰り旅行をしたりして過ごす。

そして四月二十四日、三島はついに「眷恋《りんれん》の地」ギリシアの土を踏む。アテネに到着した三島は、デルフォイへの二日の旅行も含めて、一週間ほどギリシアに滞在する。このあこがれの地は、期待に違わず魅力に溢《あふ》れていた。アクロポリス、パルテノン、ゼウス神殿……、大方の日本人と異なり、アイスキュロスやソフォクレスなどのギリシア古典に精通していた三島は、照りつける太陽の下、古《いにしえ》の遺跡の前で歓喜に酔いしれる。三島がギリシアから欲していたのは、宿痾《しゆくあ》のように取りついた浪曼主義を振り捨て、古典主義を我がものとすることだった。暗闇のなかではなく、光に包まれて生きるようになることだった。肉体を精神と同列まで高めて称揚することだった。三島はディオニュソス劇場で上演されたギリシア悲劇に肉体と知性の均衡を思い、大理石の彫像のなかに永遠の若さの秘密を見る。この地では美と倫理とが同一であり、美しい作品を作ることと自分が美しいものになることが分かちがたく結びついていることを見出して、三島は自分が解き放たれたように感じる。氾濫する夥《おびただ》しい太陽の光に恍惚《こうこつ》となりながら、三島は「古典主義者」に変貌するのだ。

五月、三島は生まれ変わった人間として日本に戻ってくる。もはや病的なまでに過剰な感受性に苦しむことも、自己嫌悪と孤独に押しつぶされることもなく、力と健康への意志が呼びさまされていた。三島は帰国してすぐに東京大学でギリシア語のコースを受講する。七月に良家の子女であるひとりの女子学生と知り合うと、その女性が学習院大学を卒業するまでほぼ規則的に会って、二人で出かけるようになる。プラトニックな関係からは進まなかったが、二人は交際を楽しんでいた。普段着で来させた相手の前に三島が学生服姿で現われ、学生風のデートをすることもあった。歌舞伎には着物姿で、劇場にはドレスでと、その都度場合に応じて盛装させることもあった。相手の女性の方は三島に好意を抱いていたし尊敬もしていたが、母親との親密さが度を超していたので、とてもではないが結婚しようという気にはならなかった。この女性は数年後に別の家へ嫁いでいった。しかし三島が落ち込むことはなかった。

昭和二十八年（一九五三年）夏、新潮社が『三島由紀夫作品集』全六巻を出した。二十八歳で著作集を出版するのは日本で最年少だった。川端康成を主賓として開かれた出版記念会に母を伴い出席した三島はまだ学生のようにも見えたが、この青年作家の社会生活は大きく広がり、錯綜したものとなっていた。

まずは文学者仲間の世界。外遊から帰国すると三島は「鉢の木会」と呼ばれる小さな作家同人に加わるよう勧誘され、以後十年にわたってその一員になっていた。会は月に一回まわりもちで一人の家に集まり、酒を飲みながら文学論を交わしたりしていたが、後には『声』という雑誌も発行するようになる。三島が脱会するのは、同人の吉田健一《よしだけんいち》、そして福田恆存《ふくだつねあり》とのあいだに確執が生じたからだった。同じく会の一員だった中村光夫は、三島は最年少であり、適当にあしらうことができない気質であったから、居心地が良くなかったのだろう、と語っている。他のところでは進んで道化役を買って出る三島だが、文学のことになるとどこまでも真剣にしかなれなかったのだ。

『禁色』執筆中に見出した同性愛者の世界での三島は、また違う顔を見せていた。あるアメリカ人実業家の家では、日本人と外国人が入り混じって感情の駆け引きが繰り広げられるパーティがよく開かれていたが、三島は結婚を機に足が遠ざかるまで、定期的にそこへ参加していた。

そして三島が関わっていたもう一つの世界が、演劇関係の世界である。

6　肉体の改造

三島は観客として、また劇作家として演劇に終生変わらぬ情熱を傾けており、小説は女房で芝居は妾《めかけ》のようなものだ、と語ることもあった。昭和二十八年（一九五三年）から死の年に至るまで、年に一本は長篇戯曲を書いている。戯曲の仕事をするときは大抵、二カ月連続で月末の三日間を帝国ホテルで缶詰になった。いつも最後の科白《せりふ》から書きはじめ、四幕物であれば六日と、驚異的な速度で書き進めた。

三島の戯曲では、小説と同様に内容と形式が密接に結びついており、西洋の伝統と東洋の伝統の融合が試みられていた。昭和二十年代後半の日本ではこのような試みはまだ一般的ではなかった。明治以降、日本の作家がいち早く欧米の小説に関心を寄せて近代小説を書きはじめていたのに比べると、西洋的な近代戯曲が日本に根付くまでには長い時間がかかった。第二次世界大戦後は歌舞伎や能の人気が回復し、多くの観客を集めていたが、近代劇でもテネシー・ウィリアムズの『欲望という名の電車』やシェークスピア、チェーホフといった翻訳物など、成功を収めたものもあった。しかし、日本人作家の筆による新たな舞台作品はまだ少なかった。

西洋的な近代演劇を目指す新劇は明治時代末期にはじまるが、戦後その伝統を引き継いだのは、イプセン、チェーホフ、ユージン・オニールといった西洋劇作家の影響を受けた若い世代で、その一人である安部公房が惹《ひ》かれていたのはブレヒト、三島はラシーヌやエウリピデスだった。

三島の処女戯曲は、昭和二十三年の『火宅《かたく》』である。翌年には一幕物の『灯台』を書き、はじめての演出を手がける。三島は川端康成に宛てた昭和二十五年一月三十一日付の書簡で「演出という仕事の厖大《ぼうだい》なエネルギーの要るのにはほとほと呆《あき》れ、もう二度とやる気はございません」とこぼす一方で「こんな面白い仕事は生れてはじめてで、阿片《アヘン》のようで怖」いと語っており、以後も何度となく演出に手を染めることになるだろう。

昭和二十八年六月、文学座は三島の最初の四幕物『夜の向日葵《ひまわり》』を初演する。これ以降、三島はその現代劇を原則として文学座のために書くようになった。文学座の若手との交流ができ、なかでも親しくしたのは、芥川龍之介の長男で、俳優でもあり演出家でもある芥川比《ひ》呂志《ろし》だった。また、三島の主だった戯曲のすべてを実質的に演出することになる松浦竹夫《まつうらたけお》とは終生の友人となる。そういった友人たちに夜遊びに連れ出されることがあっても、三島は終始しらふのまま、いつも持ち歩いているカードに夜の東京の観察記を書き込んでいた。そしてどんなに遅くとも二十三時になると、帰って朝まで仕事をするから、と立ち去るのだった。三島は決して生活のリズムを崩さなかった。

文学座がはじめて三島の戯曲を上演したのは昭和二十五年、三島が書いた最初の近代能「邯鄲《かんたん》」だった。その起源を十三世紀まで遡る伝統的な能は、豪奢《ごうしゃ》な装束と面を身につけた男性演者による舞《まい》と謡《うたい》からなる歌劇で、その型は十四世紀に世阿弥によって定められてから変化していない。物語は非常に様式化・単純化されており、多くの場合、あの世から戻ってきた亡霊などの超自然的存在である主役（シテ）の話を、生身の人間である脇役（ワキ）が聞き出す、という構成をとる。明治維新、第二次世界大戦など、存続が危ぶまれた時期も幾度かあったものの、戦後再び能は人気を取り戻していたが、同時代の作家が新しい能を世に問うとは誰も思っていなかった。三島の戯曲は、登場人物が現代の服装をしているにもかかわらず、紛れもなく能であった。叙情と象徴に溢《あふ》れ、生と死のあわいをたゆたう夢幻的な劇は、人間の論理を排した次元で心を打つ。
『近代能楽集』をフランス語に訳したマルグリット・ユルスナールは、三島の近代能のなかに「聖なるものであると同時に、時として滑稽な劇」を見ており、「一見すると〝日本的〟な色彩は希薄であるが、目を凝らしてはじめて、その色が全体に染み渡っていることに気づく」と指摘している(17)。

「卒塔婆《そとば》小町《こまち》」では、夜の公園で乞食の老婆が吸い殻を拾い集めている。ベンチに座っていた恋人たちは、醜悪な老婆を避けてどこかへ行ってしまう。売れない若い詩人が声をかけると、老婆はその詩人に死相が出ていると言う。老婆の目は、自分のまわりに死者だけしか見ないのだ。九十九歳の老婆は詩人に、自分は昔「小町」と呼ばれた女で、自分を美しいと言った男は皆死んだと語る。八十年前、参謀本部の深草《ふかくさ》少将と約束した百日目に、鹿鳴館の舞踏会があった。その幻影とともに当時の男女が現われ、小町を讃美する。小町と踊った詩人は、現実に引き戻されてからも、もう老婆の醜悪な姿は目に入らない。老婆が止めるのも聞かずに「君は美しい」と告げると息絶える。巡査がその屍《しかばね》を運び出したあと、老婆はまたもとのベンチで吸い殻を数えはじめる。

「弱法師《よろぼし》」の舞台は家庭裁判所の一室である。調停委員の桜間《さくらま》級子《しなこ》をはさんで川島《かわしま》夫妻と高《たか》安《やす》夫妻が向き合い、青年俊徳《としのり》の親権を争う。子のない川島夫妻は戦争が終わって間もなく、空襲で目を焼かれて盲目になった男の子が物乞いをしているのを上野の地下道で見つけ、以来十五年にわたって育ててきた。実の父母である高安夫妻は、空襲のさなか五歳の俊徳を見失い、死んだものとして墓を建てたがあきらめきれずにいたところ、生きていることを知って取り戻そうとしている。二組の夫婦が口論しているところに、背広姿で杖《つえ》をついた俊徳が現われる。実の母の涙ながらの訴えもその心を動かすことはなく、実父母、養父母ともに嘲弄する。空襲で炎に囲まれたときに世界の終わりを見てしまったとの思いに囚《とら》われている俊徳には、この世のすべてがすでに「幽霊」となっているのだった。

「綾《あや》の鼓《つづみ》」は庭掃きの老人の高貴な女御《にょうご》への恋心を描いた「綾鼓」がもととなっている。法律事務所の老小使い岩吉は、向かいのビルにある洋裁店の客である華子《はなこ》に想いを寄せ、恋文を書いて百通になった。今日も女事務員加代子《かよこ》がそれを届けるが、華子の取り巻きによって読まれてしまう。取り巻きは老人をこらしめようと、踊りの小道具の綾でできた鳴らない鼓

(17)　三島の『近代能楽集』には八篇の近代能が収められているが、ユルスナールの仏訳（*Cinq Nô modernes*, Gallimard, 1984）に収められているのは、「卒塔婆小町《そとばこまち》」「弱法師《よろぼし》」「綾《あや》の鼓《つづみ》」「葵上《あおいのうえ》」「班女《はんじょ》」の五篇。

に文《ふみ》を結びつけて老人に投げ与える。文には、この鼓を打って音が出たら恋を叶《かな》える、と書かれてあった。岩吉は必死に打つが音は出ない。からかわれたと気づいた岩吉は、窓から身を投げて死ぬ。一週間後の夜中、法律事務所に忍び込んだ華子は、現われた老人の亡霊に、ふたたび鼓を鳴らしてくれと頼む。鼓はほがらかに鳴るが、華子の耳には聞こえない。百回打った岩吉は姿を消す。茫然《ぼうぜん》と立ちつくす華子は、あと一打ちすれば自分にも聞こえたのに、と呟《つぶや》く。

『源氏物語』に材をとった「葵上《あおいのうえ》」で描かれるのは女性の嫉妬である。美貌の青年である光《ひかる》は、妻の葵の突然の発病と入院に驚いて旅先から駆けつける。葵につきそう看護婦は、夜ごとに訪れてくる貴婦人と、不思議な夜の官能の世界を物語る。看護婦と入れ替わりに、かつて光の愛人だった六条康子《ろくじょうやすこ》が現われる。康子は幸福だった昔の思い出に光を誘う。ヨットに同乗して湖畔の別荘へ赴くとき康子は、もし光が自分より若く美しい女と結婚したら生《いき》霊《りょう》となってその女を苦しめに行くだろうと呟《つぶや》いた。この夜康子は目に見えない「苦痛の花束」を葵に届けにきたのだった。葵の苦痛の声が過去に重なると、康子もヨットも消え失《う》せ、光は夜の病室に取り残される。我に返って康子の自宅に電話をかけたところ、康子はずっと在宅していた。先刻の康子は生霊だったのだ。と、その生霊が手袋を忘れたと病室の外から呼びかける。茫然と手袋を手にした光が病室から去ると、何が起きたのかわからず、電話の向こうで呼びかけている現実の康子の声に誘われるようにして手を伸ばした葵が、ベッドから転がり落ちて息絶える。

「班女《はんじょ》」では四十歳で独身の女流画家本出《ほんだ》実子が美しい芸者花子を落籍《らくせき》し、自分の家で庇護《ひご》している。花子は来る日も来る日も駅のベンチで扇を手に、かつての恋人を待っている。また会う日のためにと男と扇を交換したが、男は現われず、待ち焦がれた末に気が狂ってしまったのだった。実子は花子を世間から隠しておきたかったが、ある日、駅で元恋人を待ちつづける狂女のロマンスが新聞に載ってしまう。花子を失いたくない実子は、元恋人の吉雄《よしお》が訪ねてくることを怖れて花子を旅に誘うが、花子はひたすら待っていたいと拒む。実子はさらに、吉雄を探すために旅に出ようと説得を試みるが、花子は逃げるようで嫌だと拒否し寝室に消える。そこに吉雄が現われるが、実子は花子に会わせまいとする。誰からも愛されない女である実子にとっての幸せは、自分以外の誰かを愛している人を囚われの身にしておくこと、なぜならその人の愛が報われないあいだは、その人の心は自分の心であるからだ。それでも吉雄は強引に花子のもとへ行く。しかし、かつて交換した扇を見せられても花子には相手が誰だかわからない。吉雄は去り、花子と実子はそれぞれの待つ運命と待たない運命を確認し合うのだった。

三島の演劇関係の友人には歌舞伎役者もいた。昭和二十八年、三島が手がけた最初の歌舞伎台本『地獄変』が歌舞伎座で上演される。芥川龍之介の同名の短篇小説を脚色したものである。原作では、地獄絵図を描くことを大殿《おおとの》から命じられた絵師が女が焼け死ぬ光景を見たいと訴えたところ、大殿は絵師の一人娘をその目の前で焼き殺す。三島がその娘を主役にしたのは、当代きっての女方、六代目中村歌右衛門《うたえもん》を想定していたからだった。

十七世紀に生まれた歌舞伎は、もともと遊女や女性芸人の一座によって演じられていたが、「女歌舞伎」は風俗を乱すという理由で幕府から禁令が出され、次第に姿を消していった。代わって人気を集めたのが、前髪のある成人前の少年が演じる「若衆《わかしゅ》歌舞伎」であるが、これも風俗を乱すため禁令が出され、以降は前髪を剃《そ》り落とした成人男性が演じる「野《や》郎《ろう》歌舞伎」の時代になる。女性役を演じる「女方」は容姿ではなく技術的に女性らしさを表現する方向へと発展していき、八十歳の役者が若い娘になりきって舞台に立つことも稀《まれ》ではない。

昭和二十六年にその名を襲名した六代目歌右衛門を三島は賛嘆しており、その舞台に足繁

六代目中村歌右衛門と（昭和31年）
写真提供／藤田三男編集事務所

後楽園ジムで練習中（昭和33年５月）写真提供／新潮社

く通っていた。『地獄変』を機に三島は歌右衛門の親交を得て、舞台後に着替えたり化粧を落としたりしている楽屋を訪問できるまでになった。歌右衛門をモデルに書かれた短篇小説が「女方」（昭和三十二年）であり、歌舞伎の一流女方である万菊《まんぎく》の、新劇出身の若手演出家への恋が、この女方の芸に傾倒するあまり裏方に身を置くことになった男の冷徹なまなざしを通して描かれる。また後には歌右衛門の豪華な舞台写真集を編集した(18)。歌右衛門は昭和四十三年（一九六八年）に人間国宝となる。

昭和二十八年には三島は有名人となっており、その年の七月に緑ケ丘の自宅に泥棒が入り込んだ際には、各新聞がこぞってその事件を大きく報じた。二十八歳ですでに一流作家としての地位を確かなものにしていたが、雑誌記者や風刺画家の恰好《かっこう》の餌となっていたのはその言動やいでたちだった。その頃の三島はアロハシャツに濃い色のサングラス、ぴったりとしたズボンに先の尖《とが》った靴、日本人離れした濃い胸毛を見せつけるためか、胸元をはだけて、旅先で買い集めたメダルを吊《つ》るした金鎖を、これみよがしに覗《のぞ》かせていた。このような姿で銀座を闊歩《かっぽ》し、六本木のクラブで文学座の若い女優たちとロカビリーを踊る三島が、人目につかないはずはない。人々は三島に対して、称賛と反撥が渾然《こんぜん》一体となった感情を抱いていた。

ギリシア体験が契機となって肉体とある程度まで和解した三島は、昭和二十八年春には古代ギリシアの牧歌物語『ダフニスとクロエ』に触発された小説を着想する。全三島作品のなかで最も陽光にあふれたものであり、幸福な恋愛を描いた唯一の小説である『潮騒《しおさい》』だ。若い漁師の新治《しんじ》と島一番の金持ちの娘である初江《はつえ》の恋物語で、社会的地位の差から二人の初恋はさまざまな障害に直面するが、試練を乗り越えた若者の誠実さが認められ最後には結ばれる、というその内容自体はとりたてて目新しくはない。三島らしさがあらわれているのは、島の漁師たちが送る日常生活の描写や、ほとんど三人目の登場人物と言えるほどの海の圧倒的な存在感である。

『潮騒』の舞台となった島は、父の梓のつてで農林省水産局に探してもらった、伊勢《いせ》湾口に浮かぶ神島《かみじま》だった。三島は小さなその島に春と夏に滞在し、漁村の人々の生活を取材したり、早朝から夕方まで蛸壺《たこつぼ》漁を手伝ったり、灯台守と親しくなったりした。秋に起稿し、翌

---

(18)『六世中村歌右衛門』(三島由紀夫編、講談社、昭和三十四年)

昭和二十九年（一九五四年）四月に脱稿。六月に上梓された『潮騒』は十万六千部を売り上げ、戦後日本の出版記録を塗り替えた。文庫本はその後も毎年約十万部が売れつづけることになる。出版と同時にいくつもの映画会社が映画化権を争い、東宝は八月に神島全体を借り切って三週間で撮影を完了した。音楽は黛敏郎。十月末に封切られた映画は大成功を収める。さらに三島はこの『潮騒』によって、第一回新潮文学賞を受けた。

三島は後年、『潮騒』は読者への冗談であったと繰り返し語っている。この小説に描かれた横溢《おういつ》する陽光も、健康的で一点の曇りなく生に包まれている主人公たちも、三島の気質からはほど遠かったのだ。『潮騒』から約十年経《た》ち三十八歳になった三島は、この作品の通俗的成功と通俗的な受け入れ方がかえって「ギリシア熱がだんだんにさめるキッカケ」（『私の遍歴時代』）になったと書く。けれども当時の三島は、何とかして「自分の反対物」に自らを化そうとしていた(19)。莫大《ばくだい》な印税を手にしたのも、自分の名が広く世間に知れわたるようになったのも、本来の自分を否定したからなのだ。

昭和三十年（一九五五年）一月十四日、三島は三十歳の誕生日に友人を招いて小宴をひらいた。その席で三島は自殺について否定的な考えを語った。自分は美しく死ぬには年を取りすぎたし、三十歳を過ぎて自殺するのは太宰治のようでみっともない。実際、三島は一カ月前に発表した芥川龍之介についての評論[20]のなかですでに、自殺する文学者は嫌いだと書いていた。武士の自殺は認めるが、それは武士の道徳律の内部では自決が作戦や突撃や一騎打ちと同一線上にある行為だからである。だが、作家の行為は日々の制作の労苦や喜びであり、自殺は決してその同一線上にある行為ではない。友人たちは死に取り憑《つ》かれているような男がそんな言葉を口にするのを聞いて面食らったが、三島は自分の言ったことを打ち消すかのように新しく作った自分の名刺を見せた。そこには「魅死魔幽鬼尾」と記してあり、陰気な口調で「これがぼくの名前の本当の書き方なんだ」と呟《つぶや》いたという。

　ギリシア旅行後の三島は、自分の環境を宿命と考えることから癒されていた。かつて『仮面の告白』で「私の生涯の不安の総計のいわば献立表《メニュー》を、私はまだそれが読めないうちから与えられていた」と確信していた宿命論者は跡形もなく消え失せ、「私の環境は、私の決心

(19)「十八歳と三十四歳の肖像画」
(20)「芥川龍之介について」（初出・文芸臨時増刊『芥川龍之介読本』昭和二十九年十二月）

なのである」（『アポロの杯』）と認識するようになる。三島はそれまで自分に無縁だったものをゆっくりと、しかし着実に身につけていくと同時に、スポーツや野外や生命力や健康といったものに目を開き、やがてすっかり別人へと変貌を遂げるだろう。今までの言葉の代わりに「肉体の言葉」を知るようになるのだ。

年を重ねてから肉体鍛錬をはじめるのは容易ではない。スポーツマンになろうと志したものの、はじめのうちは肉体も自尊心も傷つけられるばかりだった。

まずは水泳をはじめたが、向いていないことがすぐ明らかになる。少年時に泳ぎを習得しなかった三島は、手と足の動きがばらばらだった。ようやく泳げるようになると、生来の負けん気が首をもたげ、地道な練習では物足りなくなる。あるとき、友人とどちらが速く泳ぐことができるか競ったが負けてしまう。三島は子供のようにむくれ、不機嫌を隠そうともしなかった。

水泳に見切りをつけた三島はボクシングに転向、昭和二十八年（一九五三年）から二十九年にかけて週に一回ジムでトレーニングを受けるが、ここでもまた大成することはなかった。昭和三十三年（一九五八年）に再開してからも、ひどく叩《たた》きのめされてばかりいたが、その苦役を楽しんでいたようだ。翌年以降、自らグラブをはめることがなくなってからもボクシングへの興味は持ちつづけ、何人かの選手のスポンサーになったりもした。

三島に合っていたのは、昭和三十年（一九五五年）九月からはじめたボディビルである。バーベルと相対しているときは一人、競う相手もなければ、細い腕や薄い胸板や貧相な脚を判定する者もいない。三島は週に三回の練習を自らに課し、その習慣を破ることはなかった。東京にいるときは後楽園ジム、旅に出ると最初にするのはホテルから最寄りのジムを探すことだった。

練習の効果はすぐにはあらわれない。はじめてから三年経ったころに出会ったあるボディビルダーは、これ以上やるには貧血質すぎるという印象を持ったという。しかし三島は学生時代の試験勉強や夜々を徹しての執筆と同じ勤勉さでバーベルを上げつづけ、後には小学館から出版される百科事典の「ボディビル」の項目に添える写真のモデルとなった。その際の写真撮影で明らかになったのは、三島は上半身を鍛えるのを怠っていたという事実である。隆々たる上半身に比べて下肢はあまりに貧相なので、撮影されたのは腰から上の写真ばかりだった。

ジムにいる他のボディビルダーは三島を自分たちの仲間として迎え入れていた。「先生」と呼ばれていた三島は、白いウェアに黒のベルトでジムに入ってくると、壁一面の鏡の前でポーズを取り、自分の姿をじっくりと見つめるのだった。三島がスポーツをはじめたのは、まずは健康になりたかったからだろう。夜中に胃痙攣《けいれん》で苦しむことが多くなり、その都度注射で痛みを和《やわ》らげなければならず、仕事にも支障がでていたのだ。ボディビルをはじめてからは、こういった身体的苦痛は少しずつ治まっていった。そして何よりも三島が望んでいたのは、ずっと嫌悪の対象だった自らの肉体を改造すること、身体的コンプレックスを払拭し、鏡のなかの自分が少しでも美しくなることだった。

昭和三十一年（一九五六年）八月、三島は小さい頃からの夢を叶え、御輿《みこし》を担《かつ》いだ。御輿を振り立てた若者の一群は子供だった三島を魅了し、陶酔の表情を浮かべているあの担ぎ手たちのなかに溶け込みたいという思いをかき立てたが、その陶酔から自分は隔てられていると長いあいだ感じてきた。

それがようやくボディビルをはじめて一年後、三十一歳になって実現したのだった。揃《そろ》いの鉢巻きに晒《さらし》の腹巻き、ぴったりとした半股引《ももひき》に片肌脱ぎの祭袢纏《まつりばんてん》という出で立ちで祭礼の若者たちの群れに加わり御輿を担ぎ、汗にまみれた肉体を押しつけ合う。そのときのスナップ写真には、純粋な喜びに恍惚《こうこつ》と顔を輝かせた三島が写っている。翌日書かれた楽しげな

熊野神社の夏祭りで初めて御輿をかつぐ
（昭和31年８月19日）写真提供／新潮社

エッセイ「陶酔について」で語られるのは、リオのカーニヴァルで見出したのと同じ種類の歓喜である。

7 「美しきもの」の破壊と創造

三島のまわりには個人崇拝にも似た独特の空気が漂いはじめていた。三島自身もまんざらでもなく、サービス精神を旺盛に発揮して人前へ顔を出し、インタヴューを受けたり、テレビに出演したり、写真のモデルになったりする。人々の関心は小説だけではなく、この破天荒な作家の日常生活や考え方や奇行の数々にも集まっていた。それに応えるように三島は、自分の日記や旅行日誌まで発表していた。しかし何と言っても昭和三十一年（一九五六年）における『金閣寺』の出版は、三島の作家活動のなかでひときわ燦然《さんぜん》たる輝きを放つ出来事だった。

金閣寺の名で知られる鹿苑寺《ろくおんじ》は、足利義満《よしみつ》の北山《きたやま》山荘をその死後に寺としたものである。舎利殿《しゃりでん》は鏡湖池《きょうこち》に面した三層の楼閣建築で、内外が金箔《きんぱく》で覆われていたため金閣と呼びならわされた。室町時代にまで遡る国宝の金閣は、昭和二十五年（一九五〇年）七月二日、鹿苑寺の徒弟僧林承賢《はやししようけん》の放火によって焼失した（昭和三十年に再建）。三島の『金閣寺』は、この実際の事件をもとに書かれた。

貧しい寺の子として生まれた「私」は、吃音《きつおん》のため外界とのあいだに障碍《しようがい》があるのを常に感じたまま、父から繰り返し聞かされた完璧な美としての金閣を思い描きつつ成長する。美しい有為子《ういこ》への想いを募らせた「私」は、あるとき暁闇《ぎようあん》の道で待ち伏せし、自転車で出勤するその娘に話しかけようとするが、拒絶される。美は「私」を受け入れることはないのだ。

私が人生で最初にぶつかった難問は、美ということだったと言っても過言ではない。（……）私には自分の未知のところに、すでに美というものが存在しているという考えに、不満と焦躁《しようそう》を覚えずにはいられなかった。美がたしかにそこに存在しているならば、私という存在は、美から疎外されたものなのだ。

父の死後、京都に出て鹿苑寺の徒弟僧となった「私」は、金閣を間近に見る生活を送る。戦時の危機下、明日にも空襲の炎に焼き亡ぼされるかもしれない金閣の悲劇的な美しさ。そして終戦時の超然とした美しさ。寺での「私」は住職に目をかけられており、老母は自分の息子が将来の金閣寺住職になることに期待を抱いていた。戦後、住職のはからいで仏教系の大学へ通いはじめると、足が不自由で、強烈な毒と悪意を放つ柏木《かしわぎ》と友人になる。柏木の手引きで女と交わろうと試みるものの、その度に幻の金閣が出現し無力感に捕らわれる。「私」は次第に金閣と相容《い》れなくなっていく。

「美は……美的なものはもう僕にとっては怨敵《おんてき》なんだ」

住職との仲も険悪になり寺を出奔した「私」は、由良《ゆら》で裏日本の海を前に、金閣を焼かねばならないと決意する。寺に戻って半年が経過し、いよいよ火を放つ準備を終えたとき、またしても無力感に襲われるが、ふと臨済録《りんざいろく》の示衆《じしゅ》の章にある有名な文句を思い出す。

「仏に逢うては仏を殺し、祖に逢うては祖を殺し、羅漢に逢うては羅漢を殺し、父母に逢うては父母を殺し、親眷《しんけん》に逢うては親眷を殺して、始めて解脱《げだつ》を得ん。物と拘《かか》わらず透脱《とうだつ》自在なり」

と、全身に力が溢《あふ》れて、陥っていた無力から弾き出される。火を放ち、死に場所と定めた最上層の究竟頂《くつきようちよう》へ向かうが、扉は開かない。裏山に逃れた「私」は、燃えさかる炎を見ながら煙草を吸い、生きようと思うのだった。

『金閣寺』は雑誌に発表された当初から傑作と高く評価され、刊行後は二ヵ月で十五万五千部という『潮騒』以上の成功を収めた。破格の値段のついた特装限定版二百部も同時刊行された。批評家はこぞって絶賛し、三年後に出る英訳は三島の名を決定的に世界へと知らしめることになる。

昭和三十一年には『金閣寺』につづいて、タイプの全く異なる二つの作品が発表された。一つは小説『永すぎた春』。『婦人倶楽部《くらぶ》』に連載された通俗メロドラマで、これも十五万部という莫大《ばくだい》な売れ行きを示した。もう一つは三島戯曲のなかで最も人気の高い『鹿鳴館』である。

文学座二十周年記念公演として上演されたこの作品は、明治十九年、天長節の日の鹿鳴館を舞台にしている。外交の大立者である影山《かげやま》伯爵の妻朝子は、これまで洋服も着ず夜会にもでないことで有名だったが、突然今夜の鹿鳴館に出ると言い出す。朝子は元は芸妓で、反政府方のリーダー清原《きよはら》をかつて慕い、子の久雄《ひさお》をひそかにもうけていた。鹿鳴館襲撃を企てる清原、実の父親であるその清原の暗殺をもくろむ久雄、それぞれの計画を阻止するために夜会へ出席する朝子、そして妻の真意を知った老獪《ろうかい》な影山伯爵。愛憎と策略が交錯しながら起伏のある展開を見せる物語は、各人の運命を翻弄する最後の大舞踏会へと導かれてゆく。華美と優雅をうたい貴族趣味に染まった「鹿鳴館時代」は、三島が夢みていたロココ風のロマンスをぞんぶんに繰り広げるのに恰好《かっこう》の素材だった。公演は大当たりで、数カ月にわたって全国をめぐるロングランとなった。

目を瞠《みは》るほどの充実を示した昭和三十一年はこれだけで終わらない。九月にはニューヨークの出版社アルフレッド・クノップ社が『潮騒』の英訳を出版し、たいへんな好評を博した。すでに『仮面の告白』の英訳は完成していたのに『潮騒』が先に出版されたのは、三島を同性愛作家として海外へ紹介することにクノップ社が難色を示したからだった（『仮面の告白』の英訳は昭和三十三年〔一九五八年〕に別の出版社から出ることになる）。

昭和三十二年（一九五七年）初め、三島のもとに二通の招待状が届く。一通はクノップ社からで、次に出す『近代能楽集』の英訳の出版に合わせて渡米しないかという招きである。二通目は日本文学について講演してほしいというミシガン大学からだった。国内だけでなく海外でも名声を得たいという野心のあった三島は喜んで招待を受けた。早速、持ち前の熱心さで英語の勉強にとりかかり、テープを聞きながら繰り返し練習した。

七月、ドナルド・キーン訳『近代能楽集』の出版に合わせてアメリカに渡る。ニューヨークに入る前にミシガン大学で「日本文壇の現状と西洋文学との関係」の題で講演を行なった。そのなかで三島は川端康成、大岡昇平、武田泰淳《たけだたいじゅん》、石原慎太郎の文学を解説したあと、今後の日本文学は現代文学と伝統との接合が企てられていくだろうと述べながら、それを担うのが自分であることを含ませている。

三島と行動を共にすることの多かったドナルド・キーンには、ニューヨークでの日々が想像と異なって三島が戸惑っているのがわかった。日本では知らない者はいない自分も、このアメリカの大都会ではほとんど無名であるという苦い現実を痛感させられたのだった。自分のことはおろか、自分の作品についても何一つ知らないとはっきり言う記者に何人も出会った三島は、ここで有名になるにはどうすればいいかキーンに尋ねる。キーンは次のように友人を慰めた。「フォークナーとヘミングウェイが腕を組んで通りを歩いていても、この町では誰も気にしないんだよ」。

戯曲の常で売り上げ部数は多くはなかったが、『近代能楽集』は好評をもって迎えられた。三島はアメリカの読書界に関心を持たれたことに大喜びだった。クノップ社のハロルド・ストラウス編集長夫妻にコネチカットの別荘に招かれた際には、ノーマン・メイラーらと会う。小説家のジェームズ・メリルの家で過ごした週末にはヨットに乗せてもらう。ニューヨーク州パーチェスのクノップ社長宅では、豪奢《ごうしゃ》な邸宅、執事の案内、手入れの行き届いた芝生や樹木もさることながら、クノップ社長の出で立ち――ブレザーコートに濃いピンクのズボン、真っ白な髭《ひげ》の幅広い先端が両頬に貼りついている――に驚き、「オペレッタの王様のようでもあり、ウヰスキーの商標のようでもある」と日記に記している（「外遊日記」）。

また、クリストファー・イシャウッド、アンガス・ウィルソン、テネシー・ウィリアムズといった名士たちとも会った。ブロードウェイでは『ウエストサイド物語』、『マイ・フェア・レディ』、『三文オペラ』などのミュージカルを観劇し、ニューヨーク・シティ・バレエに足繁く通った。

『近代能楽集』には上演希望の申し出が複数あり、三島が選んだのは、プロデューサーとしてはまだ経験の浅い二人だった。三本の近代能をつないで上演することを提案された三島は

「卒塔婆小町」「葵上」「班女」をつなぐ間狂言《あいきょうげん》を書き、新しくできた三幕物は『Long After Love』と命名された。

八月末、三島は中米への旅に出発する。戻ってくるころにはリハーサルに立ち会えるだろうと期待しながら、プエルト・リコ、ドミニカ、ハイチ、メキシコ・シティ、ユカタン半島などをまわった。

十月初頭、意気揚々とニューヨークに戻った三島を待っていたのは悪い知らせだった。企画は難航していた。何週間も経《た》っているのに、まだ女優も後援者も見つかっていない。十一月になってオーディションが行なわれたが、三島は強引にそれに加わったうえ、横から口うるさく指示を挟んで周りを激怒させた。もう二度と来ないでくれと言われた三島は、ホテルに閉じこもってひとり憤慨していた。

十二月になっても公演は一向にはじまりそうにない。所持金も少なくなってきた三島は、一流ホテルから下町のグリニッチ・ヴィレッジに宿を変え、移動の際にもタクシーではなく地下鉄を使うようになった。このころから一人で過ごすことが多くなる。人と会えばどうしても芝居の話がでるので、決定するまではひっこんでいるほうが賢明だと判断し、一人で町を散歩していた。

やがて公演の目処《めど》が立たないことが明らかになり、三島はヨーロッパ経由で帰国することを決意する。貧乏暮らしには辟易《へきえき》していたため、飛行機はファーストクラス、投宿するホテルは一流のところだった。大晦日《みそか》にニューヨークを発《た》つと、マドリッドとローマに数日ずつ滞在したあとアテネ経由で一月十日に帰国し、その足で『鹿鳴館』の二度目の東京公演千秋楽のカーテンコールに出た。自作の上演を機にアメリカで一躍有名になるという夢は潰《つい》え、三島は新たな探求に乗り出していく。結婚相手探しである。

父の梓は以前から強く結婚を勧めていた。次男の千之が三年前に結婚しているのに、長男がいつまでも独身でいるのは不都合だったからである。また三島としても、何かと囁《ささや》かれている同性愛者だという噂を一蹴しなければならない。作品中では読者に衝撃を与えることを躊躇《ちゅうちょ》しなかったが、家族や世間の目に映る自分は権威を保つ必要があった。日本では、妻を娶《めと》り家庭を構えてようやく一人前と見なされるのだ。

一月末、梓は学習院の同窓会を通じて息子の花嫁候補を探す。たくさんの履歴書が届いたが、三島は顔写真だけで大部分をふるい落とした。しかしそのなかに一人、三島を強く惹《ひ》きつけた女性がいた。学習院の卒業生で、友人の作曲家黛《まゆずみ》敏郎のファンとのことだった。早速黛に頼んで結婚話をその女性に持ちかけてもらったところ、三島さんなんてとても我慢できない、というのがその答えだった。三島に対するこのような嫌悪は決して珍しいものではない。昭和三十三年（一九五八年）六月にある女性週刊誌が「もし世界中に男性が皇太子と三島由紀夫しかいないとしたら、あなたはどちらと結婚しますか」というアンケートを行なったところ、過半数の女性の答えは「自殺する方がいい」。

もちろん三島に熱烈な憧れを抱いている文学少女もいたが、三島は一切関心を示さなかった。当初から両親に向かって、自分の作品に興味があるような女性は相手にしないと明言していたのだ。三島が求める花嫁は、三島由紀夫という名前と結婚したがっているのではなく、家事が好きで両親を大切にしてくれ、仕事には決して立ち入らないような女性だった。何度か見合いをしたが、この条件に合う相手はなかなかあらわれなかった。

三月になってから、知人が杉山瑤子《すぎやまようこ》という女性の写真を持ってくる。日本女子大に通う二十一歳の女性で、父親は著名な日本画家杉山寧《やすし》だった。このことも美術に不案内な三島の心を動かしたのかもしれない。瑤子は三島好みの丸顔で、瑞々《みずみず》しい美しさを備えた小柄の女性だった。ハイヒールを履いても自分より背が低いことというのも三島が出した条件の一つである。その年の夏に発表した「作家と結婚」で三島は、自分が探していたのは「僕の好みに合って、僕の結婚のいろいろなむずかしい条件をのみこんで同化してくれる人」であったと言い、自分の妻に望んでいるのは、家庭内だけでなく対外的にも作家の妻としてふさわしく振る舞うということだけであり、それさえできれば家事が下手であろうが構わないと書いている。

見合いのあと三島は縁談を急いで進めるが、それは倭文重が末期癌《がん》で余命は長くないと診断されたからだった（一カ月後には誤診と判明した）。三島と瑤子は仲むつまじかったが、日本では結婚は当人同士のものというよりは家同士のものである。平岡家と杉山家の仲はそうはいかなかった。

最初の顔合わせの席から、杉山寧は自分の娘を平岡家に嫁がせてやるのだという上からの態度だった。梓の方はといえば、平岡家は祖母の夏子を通じて華族の血統にもつながる由緒正しい家柄であるのに加え、息子は日本一の作家であり、成り上がりの画家の娘などありがたがる筋合いはないという立場だった。娘に大学を卒業させてやってほしい、という杉山家からの申し出にも梓は耳を貸さない。三島由紀夫に嫁ぐならば三島由紀夫の妻にならなければならず、学生をつづけるなどとんでもない、というのだ。あやうく破談になりかけたが、結婚できないのなら自殺する、と瑤子が泣きながら訴えたため、ことは収まり、五月九日に両家のあいだで結納が交わされた。

結婚式は六月一日に行なわれた。元赤坂《もとあかさか》の明治記念館で挙式ののち麻布《あざぶ》の国際文化会館で披露宴が開かれたが、その雰囲気は宴とはほど遠いものだった。双方の家族は互いに口もきこうとしなかったのだ。誰よりも困惑していたのは媒酌人《ばいしやくにん》をつとめ正客でもあった川端康成で、両家を型通りに引き合わせるのに躍起になっていた。

その後、三島と瑤子は新婚旅行に出る。箱根、京都、大阪、それから海路で別府に向かうというものだった。京都では大映の撮影所に寄り、市川崑《いちかわこん》監督による『金閣寺』の映画化の撮影現場を訪れる。この映画には三島の熱心な推挙で市川雷蔵《いちかわらいぞう》という若い俳優が起用されていた。雷蔵の演技は抜群だった。『炎上』と題されたこの映画は、三島作品の映画化のなかで最高のものである。

三島の結婚は国中の注目を集め、二人がどこへ行っても記者たちがついてまわった。六月十五日に新婚夫婦は東京に戻る。空港には外交官として四年間のリオ・デ・ジャネイロ駐在を終えて帰任したばかりの千之も、妻とともに二人を迎えにきていた。家族は緑ケ丘の家に集まって、結婚と再会を祝った。

杉山瑤子と結婚。媒酌人は川端康成夫妻（昭和33年6月1日）写真提供／毎日新聞社

新築した洋館の自邸にて
(昭和34年)
写真提供／新潮社

外から見るかぎり、この結婚はとてもうまくいっていた。夫婦はいつも楽しそうだった。三島は妻を単なる飾り物として扱わず、敬意を持って接していた。パーティなどの社交の場に伴うだけでなく、いつも瑤子を会話に引き入れ、意見を求めてはそれに耳を傾けていた。このような夫婦関係は昭和三十年代には、そしてとりわけその片方が著名人である場合には珍しいものだった。

家庭生活でも、三島はやはり仮面をつけていた。瑤子は夫の多少の奇行には目くじらをたてなかった。夫をからかい、三島もからかわれるのを楽しんでいた。そんな瑤子も時には怒りをあらわすこともあった。例えば三島が自宅で定期的にボディビルの集まりを開いていたときがそうだ。ジム仲間が集まって飲みながら筋肉談義に花を咲かせたあと、おもむろにパンツ一枚になって身体に油を塗りたくり、三島が雇っておいた写真家の前で各々がポーズを取るのだが、瑤子の強い反対でこの集まりは終わりになる。瑤子はものも言わず従順に夫に仕えるような妻ではなかった。明確な意志を持っており、夫の友人でも自分の気に入らない人は家に連れてこさせなかった。昭和四十年にはスポーツカーのレースに出ようという気を起こすが、三島の反対にあい断念せざるをえなかった。

瑤子を何より悩ませていたのは義母との関係だった。倭文重はかつて夏子がしたのと同じように三島を独占しようとした。倭文重は瑤子のことを語るときも上品さを崩すことはないものの、この義理の娘を決して「娘」とは呼ばず、いつでもどこかよそよそしく、「嫁」と呼んでいた。だが瑤子には姑《しゅうとめ》と張り合うだけの意志と才能があり、夫婦の私生活を倭文重に妨げられたくないことをはっきりさせていた。三島は少年時代と同じように、二人の女性の板挟みになりながら、どちらにもいい顔をしようとする。家族全員が同じ屋根の下に暮らしていることもあり、嫁姑間の緊張は激しいものだった。

瑤子が最初の子を身ごもっているとき、三島は新しい家を建て、両親には離れに住んでもらうという意向を表明した。馬込《まごめ》に建てるのは奇抜な、三島自身の言葉によれば「反禅寺《ぜんでら》的な家」、「バロック的であり、装飾過剰であり、そしてキッチュであるような家を構想していた。尻込みする建築家に三島はこう説明する。「ロココの家具に、アロハシャツにジーンパンツで腰かけるような生活が理想でね」。

一家が新居に移ったのは、昭和三十四年（一九五九年）五月十日だった。新聞記者の質問に答えて「ヴィクトリア朝植民地時代風」と語った新築の家は、イタリア風とスペイン風が渾然《こんぜん》となった白塗りの二階屋で、ヴェランダから臨む小庭園には黄道十二宮を描いたタイルの日時計と大理石のアポロ像がある。

家の周囲には白い塀が高くめぐらされ、来客があるとメイドが鉄格子の門を開ける。母屋に入ると玄関の間があり、普通の日本の家であればそこで靴を脱ぐのだが、どうぞお履物はそのままでお上がりください、とメイドに言われて訪問者は面食らうのだった。通された吹き抜けの客間は、家の外側に劣らず統一性が欠けていた。ヴィクトリア朝風の書き物机にルイ十四世時代風のテーブル、ピアノ、ソファ、がらくたと見紛《まご》うばかりの雑多な古物、それらに囲まれカクテルパーティが開かれるのだった。

三島が毎夜六時間は仕事をする書斎は、他の部屋とは対蹠《たいしょ》的にどこまでも簡素だった。そこには私生活と創作とを峻厳《しゅんげん》と分ける三島の生き方が反映していた。スチールデスクを囲む壁は書棚で埋め尽くされ、百科事典、世界地図、辞書類、参考書、新聞雑誌から切り抜いた無数の記事をファイルしたスクラップブックなどが並ぶ。八千冊におよぶ蔵書は、書斎の向かいにある書庫に収められていた。

平岡老夫婦は、母屋の隣に独立して建てられた日本家屋に暮らしていた。この離れの茶の間は表の門から母屋の玄関に通じる小径に面していたので、誰にも知られず梓と倭文重を訪れることはできても、二人に気づかれずに母屋へ入ることはできなかった。三島は両親の離れに寄って話し込み、お休みなさいを言ってから母屋に帰ってくる習慣だった。

終《つい》の住処《すみか》となるこの家で過ごした十一年のあいだ、三島の日常生活はほとんど変わらなかった。たいていは午後一時に起き、コーヒーを飲みながら郵便物に目を通し、天気が良ければ一時間ほど日光浴をする。それからボディビルか剣道か、後年には空手か、肉体鍛錬に向かう。夕方は編集者や批評家や作家との会合、講演会、舞台のリハーサルなど、公人三島由紀夫としての活動にあてられていた。自宅で夕食をとることはめったになく、夜の十一時をまわってから帰宅するのが常だった。遅くても十二時までには書斎に入り、深い静けさに包まれたまま夜明けまで執筆する。

このような生活のなかでも、夫としての、そして父親としての務めをおろそかにするようなことはなかった。三島には二人の子供がいた。昭和三十四年六月に生まれた紀子《のりこ》と、昭和三十七年五月生まれの威一郎《いいちろう》である。夫としての役割はともかくとして、父親であることは何にも代えがたい喜びだったようだ。梓とは異なり、三島は面倒見のよい子煩悩な父親だった。月に何日かは家族水入らずで過ごし、昭和三十九年以降は、避暑のため毎年八月に瑤子と子供を連れて、下田《しもだ》の東急ホテルに滞在するのが恒例となった。

昭和三十四年六月末、一家が新居に移り、紀子が生まれて間もなく、三島は『鏡子の家』を脱稿する。十五カ月間というこれまでにない長い期間にわたって打ち込んできた長篇小説である。三島は雑誌連載ではなく書下ろしを選んだ。細切れにではなく完成してから全体をいっぺんに批評家や読者に読んでもらいたかったのだ。文壇からの批評に合わせて作品を調整することができないため、千枚を超える書下ろしは三島のような有名作家の場合でも危険だと考えられていた。

三島は構想の進展や執筆の進捗を日記(21)に詳細に記している。長篇に取りかかるときの常として、三島はなかなか最初の一行を書き出すことができない。ようやく書きはじめても、第一章に難儀する。それは、今回の作品ではそれまでの長篇に共通した欠点だったオペラの序曲のような派手な第一章を抑制して、できるかぎり淡々とした序章を心がけているからだ。三島は各挿話や章の進み具合、現時点での枚数を逐一記し、思うように書き進めない焦躁や筆がのったときの昂奮《こうふん》、いつになったら完成するのかという不安を綴《つづ》る。

昭和三十四年三月十六日の日記を読むと、椿がようやく花をつけたこと、ボディビルで三頭膊筋《はくきん》の運動を新たに加えたことと同時に、『鏡子の部屋』第七章を書き終えたことがわかる。三島は仕事が捗《はかど》った喜びとともに次のように書く。「第二部に進んでから、この仕事にはほとんど渋滞感がない。各挿話が破局へ向かって進み、私は何よりも破局が好きなのである」。

作品もいよいよ大詰めにさしかかった六月十六日には、瑶子が生まれたばかりの紀子を連れて病院から自宅に戻る。終日赤ん坊とたわむれた三島はその日の日記にこう記す。

> 昨年来、私は一九五九年の個人的三大事業を考えて、いつもわくわくしたり、ひやひやしたりして過した。一つは新宅の建築である。一つは最初の子の出生である。一つは書下ろしの「鏡子の家」の脱稿である。このうち二つはようやく成就した。のこるはあと一つである。

最後の一週間ほどは肉体的にも精神的にも極度に消耗しながらも、六月二十九日午前三時半、『鏡子の家』は九百四十七枚をもって完成する。だが筆を擱《お》いても思ったほどの喜びはない。ただ全身に染みわたる疲労だけが曖昧な不安な形で感じられるばかり。眠れないので

(21)　この日記はのちに『裸体と衣裳』として出版される。

日の出を拝み完成を感謝しようと思うが、夜明けの空は雲に覆われ、昇る陽《ひ》の姿は望むべくもない。仕方がないので入浴し、庭で朝刊を読み、ようやく八時になって眠りについたのだった。

『鏡子の家』は予言的な作品であり、昭和三十四年当時の三島がすでに自らの最期を見通していたのではないかとさえ思わせる。この作品に登場する四人の若い登場人物——商社員、画家、拳闘家、俳優——は三島の持ついくつもの顔をそれぞれ代表している。四人の若者が共有しているのは、自分の前に壁が立ち塞《ふさ》がっているという感覚だ。その壁は生に参加するのを阻む障害物であり、登場人物たちは各々のやり方で、いかに生きるか、いかに生きているると感じるか、という永遠の問い——三島自身を苛《さいな》む問い——に答えようとする。

商社員清一郎《せいいちろう》は、遅かれ早かれ世界が滅亡することを固く信じており、意味のない実生活を侮蔑しながらも外見は明朗で有能な青年を完璧に演じている。この虚無主義者《ニヒリスト》を通して三島は、戦後の現実はもはや死や崩壊を内在しなくなったために不毛である、という確信を繰り返し語る。誰もが終戦とともに、死が確かな現実であった世界から、死が単なる観念でしかない世界へと投げ出されてしまったのだ。

日本画家の夏雄《なつお》は、恵まれた家庭に育ち、自分は何らかの守護神に守られているという子供らしい信仰を今でも抱いている。世事に疎く芸術の世界に生きている夏雄は、賞を受けて名声を得るが、富士山麓の青木ケ原《あおきがはら》樹海へ写生に赴いた際、目の前のものが消滅し世界が崩壊するという体験に襲われる。画家独特の世界の構造が心から消えてしまい、絵が描けなくなってしまった夏雄は、やがて新興宗教の迷妄に囚われていく。

拳闘家の峻吉《しゅんきち》は三島の「行動の哲学」と、そこから派生する愛国主義を体現している。峻吉にとって自分が生きていると感じるのは、何も考えずに拳を繰り出しているときだけだった。しかし、町の愚連隊との喧嘩《けんか》に巻きこまれて右手を粉砕され、二度と拳を握れなくなってしまう。行動の可能性を奪われたことによって自己同一性《アイデンティティ》をも喪失した峻吉は、右翼集団に加わることによってこの実存的危機を解決する。

峻吉に参加を勧める際に昔の同級生が滔々《とうとう》と語る言葉は、やがて三島が自分自身の立場として表明するようになるものと本質的に同じである。曰《いわ》く、日本人は君臣一体の大和に光栄する天皇国大日本の真姿を全顕して、世界万邦・全人類の翹望《ぎょうぼう》する、自由・平和・幸福・安心・立命の大儀表国、師表民族とならなければならない。建国の理想を明らかにし、日本精神の昂揚を計り、共産主義を排し、資本主義を是正し、敗戦屈辱の亡国憲法の改正を期する。国賊共産党の非合法化を達成し、平和・独立・自衛のための再軍備を推進する……。

こういった「思想」をまったく理解できない峻吉に向かって友人は、自分が右翼集団に参加しているのはその思想のためではなく、死の陶酔だと想像するものに触れたいという個人的な欲望からだと認める。三島の愛国主義の根底には、陶酔そのものである「死の感覚」の探求があるのだ。

俳優の収《おさむ》に投影されているのはナルシシズムである。三島と同じように、収は自分の存在を確かな手応えのあるものにするため筋肉をつけはじめる。だが、やがてその筋肉も自分の存在の実体とは感じられなくなり、再び疑いに取り憑《つ》かれる。暑い夏のある日、裸で床に横たわった収が愛人の愛撫《あいぶ》に身を任せていると、突然脇腹に鋭い痛みが走る。愛人が剃刀《かみそり》で切り裂いたのだ。流れる血と痛苦によってはじめて自分の存在の確信に目覚めた収はマゾヒズムの快楽に耽溺《たんでき》し、最後には愛人と凄惨な心中死をとげる。こうして拳闘家と俳優が死へと向かう一方で、虚無主義者の商社員と芸術家である画家は、あくまで生の側に踏みとどまることを選ぶ。

奇妙なことに『鏡子の家』はいかなる外国語にも訳されていない。けれどもこの小説が三十代の三島にとって占める位置は、二十代の三島にとって『仮面の告白』が占めていた位置と同じであり、どちらもそれまでの自己を徹底的に解剖することから生まれたものだ。この作品を書くことで三島は一つの段階に区切りをつけ、己のさらなる内奥を開拓する新たな段階へと飛躍することが可能になるのだ。異なるいくつもの声を響かせる『鏡子の家』によって、三島は自己を清算すると同時に、戦後社会という同時代と、そこに生きる若者が抱える底なしの空虚とを描き出す。またこの作品からわかるのは、その後の一見過激とも思える三島のさまざまな行動は、何もないところから突然あらわれたのではない、ということでもある。昭和四十年代に顕著になる右翼的言動や熱狂的愛国主義は、昭和三十四年にすでに存在していた萌芽《ほうが》がはじけて外に吹き出したものなのだ。

『鏡子の家』は売れはしたが、批評家たちからは不評だった。有力な評論家はこぞって、この作品は三島の最初の大きな失敗だといって憚《はばか》らなかった。批評の要点は、作中人物が三島作品で常套《じょうとう》的に用いられる観念的存在であり、しかも三島の分身でしかない、構成上でも有機的連関に乏しく空疎である、時代を描くという企図も失敗している、というものだった。

三島は日頃から自作の批評をとても気にしていたが、『鏡子の家』の反響についてはあまり語っていない。自分では価値を認めていない作品がベストセラーになり芝居や映画になっているのに、心血を注いで書き上げた作品が権威ある批評家たちに酷評された三島の悲嘆は、想像するに余りある。

足かけ二年がかりの「鏡子の家」が大失敗という世評に決りましたので、いい加減イヤになりました。努力で仕事の値打は決るものではないが、努力が大きいと、それだけ失望も大きいので、あんまり大努力はせぬ方がよいかとも考えられます。(……)お正月に文学座で又怪劇をやりますので、もしお暇でも出来ましたら、御申し付け下されば切符をおとりいたします。(川端康成宛昭和三十四年十二月十八日付書簡)

しかし、川端康成宛のこの書簡にもあるように、年明けには新たな作品が世に出ることになっていた。その「怪劇」とは、昭和三十五年(一九六〇年)一月初演の『熱帯樹』である。現代のフランスで実際に起きたアイスキュロス『オレステイア』三部作を思わせる事件をもとに書かれた劇で、殺人、近親相姦《そうかん》、金銭欲、虚栄、自殺など、あらゆるタブーを抱えこんだある家族を描いている。

病床の郁子《いくこ》は母親の律子《りつこ》を憎悪しており、自分が死ぬ前に母を殺すことを兄の勇《いさむ》に約束させる。兄妹は、奢侈《しやし》と贅沢《ぜいたく》にしか関心のない母が親子ほども年の離れた夫の恵三郎《けいざぶろう》を殺害して、全財産を自分のものにしようとしている、と思っているのだ。律子は兄妹の考えを熱帯樹のように家に繁茂する空想だと否定するが、この空想を聞かされてはじめて自分の心の奥底にある願望に気づく。律子は勇を呼び出し、父親殺しを命じる。息子が自分を母親としてではなく女として見ていることを知っていて、それを利用したのだった。父親殺しを依頼されたことを兄から聞かされた郁子は、父親に律子の企てを話すものの父親は取り合わず、むしろ自分の命を狙っているのは母親を取り上げられたと思いこんでいる勇だと言う。夜、勇は妹に言われた通り母の寝室に忍び込んで喉を絞めようとするが、その肉体の魅力の前に屈服し殺害に失敗する。兄妹の熱帯樹は伐《き》り倒され、薪《たきぎ》として焼かれてしまった。郁子は勇に自分の身体を与え、二人は死を求めて海へと向かう。律子は恐ろしき微笑とともに、庭に熱帯樹を植えようと夫に提案する。

三島は「日本のエレクトラ」とも言える、悪夢的な情念が渦巻くこの戯曲について、後に次のように書き記している。

「熱帯樹」は、古典主義に対する私の思いを最も強く演劇において表したものであり、私が今まで書いてきた芝居のなかで一番抽象的なものとなっている。この中で私は、アリストテレス的な一致の法則に意図的に従おうとしただけでなく、近松が好んで書いた「心中物」の抽象的な翻案を創ろうとした。つまり「熱帯樹」はそうした複数の要素からなる作品なのであり、はたして今でもこのような芝居を私が書くかどうかは疑わしい[22]。

(22) 朝日新聞社が発刊していた季刊の海外向け英文雑誌『Japan Quarterly』の一九六四年四―六月号に発表された「A Note by Author（作者の言葉）」より。引用したのは、『新潮』平成五年十二月号に掲載された小《お》埜《の》裕《ゆう》二《じ》による翻訳。

8　映画と愛国

三島は二十代のころから文士劇の舞台に上がり、歌舞伎の端役《はやく》などを演じていた。しかし今度は、『鏡子の家』の失敗で傷ついた自尊心を癒すためにも、いままで演じたことのない現代風で魅力的な役が必要だった。三島は映画俳優になろうと考える。たとえ映写機が回っているあいだにすぎなくても、自分自身から抜け出して自ら選んだ仮面をつけ、別の生の一端を間接的にでも生きてみたかったのだ。

三島はある編集者に、大映に話を持ちかけてくれるよう依頼する。大映はさっそく社長自ら三島に電話してきて、どのような役をやりたいのか尋ねた。やくざの役、それも幕切れに死ぬことになっているやつ、というのがその答えだった。いくつかの台本が示され、そのなかには三島が馬に乗れることを踏まえて、失明するがカムバックして最後のレースに臨む競馬騎手の話もあったが、最終的に選ばれたのは、黒澤明作品の脚本を多く手がけた菊島隆《きくしまりゅう》三《ぞう》が書いた『からっ風野郎』だった。

主人公は刑期を終えて出獄してきたばかりのやくざで、抗争相手に命を狙われている。映画館の二階に身を潜める主人公は、そこでもぎりをしていた美しい女性と関係を持つ。女から妊娠を告げられると、はじめは暴力を振るって中絶するよう迫るが、やがて女の一途《いちず》さから愛に目覚め、子供を産ませようと決心する。危険が及ぶのを怖れて女を田舎へ送ろうと駅に行った日、生まれてくる赤ん坊への贈りものを買いにデパートに入った主人公は、追手の殺し屋に背後から撃たれてしまう。

撮影は昭和三十五年（一九六〇年）二月一日にはじまり、六週間かかった。監督は増村保《ますむらやす》造《ぞう》、かつて溝口健二《みぞぐちけんじ》や市川崑《いちかわこん》の助監督をつとめたこともあり、日本ヌーヴェル・ヴァーグの一員である。増村は一切手加減せずに三島をしごいた。その厳しい演技指導もあり、できあがった作品はB級映画ではあるが、それなりに面白く見ることのできるものだった。とはいうものの、主演俳優の拙《つたな》さはどうしても目についてしまう。主人公のやくざの立居振舞いはいかにもわざとらしく、ウィスキーグラスを拳銃でも握っているかのように持ち、恋人に優しく触れる場面もまるでどやしつけているようにしか見えない。映画のなかでは頭の後ろに手をまわして座るか横になっていることが多いのだが、これは背の低さを気づかせないためであろう。もっとも三島は撮影前に女優たちがみな自分より身長が低いのを調べて満足していたという。しかし何はともあれ、三島は大喜びで拳銃を振り回し、素肌に革ジャンを羽織り、殺し屋に殺されたのだった。

『からっ風野郎』の三島を見ると当惑せずにはいられない。髪を短く刈り上げたこの粗暴な与太者《よたもの》が、その当時日本で最も有名な作家だと誰が信じられるであろうか？　かつては腺病質な子供であり、虚弱な少年詩人であり、内気で劣等感の強い青年だったと誰が信じられるであろうか？　三島はさらに自作の主題歌まで歌うが、決して音感がいいとはいえず、正しいメロディで歌えるようになるまでにはずいぶん長くかかったらしい。

三島の俳優としての第一歩は新聞・雑誌にこぞって取り上げられ、毎週のようにインタヴューが紙面を飾った。三島は自らの出来映えに得意になっており、映画スター然と、縞《しま》のシャツと背広に派手なネクタイ、そして黒いサングラスという出で立ちであらわれた。シャツの前を大きく開《はだ》けて胸毛を見せつけながら自信たっぷりに受け答えすることもあった。

『からっ風野郎』が三月に封切られると、主役の演技が精彩を欠くと批評されたが、本人はそのような声を意に介さなかった。自分は小説家であり、俳優稼業は道楽なのだ。それに三島はすでに次の計画に取りかかっていた。文学座が公演するワイルドの『サロメ』の演出である。十五歳の時に貪るように読んだこの戯曲のために三島は精力を傾け、衣裳や舞台装置のデザインまでも手がけた。四月五日の初日は大成功を収めた。

この時期の日本は、政治的に困難な局面にあった。昭和三十五年（一九六〇年）の春から夏にかけて、日米安保条約の改定をめぐって政治闘争が激化する。左派勢力のみならず、新聞論調も世論も、日米共同防衛を義務づけた新条約を、日本をアメリカの戦争に巻きこむものとして反対した。しかし政府は十年間有効のこの条約に調印することを決定。

四月になると数万の学生と労働者がデモに繰り出し、警察や右翼と衝突する。五月二十日、条約が衆議院で強行採決。以降デモ隊が連日国会を囲む。六月十五日のデモでは千人以上が負傷し、二十二歳の女子学生樺美智子《かんばみちこ》が死亡。六月十八日には三十万人のデモ隊が条約の破棄を要求して国会と首相官邸を包囲する。岸《きし》首相は姿を隠していた。十九日午前零時、条約は参議院の議決がないまま自然成立した。

三島は「一つの政治的意見」と題した短いエッセイで、自分は包囲された首相官邸を記者クラブの屋上から眺めながら、岸首相がこれほどまで憎まれるのはなぜなのか考えていた、と書く。それは岸首相が信念というものを持つことのない「小さな小さなニヒリスト」だからだ。三島自身もニヒリストではあるが、幸いにして小説家であって政治家ではない。自分の「政治的意見」としては、将来の国家元首には岸首相や自分のようなニヒリストよりも「リアリスト」を選んだ方が賢明だろう。

この文章は、当時の三島が明確な政治意識を持ち合わせていなかったことを如実に示している。しかし数年後にはその三島が、次の安保条約更新の昭和四十五年（一九七〇年）になったら自分は剣を手に左翼と闘って死ぬつもりだ、と語るようになる。かくも短いあいだに、三島のなかには国粋主義的な愛国心が根を張るようになるのだ。

安保闘争の騒乱の記憶もまだ生々しい昭和三十五年秋、三島はその作品史のなかでも特に重要な意味を持つ短篇「憂国《ゆうこく》」を執筆する。この小説のもととなっているのは二・二六事件である。昭和十一年（一九三六年）二月二十六日、帝国陸軍皇道派の青年将校が「昭和維新・尊皇討奸《とうかん》」をスローガンに武力をもって政府を転覆させ、天皇親政を実現しようと企てた。青年将校は千四百余の歩兵を率いて政府要人三名を殺害し、政治・軍事の中枢である永田町一帯を制圧。政府は翌日戒厳令を公布、二十九日に叛乱《はんらん》は天皇の命令で鎮圧され、首謀者十七人は処刑された。

この作品で三島は一貫して、天皇の名のもとに蹶起《けっき》した青年将校たちの側に立っている。主人公の若い近衛《このえ》中尉は新婚早々であることを同情され、友人たちから二・二六蹶起の計画を知らされずにいた。中尉は叛乱軍を鎮圧する部隊の指揮を命じられたが、汚名を着せられた友人たちを討つ任務につくよりはむしろ死を選ぼうと決意する。それを聞いた新妻は、自分もともに死ぬことを申し出る。甘美で官能的な夫婦の最後の営みのあと、切腹の凄惨な場面が克明に描かれる。三島は十年後に自らが行なうことになる行為を先取りし、息詰まるような生々しさで細大漏らさず描き出す。

意識が戻る。刃はたしかに腹膜を貫ぬいたと中尉は思った。呼吸が苦しく胸がひどい動《どう》悸《き》を打ち、自分の内部とは思えない遠い遠い深部で、地が裂けて熱い熔岩《ようがん》が流れ出したように、怖《おそ》ろしい劇痛が湧き出して来るのがわかる。その劇痛が怖ろしい速度でたちまち近くへ来る。中尉は思わず呻《うめ》きかけたが、下唇を嚙《か》んでこらえた。（中略）／中尉は右手でそのまま引き廻《まわ》そうとしたが、刃先は腸にからまり、ともすると刀は柔らかい弾力で押し出されて来て、両手で刃を腹の奥深く押えつけながら、引廻して行かねばならぬのを知った。引廻した。思ったほど切れない。中尉は右手に全身の力をこめて引いた。三四寸切れた。(「憂国」)

延々とつづく酸鼻を極めた描写、しかし三島はこの小説のなかに至福の物語を見ている。それは、自らの死ぬ時と死に場所を選びとることこそが、人生における至上の喜びだと考えているからだ。三島は「憂国」について次のように書く。

> 「憂国」の中尉夫妻は、悲境のうちに、自ら知らずして、生の最高の瞬間をとらえ、至福の死を死ぬ(……)。/死処を選ぶことが、同時に、生の最上のよろこびを選ぶことになる、このような稀《まれ》な一夜こそ、彼らの至福に他ならない。しかもそこには敗北の影すらなく、夫婦の愛は浄化と陶酔の極に達し、苦痛に充《み》ちた自刃は、そのまま戦場における名誉の戦死と等しい、至誠につながる軍人の行為となる。このような一夜をのがせば、二度と、人生には至福は訪れないという確信を、私はどこから得たのであろうか。/直接にはこの確信にこそ、私の戦争体験の核があり、又、戦争中に読んだニーチェ体験があり、さらに又、あの「エロティスムのニーチェ」ともいうべき哲学者ジョルジュ・バタイユへの共感があった。(「二・二六事件と私」)

「憂国」における三島の意図は明らかである。皇道派の青年将校たちをその雄々しさと若さによって神話的英雄にまで高めながら、その自己犠牲が無駄に終わったにもかかわらず、いや無駄に終わったからこそ、限りない共感をこめて称揚する。そして同時に現代の読者に対して、益荒男《ますらお》がいかなるものかを示そうとするのだ。

後に三島は「憂国」の映画化を決意する。小説の執筆から五年後のことである。自ら監督し、中尉の役も演じた二十八分の白黒映画で、『愛と死の儀式（The Rite of Love and Death）』の題で英語、フランス語、ドイツ語の版も作られた。主人公の個性を消し去るために、三島は軍帽をあたかも能面のように目深にかぶって目を隠した。科白はなく、各々のエピソードは巻紙に毛筆で三島自身がしたためた文章で説明される。流れる音声は、ワーグナー作曲『トリスタンとイゾルデ』の「愛の死《リーベストート》」の楽曲だけであった。

三島は徹底的に細部にこだわった。二・二六事件当時に将校が実際にかぶっていた軍帽を作った職人を何週間もかけて探し出して注文し、別のところで帝国軍隊の正規の軍服も誂《あつら》えた。中尉の妻を演じる女優のオーディションを繰り返し、大映のニューフェースで何本かの

映画『からっ風野郎』に主演。共演は若尾文子（昭和35年３月公開）写真提供／角川書店

「憂国」を自ら映画化。新宿アートシアター前にて（昭和41年４月）写真提供／新潮社

映画に端役で出演したことのある鶴岡淑子《つるおかよしこ》を選び出した。鶴岡は三島が何者か知らず、初めて会った日「今日はヤクザみたいな人に会ったわ」と母親に話したという。

三島は、昭和四十年（一九六五年）三月に英国文化振興会《ブリティッシュ・カウンシル》の招待でイギリスに赴いた際には、映画のなかで小道具として使う陶器の小動物を買い集めた。帰国すると、毛筆で書いた各国語の字幕を準備し、四月十二日には演出の堂本正樹《どうもとまさき》が用意した能舞台で一日がかりのリハーサルを行なった。撮影は四月十五、十六日の二日間、限られた時間のなかで凄まじい勢いで次々とカットが撮られる。現場は熱気にあふれ、誰もが比類ない芸術行為に立ち会っていることを感じていた。十日後に葵スタジオで「愛の死《リーベストート》」が録音され、映画は完成する。

この映画は秘密裏に制作され、ごく一部の人にしか知らされていなかった。三島は日本で封切りする前に海外で上映し、外国人の反応を知りたかったのである。日本の批評家はどうせこの映画を観ても、また三島が悪ふざけをやっている、くらいにしか思わないだろう。フランス映画の輸入・紹介に多大な尽力をしてきた川喜多かしこ(23)の力添えにより、最初の上映は九月にパリのシャイヨー宮のシネマテークで映画関係者を相手に行なわれる運びとなった。観客の三分の二はフランス人で残りは日本人、映画は喝采を浴びた。三島は有頂天で、何人かのフランス人批評家をホテルに連れてきてシャンパンを振る舞ったほどである。

日本でこの映画のことが明らかになったのは、翌昭和四十一年（一九六六年）一月にツールで開かれる国際短編映画祭への出品が決定してからだった。『憂国』は応募作品三百三十三本のなかからコンペティション作品に選ばれた。映画祭での上映はパリのとき以上にセンセーションを引き起こした。豚の腸と大量の血糊《ちのり》を使用した切腹場面では、席を立ったり失神したりする観客が出たのである。『憂国』はグランプリを逃し次点となったが、新聞や雑誌はこぞって騒ぎ立てはじめた。四月にようやく日本で公開されると、短編映画としては異例の動員数を記録した。

三島はこの映画になみなみならぬ思い入れがあり、いずれ出るであろう自分の全集の最終巻には映画『憂国』を入れることを望んでいた。だが瑤子夫人はこの作品を忌避し、三島の死後すべての上映用フィルムを焼却させた。以来長らく映画『憂国』は幻の作品となっていたが、平成十七年（二〇〇五年）、現存しないと言われていたネガフィルムが茶箱に保管され

(23)　川喜多かしこ（一九〇八—一九九三）は、東和商事（現・東宝東和）の社長で夫でもある長政とともに、戦前より数々の優れたヨーロッパ映画を日本に輸入するかたわら、日本映画の海外への普及などにも先駆的な役割を果たした。海外でも錚々《そうそう》たる映画人の尊敬を集め、「マダム・カワキタ」の呼び名で親しまれた。

ているのが三島邸で発見された。遺族である長男の平岡威一郎は三島の業績をそのまま記録として残すことに理解を示し、新潮社の『決定版　三島由紀夫全集』の別巻にＤＶＤが収録された(24)。

エロティックな欲望、残酷な死、断末魔の苦悶《くもん》のなかにある快楽……、それらが渾然《こんぜん》一体となっている「憂国」は、三島の想像力からしか生まれることのなかった作品である。昭和十一年の二・二六事件はひとつの題材にすぎない。三島が探求していたのは、かつて戦争の時には自分に与えられることがなかった「死」というものを、どうにかして見出すことができる新たな戦場なのだ。主人公の中尉は愛国心に導かれて国に殉ずる。三島の場合は、国自体に向けられた愛というよりはむしろ「日本精神の本質」と呼ぶものに向けられた愛である。それは現実を超越した理想の尊崇であり、政治的概念であるよりも、精神的、宗教的概念といえるものだ。しかし中尉においては、祖国に向けた崇拝、神道に向けた崇拝、愛する妻へ向けた崇拝が同一平面上にある。

「憂国」の萌芽《ほうが》は、『鏡子の家』にすでに見られていた。だが拳闘家峻吉の右翼活動家への転向は皮肉を含んだ筆で描かれていたのに対し、中尉の信念は徹頭徹尾どこまでも荘重に描かれる。三島のなかに新たに顕在化してきた天皇崇拝は、反時代的なナショナリズムの基盤となり、やがて政治化した三島を出現させることになる。だがそのすべてのもととなっているのは、死の欲望にほかならない。昭和三十五年の「憂国」とともに、三島は死ぬための理念を獲得していくのだ。

三島が「憂国」を執筆中の昭和三十五年十月十二日、演説中の社会党委員長浅沼《あさぬま》稲次郎《いねじろう》が十七歳の右翼少年の短刀に刺し貫かれて暗殺された。その瞬間はテレビで中継されており、ケネディ大統領暗殺が米国に与えたのと同じ衝撃を日本に与えた。このテロリストの少年は己の「誠」を示すため、少年鑑別所の壁に「七生報国《しちしょうほうこく》（七度生まれ変わって国に報いる）、天皇陛下万歳」と記して首を吊った。

この少年のなかに三島は、ファシズムにも通ずる狂信ではなく、自らの理念のために行動してそれに殉じたひとりの英雄を見ていた。大江《おおえ》健三郎《けんざぶろう》がこの事件に触発されて書いた「セヴンティーン」は、そのような三島に対する痛烈な批判と読むこともできるだろう（奇しく

(24)　パッケージ商品としても販売されている。

もこの小説は三島の「憂国」と同じ月に発表された)。

大江の小説では、主人公のテロリストの少年は慢性的な「自瀆《じとく》常習者」であり、世界に対する憎悪と自己に対する無力感に苛《さいな》まれている。その実存的苦悩から主人公が解き放たれるのは、天皇との強迫的な、そして同性愛的な結びつきを意識することによってである。大江はすでに前年の『われらの時代』で同性愛から極右運動やテロリズムへと向かう登場人物を描いていたが、この「セヴンティーン」はモデルとなった少年を冒瀆しているとして右翼の激しい反撥を受けた。大江は生命への脅威から家に閉じこもることを余儀なくされ、一年近い孤立を強いられた。


「憂国」の執筆と前後して、三島は『鏡子の家』につづく長篇小説を出版する。日本の政党の内幕を抉《えぐ》って見事なまでに作品に生かした『宴《うたげ》のあと』である。高級料亭「雪後庵」は政財界の客が多く、特に保守党の関係者が贔屓《ひいき》にしている。その女主人であるかづは五十代半ばで、物質的にも精神的にも何の憂いもなく日々をすごしながら、自分を完全に制御できる境地に達したと感じていた。

しかしある宴会の席で、元外交官で外務大臣まで経験した野口雄賢《のぐちゆうけん》という老人に出会う。

妻に先立たれ、現在では革新党の顧問に名を連ねている野口は曲がらない正義感を持ちつつも静かな男で、その落ち着きと高潔さと自《おの》ずと備わった威厳にかづは心惹《ひ》かれていく。何度か逢《あ》い引きを重ねたのち、奈良の御水取りへの旅で結ばれ、二人は結婚する。かづにとってこの結婚は、家族もなく天涯孤独な自分が、連綿とつづく誇り高い一族の一員として野口家の墓に入ることができるという安心につながっていた。

普段は「雪後庵」の仕事をつづけ、週末だけ野口の家に帰るという生活を送っていたかづだが、野口が東京都知事選に革新党の候補者として擁立されると、その野心に火がつく。「雪後庵」を抵当に入れ選挙資金を捻出し、法律すれすれの激しい選挙運動を展開して野口を応援する。しかし理想主義者の野口はそのような選挙工作を許さない。かづは「雪後庵」を閉鎖し手放すことを命じられる。都知事選はかづの奮闘もむなしく、金にあかせた保守党の謀略の前に敗北する。

野口は政治の世界から足を洗い、かづと二人、田舎でひっそりと隠遁《いんとん》生活を送ろうと考える。しかし、活気を追い求めるかづには、世間から身を引くことなど考えられない。野口に内緒で「雪後庵」の再開を画策し、昔のお得意でこの間まで政敵であった保守党の大物政治家たちに資金援助を頼んで回る。これを知った野口は激怒し、不貞をはたらいたのと同じだと断じる。野口はかづに絶望し、個々の行為を矯正する可能性ももうあきらめていた。野口はかづが自分の原理に忠実についてくることを要求したが、かづは自らの情熱によってしか行動しないのだ。選挙戦を通じて性格の相違が両者のあいだに穿《うが》った溝は、もはや埋められないほど大きくなっていた。離縁を突きつけられたかづは、誰も弔うもののない無縁仏の墓へ入る自分を思い浮かべながらそれに同意し、ふたたび自由で活気に満ちた生活へ入っていくのだった。

『宴のあと』がまだ雑誌に連載されているときから、三島は面倒なことに巻きこまれることになった。元外務大臣で、前年に都知事選に出て敗れた有《あり》田《た》八郎《はちろう》が、いささか精彩を欠く野口のモデルが自分であることに腹を立てたのだ。それが事実であれ、そうでないのであれ、無関心な沈黙を貫いていれば騒ぎも大きくならないものの、有田は三島をプライヴァシー侵害を理由に提訴した。これは日本で最初のプライヴァシーをめぐる訴訟であった。野口のモデルが有田であることは誰の目にも明らかだったが、三島には有田を個人的に攻撃する意図はなく、政治と恋愛の絡み合いを主題にこの小説を書いたのだった。けれども、数年にわたる裁判のあと、最後は三島の敗北で決着することになった。

三島が文壇の友人たちとあまり交際しなくなったのはこの頃からである。昭和三十六年（一九六一年）末、三島は約十年にわたって同人だった「鉢の木会」を脱会する。同人のひとり吉田健一とのあいだに確執が生じたためらしい。『鏡子の家』の失敗のあと三島を傷つけるような発言をしたとも、三島邸で品のない振舞いをしたとも言われている。

9　菊と刀

昭和三十五年（一九六〇年）十一月一日、三島は瑤子夫人をともなって世界一周旅行に出発する。『鏡子の家』が完結したら、と約束していた「本当の」新婚旅行だった。最初の滞在地はハワイ、四日間ゆっくりと過ごしたあとサンフランシスコへ飛び、二日間遊べるだけ遊ぶ。ロサンゼルスで宿泊したホテルは大統領選挙の共和党選挙本部となっていて、ニクソン一行と同宿することになり、決して快適とは言えなかったが、ディズニーランドは大いに楽しみ、川端宛の書簡にも「世の中にこんな面白いところがあるかと思いました」（昭和三十五年十一月二十四日付書簡）と記している。

十一月十日にニューヨークに到着してからは仕事と打ち合わせに追われていたが、十一月末にはついに『近代能楽集』が英語で上演されるのを見る機会を得る。マチネ・シリーズの公演のひとつとして、シアター・ド・リィスで上演されたのだった。三島は、オフ・ブロードウェイ一番の女優と言われるアン・ミーチャムが主役を演じる「葵上」は気に入ったが、もうひとつの「班女」にはすっかり退屈したらしく、上演中に何度か居眠りをした。できることなら知人宅で会ったグレタ・ガルボに自分の戯曲を演じてもらいたいと思っていたのかもしれない。

十二月に入ると夫妻はヨーロッパに向かい、フランス、ドイツ、イタリアに滞在したあと、ギリシア、エジプト、香港をまわって翌昭和三十六年（一九六一年）一月二十日に帰国した。だが日本で三島を待っていたのは、政治的混乱のただ中にあるこの国の現実であった。

帰国して間もない二月一日、前年十一月に『中央公論』に掲載された深沢七郎《ふかざわしちろう》の「風流《ふうりゅう》夢譚《むたん》」を皇室を侮辱するものとして激怒した右翼少年が、中央公論社社長宅を襲撃して家政婦を刺殺する事件が起きる（嶋中事件）。「風流夢譚」の掲載にあたっては三島の推薦があったという風聞が流れ、右翼からの脅迫を受けるようになっていたこともあり、警察は三島の身辺警護を申し入れた。それから約二カ月にわたって護衛の警官が三島宅に泊まり込み、外出の際には同行する。結局襲撃を受けることはなかったが、このときに経験した恐怖はのちのちまで三島の内に残っていただろう。

だからといって怯《ひる》むことはなく、三島はその夏に政治的要素を取り入れた戯曲を書く。文学座二十五周年のために上演される『十日の菊』である。劇は二・二六事件（劇中では一〇・一三事件）の十六年後の昭和二十七年（一九五二年）、すなわち対日講和条約（サンフランシスコ平和条約）発効の年を舞台にしている。昭和十一年のクーデター事件の当時、大蔵大臣だった森重臣《もりしげおみ》は辛うじて暗殺から逃れるが、以降、栄光に包まれた死という至高の瞬間を逸してしまった悔恨に蝕《むしば》まれ、生ける屍《しかばね》として生きつづけている。暗殺を免れた十六年目の記念日、かつての女中頭で妾《めかけ》でもあった菊が邸《やしき》にやってくる。菊の来訪は森家にさまざまな波風を立てるが、劇中の行為の中心にあるのは、重臣と菊があの夜の緊張と栄光の可能性を甦《よみがえ》らせようとする試みである。だがその試みは失敗に終わらざるをえない。戦後を支配する平和によってその行為は完全に意味を奪われているのだ。

この時代、日本の小説全体が次第に政治的・社会的色彩を強めていった。文学市場の裾野が広がっていくとともに、多くの女流作家も表舞台に出てくるようになり、父権社会における女性の困難な状況を描く円地文子《えんちふみこ》をはじめ、戦前から活躍していた宇野千代《うのちよ》、佐多稲子《さたいねこ》、野上弥生子《のがみやえこ》などが、女性の性や欲求や妄想について公然と語りはじめる。

昭和三十年代から四十年代にかけての高度経済成長にともなって注目を浴びるようになったのは、「社会参加の文学《アンガージュマン》」の旗手である大江健三郎のような作家だった。大江は初期の作品から海外の読者を意識していた（三島の作品には外国人がほとんど登場せず、登場したとしても滑稽な役回りを演じるだけである）。大江が描く実存主義者の青年である反主人公《アンチヒーロー》は、作者と歩調を揃《そろ》えて成長しつつ政治変革を絶えず夢みているものの、現状に対するその鬱屈とした思いは、攻撃的な性衝動の形でしか表にあらわすことができない。

このような時代の変化のなかで、昭和三十年代後半になると三島の人気は急速に傾いていった。著書の売れ行きははかばかしくなく、かつては二十万部を数えたのに、いまでは二万部か三万部という場合もあった。三島はジャンルを問わず旺盛な筆力で、女性雑誌にも文芸誌にも軽いエッセイや連載小説から本格的な小説まで書きつづけていたが、この多産性はむしろ純粋な文学的活力が枯渇してきたことを示しているだろう。この時期発表された夥《おびただ》しい作品のうち、のちに再録されることになるものは多くはなかった。

三島はひどく落ち込んでいた。自らの内部に巣喰《く》う空虚を満たすために、人生における何か別の目標を、何か別の方向性を見出す必要に駆られていた。三島がそれを見出したのは

「武士道」のなかである。主君に忠誠を誓う代わりに領地を与えられ、その所有権を保証される武士が、王朝貴族の生き方に対して武士独自の生き方を自覚したとき、「弓馬の道」と呼ばれる、武士の守るべき道徳が生まれた。それは、主君への絶対的な献身と、戦闘員として名を惜しみ死を潔《いさぎよ》くすることを軸とし、忠孝・尚武・信義・節操・廉恥・礼儀などを重んじるものである。鎌倉時代に始まったこの「弓馬の道」は武士社会にその伝統として受け継がれたが、江戸時代には禅や儒教に裏づけされつつ発展し体系化されていった。その代表的な書物が『葉隠《はがくれ》』である。

『葉隠』は江戸中期の十八世紀初頭に書かれた武士の修養書で、佐賀鍋島《なべしま》藩の家臣山本常朝《やまもとつねとも》が武士の生きざまについて語った談話を門人の田代陣基《たしろつらもと》が筆録したもの。その思想には、主君に対する日々の奉公において「死身《しにみ》」になってしおおすということと同時に、不慮の出来事で生死の関頭に立たされたとき、思慮分別をめぐらすことなく即座に行動すべきだという「死狂《しぐる》ひ」のすすめもあらわされている。

佐賀藩士のあいだで読み伝えられていた『葉隠』は、明治中期以降再認識され、広く一般にも読まれるようになり、戦争中にはそこに大和魂の精髄が説かれていると考えた国粋主義者たちによって「国のために死ぬこと」や「特攻精神」を鼓舞する書物として利用された。三島が『葉隠』を読み出したのはこの時代だ。『葉隠』は戦後には反時代的で危険な書物と見なされて禁書扱いされていた。

だが『葉隠』が忘却の闇のなかに沈められたこの時代、三島はそれが放つ本当の光を見出すのだった。三島は戦後もずっと折に触れ『葉隠』を繙《ひもと》いては、その度に見解を深めていった。『葉隠』は類のない書物だった。その字面を追う限り『葉隠』の教えは、国際的な産業技術競争へ乗り出した高度成長期の日本には時代錯誤なものである。しかし「武士道とは死ぬことと見つけたり」という有名な一節などはまさに、底知れぬ平和に支配され死が忘れられている戦後日本に窒息する三島のために書かれたかのようだ。

とは言うものの『葉隠』は決して死を美化したり自決を推奨する書物ではない。その記述の大部分は、人前であくびをしないようにする方法、酒席の心得、人に意見するときの配慮といった武士としての礼儀作法や処世術を述べたり、顔色の悪さを隠すために紅粉をひいた方がいいといった武士としての身だしなみを指南するものである。恋の極限は「忍ぶ恋」であるなどという記述や、衆道《しゅどう》（男色）の心得など、現代人の想像する「武士道」とは離れた内容も含まれる。男らしい男がいなくなったことを嘆く山本常朝のねらいは、太平の世相に対して死という劇薬の調合を試み、それを行動原理の根本に据えることで、生そのものの密度を高めることにあったのだ。

三島にとって『葉隠』は現代を予言しているかのように思われた。古《いにしえ》の書物は時として複雑な現代を解き明かす鍵となる。十七世紀に書かれた宮本武蔵の『五輪書』を愛読するビジネスマンや、古代中国の『孫子』を座右の書とする軍人はよく見られる。『葉隠』に対する三島の関心はその内容を深く理解するだけにとどまらず、やがて自らも『葉隠』に従って生きようとする思いが強くなる。それに伴い「文武両道」という古い徳目が、三島にとって単なる生活の指針としてだけでなく、生涯の計画になっていく。

死の三年前である昭和四十二年（一九六七年）、三島は『葉隠』の精髄をあらわしている文を抜粋しながら自分の考えを述べるエッセイ『葉隠入門』（フランス語版の題名は『現代日本と武士の倫理』）を発表するが、そのなかで「『葉隠』こそは、わたしの文学の母胎であり、永遠の活力の供給源であるともいえる」と書いている。三島の自殺後、その行動の意味を理解しようとする人々は、こぞって『葉隠入門』を買い求めることになるだろう。そして何らかの答えをこのエッセイのなかに見出すのだ。

最後の十五年間、三島は執筆したり旅行をしたり家庭を築いたりと、上辺《うわべ》は普通の市民としての生活を送っていたが、その一方で、押さえ込んできた若い日の夢の数々が再び首をもたげてくる。平和の時代における無気力な生を耐える唯一の方法は、どのような場合でも己の死を意識していることだ、という思いが強くなるにつれて、三島は自分の内にロマン的なものへの傾斜が甦りつつあることを感じていた。このことは昭和三十八年（一九六三年）一月から五月まで新聞に連載された自伝的エッセイ『私の遍歴時代』に明白である。

十六歳から二十六歳までの「遍歴時代」を語るこのエッセイを、三島は戦争の歳月への郷愁にみちた回想からはじめ、ギリシアへの旅で「自己嫌悪と孤独」を癒され「健康への意志」を呼びさまされたと自覚するところで終えている。

だがこのエッセイの最後で三十八歳の三島は、今の自分は「二十六歳の私があれほど熱情を持った古典主義などという理念を、もう心の底から信じてはいない」と書き、自分は「根治しがたいところの、ロマンチックの病い」を病んでいると分析する。『私の遍歴時代』と並行して執筆された小説『午後の曳航《えいこう》』には、この再燃したロマン主義が明瞭にあらわれている。

『午後の曳航』は『鏡子の家』以来久々の書下ろしであり、三島はなんとしても成功させようとしていた。執筆中はしばしば作品の舞台である横浜を訪れ、港湾や大型客船や町の様子をスケッチした。しかし昭和三十八年九月に出版された時、当たり障《さわ》りのない批評しか得られず、売れ行きも五万部という三島にしては比較的少ないものにとどまった。三島は出版元の講談社まで出向いていき、ベストセラーを書けなかったことを詫《わ》びたといわれる。

売上げこそ伸びなかったものの、『午後の曳航』は緻密に構成された緊張度の高い小説である。未亡人の母房子と二人で横浜の山手に住む十三歳の登《のぼる》は、表面上は無邪気な少年だが、冷酷で透徹した心を持っている。病的ともいえる性格の少年は、折に触れ窃視者として自室の覗《のぞ》き穴から隣室の母親の露《あら》わな姿を凝視する。ある夜登は房子と二等航海士の竜二の情事を覗き見て、強い昂揚《こうよう》を覚える。竜二は海に「栄光」と「特別な運命」を求める孤独な風情のある逞《たくま》しい男で、登はそんな竜二を英雄視し、同級生の仲間に得意げに報告する。この早熟な少年グループの「首領」は、大人の権威が虚妄に過ぎないこと、父親という存在は害悪そのものであり人間の醜さの化身であることを他の少年たちに教授し、「世界の圧倒的な虚《むな》しさ」を充《み》たし存在の実権を握るために、猫を殺して解剖することを命じる。やがて竜二は房子との結婚を考えるようになる。海の男の竜二を羨望していた登は、「英雄」だった存在が海を捨てて「父親」となり、この世の凡俗に属していくのを裏切りと感じ失望する。

少年たちは竜二をもう一度英雄にするために処刑することに決める。案内された小山の洞穴で竜二は、暗い沖からいつも自分を呼んでいた未知の栄光が永遠に失われてしまったことを思いながら、登が差し出す睡眠薬入りの紅茶を飲み干すのだった。

10　写真、自己演出、神経症

　昭和三十六年（一九六一年）九月のある午後、三島邸の庭では半裸の主《あるじ》がゴムホースを身体に巻きつけ、薔薇《ばら》を咥《くわ》えたり、ハンマーを振り上げたり、黄道十二宮のタイルの上に横たわったりと異様なポーズをとり、若い写真家細江英公《ほそええいこう》がそれをフィルムに焼き付けていた。これらの写真は現像の段階で特殊な処理を施され、さらに超現実的なイメージを浮かびあがらせることになる。

　三島と細江のつながりは、その二年前、土方巽《ひじかたたつみ》が三島の『禁色』をもとに「舞踏」の始まりともいわれる作品を発表した時に遡る。男性同性愛を強く連想させるこの作品は物議を醸《かも》したが、三島は魅了された。新進気鋭の写真家である細江もまたこの舞台に感銘を受け、以来土方が死ぬまでこの舞踏家を撮りつづける。細江の写真を絶賛していた三島は、自分の評論集『美の襲撃』が昭和三十六年に刊行される際、表紙と口絵の写真を細江に依頼する。

こうして三島邸での撮影が行なわれたのだった。

細江は次から次にアイデアを出し、三島は嬉々《きき》としてそれに従った。二人はすっかり意気投合し、展覧会のための連作を撮らせてほしいと細江が頼むと、被写体となる経験に魅せられた三島は快諾した。三島は理想的なモデルだった。口数は多くなかったが協力的で、写真家のどのような指示も従順に受け入れる。時間をきちんと守り、決して尊大な態度を取らない。細江は心ゆくまで「作家三島由紀夫を被写体とする主観的ドキュメンタリー」を撮ることができた。

一年近くにわたって十数回の撮影の機会を重ねたのち、細江はこれまで日本で誰も試みたことのないような一連の写真を発表する。どこか不安をかき立てる美しさを備えた芸術的な白黒写真のなかの三島は、ナルシシズムを超越している。ベッドに横たわる三島、庭にうずくまる三島、白い薔薇を口に咥《くわ》え、こちらをまっすぐ見据える三島……、その作品には生と死が、エロスとタナトスが交錯し、挑発的なポーズがあるかと思えば、屍《しかばね》のような生気のない姿もある。ともすると悪趣味に陥りそうなこれらの写真は、細江が卓越した手腕でさまざまな現像技術を駆使することによって、幻想的で蠱惑《こわく》的なものになっている。

「序曲」「市民的日常生活」「嗤《わら》う時計あるいは怠惰な証人」「さまざまな瀆聖」「薔薇刑」の

五章からなるこの写真集『薔薇刑』は高い評価を受け、日本写真批評家協会作家賞を受賞することになるが、三島を良く思わない人々は、あいつはとうとう頭がおかしくなったと囃《はや》したてた。瑶子夫人もこの写真集を毛嫌いしていたが、出版を差し止めることは到底できぬ相談であった。

三島と細江はのちに『薔薇刑』の新版を企画する。旧版から何枚かの写真が割愛されたうえ、配列と流れが大きく改変され、「海の目」「目の罪」「罪の夢」「夢の死」「死」の五章構成となる。横尾忠則《よこおただのり》が装幀《そうてい》・装画・レイアウトを担当した『新輯版　薔薇刑』は豪華なつくりで、黒ビロードの表紙の写真集が、朱色の文字でタイトルが書かれた白い布張りの函《はこ》に収められていた。この写真集が出版されたのは、三島の自死から間もない昭和四十六年一月のことだった。

『薔薇刑』ほどの形式美には達していないが、三島はこれ以降頻繁にカメラの被写体となった。数年後には白い着物で関孫六《せきのまごろく》――のちに三島の介錯《かいしゃく》に用いられる刀――を手にポーズをとるだろう。三島はそれほど日本刀に詳しくはなかった。三島が手にしているのは、剣道を通して親交のあった舩坂《ふなさか》弘《ひろし》から昭和四十一年に贈られたものである。関孫六は美濃《みの》の刀工孫六兼元《かねもと》、また、その後継者の鍛えた刀で、三本杉と呼ばれる刃文に特色があり業物として有名であった。船坂は三島に、この孫六は十七世紀のものであること、実際の戦いの際についた受け傷が刃にあることを説明した。武士の魂である日本刀を持ちたいと常々願っていた三島にとって、それだけでもこの刀を自分の手元に置くのに充分だった。

写真を撮られる時に三島が好んだのは、のちに撮影される有名な写真——額に「七生報国《しちしょうほうこく》」の鉢巻きを締め、両手で刀を握りしめている——のように、上半身裸で筋肉を誇示し、顎を引いて一点を見据えた、峻厳《しゅんげん》な雰囲気の漂うポーズだった。

有名な写真のなかには他に、昭和四十三年（一九六八年）に新進の写真家篠山紀信《しのやまきしん》が撮影したものがある。初めて性的興奮をおぼえたグイド・レーニの『聖セバスチャンの殉教』と同じポーズを取っている写真である。三島としては世間の耳目を集めるねらいがあったのかもしれないが、通り一遍の反応しか引き起こさなかった。篠山が撮影した別の写真では、局部をブリーフで隠しただけの三島が、海員帽に革ブーツという姿で巨大なオートバイに寄りかかっている。ゲイの美学が濃厚なこの写真もそれほど大きな評判にはならなかった。

三島の「奇行」はさらにつづく。昭和四十一年には丸山明宏のチャリティリサイタルに出演し、自ら作詞した「造花に殺された船乗りの歌」を歌い、歌の最後では丸山と抱き合いキスをした。観客は大喜びで拍手喝采したが、それだけだった。日本で最も有名な小説家、常人とはかけ離れ一筋縄ではいかない三島は、もはや人々に大きな衝撃を与える存在ではなかった。誰もがその奇行に慣れてしまっていたのだ。三島は自分が自分でないような思いを改めて味わっていた。

しかし、三島の最後の「酔狂」は真面目に受け取られてしかるべきであった。死の二カ月前、三島は篠山紀信の写真集を企画し、自らポーズを取って切腹する場面や、交通事故に遭い血塗《まみ》れで倒れている場面を撮影させた。だが、『男の死』と名づけられるはずだったこの写真集は、ついに日の目を見ることはなかった。

昭和三十八年（一九六三年）秋、すでに稽古に入っていた三島の新作戯曲『喜びの琴』を文学座は政治的理由から上演中止にすることを決めた。劇中の科白が右翼的だというのだ。この戯曲のモデルとなっているのは松川事件。昭和二十四年に起こった列車転覆事故で、当局は労組・共産党員共同謀議によるものとして二十名を起訴したが、無実を訴える広範な世論の高揚のなかで、昭和三十八年に全員が無罪となった事件である。三島はこの上演中止に激怒して戯曲を引き揚げ、公開状を新聞に発表して、過去十年間にわたって主要な戯曲を書

裸の上半身を誇示し、日本刀を手にポーズをつくる　撮影／篠山紀信

『聖セバスチャンの殉教』を演ずる
撮影／篠山紀信

きつづけた劇団と袂《たもと》を分かった。

その数カ月後、三島は長年の友人であった黛敏郎とも絶交する。原因は、東京に新設された最も豪華な劇場である日生劇場の昭和三十九年（一九六四年）四月の公演のために、二人が共同で制作していたオペラであった。昭和三十八年四月、三島はヒロインの名から『美濃子《みのこ》』と題された筋書《シノプシス》を黛に見せた。八月三十日に二人は、三島がいつも執筆のために缶詰になる帝国ホテルの一室に閉じこもった。三島はペンが及ぶかぎりの速度で科白を書きつづけては一枚ごとに黛に手渡した。明け方までに二幕目までを書きあげると、最後の三幕目は翌晩ひとりで完成させるつもりだと言った。

一週間後に黛はできあがった台本を受け取り、作曲に取りかかった。しかし黛の仕事は遅々として進まず、予定された期日に間に合わないおそれがあった。文学座から取り戻した『喜びの琴』を五月に日生劇場で上演する話を三島が進めていたこともあり、黛は『喜びの琴』の公演を四月に繰り上げて『美濃子』の作曲に一カ月の余裕をもらえないかと提案する。それを知った三島は黛が約束の期日を守らないことに激怒し、『美濃子』の制作プランを破棄し、同時に黛との友情も打ち切った。突然三島の不興を被った他の人たちと同じように黛も理不尽だと思ったが、三島がそのような振舞いに及んだのは、三島が自分自身に課している厳格さのためだということをよく理解していた。決して締切に遅れることのなかった三島は、他人のせいで締切を破ることになるのが耐えられなかったのだろう。

このようなぎすぎすした日々のなかにも気晴らしがなかったわけではない。昭和三十九年の夏からは、新聞社の依頼で東京オリンピックを取材した。三島は競技に熱中し、記事のなかでは自らのボディビル体験にまで語り及んだ。だがそれも束《つか》の間、三島はふたたび政治的なものに一層深く関わっていくことになる。

昭和三十九年十月、小説『絹と明察』が出版される。家族主義経営で大企業へと発展させた紡績会社の社長が、ライバル企業の意を受けた政財界の黒幕の画策によって従業員からストライキを起こされ、失脚する物語で、昭和二十九年に近江絹糸《おうみけんし》の労働者が前近代的労務管理の改善を求めて起こした労働争議がモデルとなっている。三島はある人に、この作品には自分の二児の父親としての感情を書き込んだと語り、また別の人には、裏切られる主人公は天皇を象徴していると語っていた。

ニューヨークの編集者ハロルド・ストラウスは三島の作品の英語版の出版を一手に引き受けていたが、この作品の出版はためらっていた。三島から直々に自分の正式な翻訳者になってくれと頼まれていたジョン・ネイスンが、この作品には純一な感情が欠けていると考え、翻訳に乗り気ではなかったからだ。それでもストラウスは、あえて『絹と明察』を出版する考えに傾いていた。ヨーロッパの一流出版社が、三島はいつかノーベル賞を取ると考えていることを知っていたのだ。

だがネイスンはストラウスに手紙を書き、『絹と明察』は訳さないことに決めた旨、そして近いうちに三島の他の小説を翻訳する機会があるだろうことを期待する旨を伝える。ストラウスはこの誠実な決断を理解したが、三島はネイスンが翻訳を断ったことを自分に対する裏切りだと受け取った。三島の正式な翻訳者になるという話も、二人の長い友情も、ここでふっつりと途絶えた。三島の死後ネイスンは、英語で書かれた最も重要な評伝の一冊『Mishima, a biography』（一九七四年）を著わすことになる(25)。

前年の『午後の曳航』と同様、『絹と明察』も売上げは伸びなかった。三島の人気に陰りが出ていたのは確実だった。その原因は、二十代前半までの若い読者層を安部公房、大江健三郎、石原慎太郎といった作家に奪われたことにあった。事実、家庭の主婦が主な読者である通俗小説は人気が衰えていなかった。自分では重要視していない通俗小説によって不自由ない生活を送るだけの収入は得ていたが、三島は自分が望む読者を引きつけられないことに深く傷ついていた。

自らを慰めるためか、三島はしばしば華やかなパーティを開催した。例えば、当時の日本の家庭では祝われる習慣のなかったクリスマス・パーティが、昭和三十七年から毎年十二月二十二日に開かれた（昭和四十年まで）。白手袋のウエイターたちが銀の盆でキャビアとシャンパンをサーヴィスしてまわり、ビュッフェ形式で七面鳥やローストビーフが出される。

白いタキシードを着込んだ三島は、時間が経《た》つにつれてはしゃいでいくように見えた。ピアノに合わせて英語で歌い、自ら進んで道化役を買って出て、しきりに冗談を言っては高笑いを響かせる。大きな声でテキーラとレモンと塩を注文し、誰が上手く『片目のジャック』のマーロン・ブランドのテキーラの飲み方を真似できるか競い合う。

この徹底してニューヨーク的なパーティで唯一日本風のところは、早めに、つまり真夜中になる前におひらきとなることだった。客を送り出すと三島は礼服を脱ぎ、静かな書斎で仕

(25)　ジョン・ネイスン『三島由紀夫——ある評伝』野口武彦訳、新潮社、昭和五十一年（一九七六年）。なお一部の記述を割愛した『新版・三島由紀大—ある評伝—』が平成十二年（二〇〇〇年）に出版された。

事を始めるのだった。

夫婦単位で客を招待するのも日本ではまず見られないことだった。年によって顔ぶれは大きく変わったが、なかには三島の不興や突然の絶縁宣言を免れ、毎年招かれる人もいた。親しい編集者として新潮社の新田や講談社の川島、批評家であり変わらぬ三島崇拝者の奥野健男《おくのたけお》、作家の北杜夫《きたもりお》やフランス文学者の澁澤龍彦《しぶさわたつひこ》、演出家の松浦竹夫《まつうらたけお》、学習院出身の俳優田宮二郎《たみやじろう》、ボクシング世界チャンピオンのファイティング原田《はらだ》、前衛舞踏家土方巽、画家の横尾忠則などである。また、有名人以外にも、学習院時代に遡る友人、瑤子夫人の妹夫婦や学友などもいた。

このクリスマス・パーティにはめったに外国人は招待されなかったが、三島は年に何回か、招待客の大部分が外国人であるような晩餐会《ばんさん》を開いた。西洋人の、特にメディア関係者はこの招待を心待ちにしていた。谷崎潤一郎や川端康成が外国人記者との面会を拒絶していたのに対して、三島は主要な新聞・雑誌と親しく付き合い、外国の新聞社の編集長が来日した際に支局員に観光プランを提案したり、日本の作家・知識人たちとの夕べを主催したりした。

その労苦に報いるために、例えば『ニューヨーク・タイムズ』や『ライフ』は、三島の特集記事や作品の書評をいくつも載せた。アメリカ大使館は、三島がタイの宮廷に紹介を必要としている時にその便宜を図った。韓国で軍事作戦を密《ひそ》かに見学したいと三島が欲した時には、『ニューズウィーク』の支局長がうまく取りはからってくれた。

だが三島の外国人に対する態度を動機づけていたのは、そのような見返りではなく、外国における自分の名声への極端なまでの関心であった。三島は外国人たちのなかにいる際には、のびのびとごく自然に振る舞うことにこだわっていた。特に大使館に招待されたときなど、三島はそのユーモアと洗練された物腰、時として突飛な表現の混じる英語でまわりの人を魅了した。あらゆる点から見て、三島は同時代のどんな日本人作家とも異なっていた。

三島邸のパーティの常連には『からっ風野郎』で共演した若尾文子《わかおあやこ》もいた。若尾文子は昭和二十八年に溝口健二の『祇園囃子《ぎおんばやし》』に起用され大映の看板女優となり、増村保造とは二十作にわたってコンビを組んで多くの名作を残した。家庭の主婦を演じても娼婦《しょうふ》を演じても、若尾文子が演じる女性は一九六〇年代の日本映画でよく描かれる女性の典型である。社会の重圧に押しつぶされながらも、男性の支配に抗《あらが》い、死を賭けてまで己の自由を守るために戦う、意志が強く独立心に富む女性像は、三島に強い印象を与えた。やがて三島は女性心理に肉薄し、その性の問題を真正面から取り上げた二つの作品を発表する。『肉体の学校』（昭和三十九年）と『音楽』（昭和四十年）である。

『肉体の学校』の舞台は同時代の東京。かつては上流社会の令嬢だった三十九歳の浅野妙子《あさのたえこ》は、離婚して今では自分のブティックを構えるデザイナーとして活躍している。自立し、自由で逸楽的な生活を送る妙子は、ある日ゲイバーで美しい二十歳の青年千吉に出会い一目で気に入る。千吉は同性愛者ではないが、生活のためにゲイバーで働き、金次第で男にでも女にでも身を任せ、大学にも通わず、金持ちになる野心を抱えながら、パチンコに入り浸っている。妙子は、傲岸不遜と孤独とが二重写しになっている千吉に魅せられ、やがて逢《あ》い引きを重ねるようになる。

しかし激しく肉体を貪り合う一方で、どちらも自尊心が強く自分を譲らないためにその関係は次第に危険を孕《はら》んだものとなっていく。二人は傷つけ合いながら、互いに苦しめば苦しむほど一層離れられなくなる。二人にとっては常に、相手に対する怒りと憎しみが、相手に対する優しさと不可分なのだ。妙子の激しい恋情は、三島作品に繰り返しあらわれるテーマを際立たせる。それは、愛することと愛されることの根本的な差異である。愛する者は決してその思いが相手に届くことはなく、永遠に地獄の苦しみをさまようのだ。

　やがて妙子はゲイバーのマダムに巨額の手切れ金を渡して千吉に店を辞《や》めさせ、清潔で真面目な大学生に戻そうと考える。この教育的な企ての裏にあるのは、千吉の自由を奪って独占したいという思いだった。表向きは妙子の甥として紹介された千吉は、イヴ・サン・ローランのショーの席で、妙子の上客の室町《むろまち》夫人とその娘の聡子《さとこ》に会う。まもなく千吉は妙子と同棲《どうせい》をはじめるが、妙子に隠れて聡子と親交を深め、やがて言葉巧みに室町家に取り入る。妙子は、自分を裏切って聡子と結婚しようとする千吉の意図を知って苦しむ。ところが、千吉のいかがわしい同性愛の写真を手に入れた妙子が、自分を捨てようとする若い恋人に対してふたたび優位に立とうと、その写真をちらつかせ室町夫人に見せることをほのめかすと、千吉はそれまでの不遜な態度をかなぐり捨てて、写真を返してくれるよう妙子にすがりつく。そのみじめな姿を前にして妙子の視界の靄《もや》が晴れて何もかもがはっきり見えるようになり、千吉が怠け者の青二才にすぎないことを悟る。失恋したにもかかわらず前以上に艶《あで》やかで朗らかな妙子を不思議がる女友だちに向かって妙子は、自分はもう学校を卒業した、と宣言する。三島は『肉体の学校』を通俗小説と見なしていたが、女性読者の心を摑《つか》んでその年だけで三十万部を売り上げ、翌年には映画化もされた。

もうひとつの「フェミニスト的」な小説は『音楽』である。この作品は精神分析医の汐見《しおみ》和順《かずのり》による「女性の冷感症に関する手記」という体裁をとっている。ある日汐見のクリニックに美貌の若い女性弓川麗子《ゆみかわれいこ》が「音楽が聞こえない」と訴えて来院する。「音楽」とは性的快楽の象徴で、麗子は恋人の隆一との性行為で「音楽」が聞こえないという。面接や手紙による精神分析と治療をつづけるなかで、失踪中の兄への近親相姦《そうかん》的愛情や、自分の純潔を奪った又従兄の許婚者《いいなずけ》を嫌って田舎から東京へ出てきたことが明らかになる。汐見はこの患者に徐々に惹《ひ》かれていくが、麗子は汐見を気まぐれに翻弄し、治療は順調には進まない。しかし麗子は、癌《がん》で瀕死《ひんし》状態になった許婚者を看《み》取ったり、性的不能の青年を相手にした時には容易に「音楽」を聞いた。その複雑にもつれた心理の仕組みを汐見は着実に解いていく。麗子の本当の願いは兄の子を産むことであり、他の男の子供を身籠《みご》もることの不安から冷感症になっているのだ。健康な隆一との行為では聞くことができなかった「音楽」を瀕死の病人や不能の青年を相手にした場合に聞くことができたのは、妊娠の恐怖を全く免れて、兄のために永久に母胎を空けておくことができると感じたからだった。やがて再会した兄に子供がいることを知って、麗子はもはや自分が兄の子を産む義務から解放されたことを理解し、隆一との行為で「音楽」を聞くようになる。

　この作品を書くにあたってフロイトの『ヒステリー研究』を熟読していた三島は、もろもろの束縛からようやく解放され始めた同時代の日本の女性に共感を寄せているようにみえる。性は自ら選ぶものではなく、受け身であるべきだとこれまで教え込まれ、神経症を募らせてきた女性たちは、これからは自分自身の力で、そして罪悪感に責め苛《さいな》まれることなく、性の快楽を見出すことを学ばなければならない。語り手の汐見は、長年付き合っている看護婦と結婚することなく肉体関係をつづけ、男としての自信にあふれ、他の男が知り得ない麗子の心の奥底まで熟知しているという優越感を持ち……、と男性優位主義者のように造形されているが、作品においてはこの精神分析医の存在感は希薄である。それは作者の関心の焦点がもっぱら女性登場人物に、特にその心理に合わせられているためであろう。

　これまで三島は折に触れ、男性登場人物の肉体を詳細に描写するのを好んできた（『禁色』の悠一、『潮騒』の新治、『肉体の学校』の千吉など）。女性登場人物は、主役でもない限り、それほど細かく描かれることはない。三島作品の男性登場人物においては、美はただ単に肉の外被を特徴づけるにとどまらない。その人物の存在そのものが、外見のたぐいまれな美しさによって決定づけられている。美しくさえあれば、心が純粋でなくても、それだけで至上の存在なのだ。

まもなく三島は、他者の心理に没頭することによっても、自分のなかに湧きあがってくる不安から逃れられなくなる。誰かがそのようなことを口にするのは決して許さなかったが、三島は自分の文学に疑いを抱きはじめていた。文学外のさまざまな行動も、もうメディアの注目をそれほど集めなくなっていた。さらには、節制と鍛錬のおかげで驚異的な肉体を維持してはいたが、老いは着実に三島に忍び寄っていた。若さへの崇拝は老いの恐怖の裏返しである。

私の癒《い》やしがたい観念のなかでは、老年は永遠に醜く、青年は永遠に美しい。老年の知恵は永遠に迷蒙《めいもう》であり、青年の行動は永遠に透徹している。だから、生きていればいるほど悪くなるのであり、人生はつまり真逆様《まっさかさま》の頽落《たいらく》である。(「二・二六事件と私」)

己の肉体がゆっくりと、しかし容赦なく老いに蝕《むしば》まれていくのは耐えがたいことだった。その恐怖を振り払おうと、三島は剣道にのめりこんだ。三島が剣道をはじめたのは『鏡子の家』執筆中の昭和三十三年からだが、昭和三十九年に書かれた「実感的スポーツ論」によると、少年期には剣道を嫌悪していたという。その「野卑な、野蛮な、威嚇的な、恥知らずの、なまなましく生理的な、反文明的反文化的な、反理知的な動物的な叫び声」が不快でたまらなかった。だがそれから二十五年の歳月が経《た》ってみると、逆にその叫び声を耳に快く感じ、心から愛するようになる。

それは私が自分の精神の奥底にある「日本」の叫びを、白らみとめ、自らゆるすようになったからだと思われる。この叫びには近代日本が自ら恥じ、必死に押し隠そうとしているものが、あけすけに露呈されている。（……）それは皮相な近代化の底にもひそんで流れているところの、民族の深層意識の叫びである。（「実感的スポーツ論」）

三島は生涯にわたって精進をつづけ、筋はあまりいい方ではなかったが、四十三歳の時には五段を受けた。その剣道の稽古の体験をもとにして書かれたのが、最も美しい短篇小説のひとつ「剣」である。

主人公の国分次郎《こくぶんじろう》は大学の剣道部の主将。剣の実力だけでなく、不正を憎み現代青年の軽薄さの対極にある超然とした態度を崩さないその人間性によって、部員の畏怖と尊敬を集めている。自分自身に対しても一切の妥協を許さずすべてを剣道に捧《ささ》げており、「強く正しい者になるか、自殺するか、二つに一つなのだ」という信念を抱いている。次郎のこの一徹さは、幸福や安楽や恋愛に対する徹底した無関心へと先鋭化しており、何か不安なもの、悲劇的な結末を感じさせずにはいられない。

西伊豆の漁村にある寺で夏の合宿が始まると、次郎は部員に海へ入ることを禁じる。稽古以外の運動で筋肉を疲労させてはならないからだ。合宿は厳しく、稽古は激しさを増した。一年生の壬生《みぶ》は次郎に心酔し、道場での次郎を「荒れ狂う神のような存在」だと思う。

八日目、監督が合宿所へやってくることになり、次郎が二人の部員を連れて出迎えに行く。かつて禁酒禁煙の規則を破って制裁を加えられて以来次郎に不満を抱いていた賀川《かがわ》は、残っていた部員をそそのかして海水浴に行ってしまう。壬生は怒りに燃えて一人参加を拒んだ。

やがて監督と次郎たちが予定より早く到着する。びしょ濡《ぬ》れのまま海から戻ってきた部員たちに監督は呆《あき》れ、次郎は自分の監督不行届の責任を感じる。合宿の納会の日、部員は賑《にぎ》やかに最後の日を楽しんでいたが、いつのまにか次郎の姿が消えている。真夜中に部員が手分けして捜しに行くと、裏山の林のなかで次郎が愛用の黒胴をつけ竹刀を握りしめたまま自殺していた。

三島は昭和四十一年（一九六六年）からは、関孫六を譲ってくれた舩坂弘の息子である良雄《よしお》のもとで居合道の稽古をはじめる。居合道とは、日本刀を用い、抜刀から納刀、および諸作法を通し、技能の修練のみならず人格の涵養《かんよう》なども含めた自己修練のことである。剣道とは異なり、必ずしも相手を必要としない。カメラの前で型を披露する時の三島は非常に集中していた。三島はボディビルのことでからかわれても気にしていなかったが、誰も三島の武道については軽口を叩《たた》くことはなかった。

11　ノーベル文学賞

　昭和四十年（一九六五年）三月、三島は新聞紙上に、完成までに「六年を要する」「三千枚以上」の作品を書こうとしていると発表する。この構想は突然湧いたものではなく、二年前から新潮社の新田敞《ひろし》に、自分の生涯の代表作となるような大長篇を書くつもりだと語っていた。三島はこの作品の題を、月の海のひとつからその名を取って『豊饒《ほうじょう》の海』とする。典拠となっているのは夢告と輪廻《りんね》転生《てんしょう》を軸に展開する平安時代の『浜松《はままつ》中納言《ちゅうなごん》物語』、明治末年から現代までの約六十年間の日本を四部構成で扱い、各篇の主人公は前篇の転生として登場する。第一部の『春の雪』は昭和四十年九月から文芸誌『新潮』に連載されはじめた。以後五年にわたり、三島は死の直前までこの大作の執筆をつづけることになる。

　同じ月に三島は夫人を伴って『豊饒の海』の取材も兼ねた世界一周に出る。まずニューヨークを訪れ、英訳が出版されたばかりの『午後の曳航』の宣伝を手伝った。偶然に同宿となった大江健三郎とは一度昼食をともにし、日本の小説家の悪口などをいろいろ言って、楽しい午後を過ごした。三島がパーク・アヴェニューのお気に入りの飾物店へ案内すると、大江は革製の大きな犀《さい》を買ったという。

ニューヨークの次に夫妻が向かったのはストックホルム。そこに数日滞在したのちパリに到着する。自作の映画『憂国』の試写会で興奮を味わい、『宴のあと』の出版を予定しているガリマール社から手厚い歓待を受ける。ロスチャイルドは三島夫妻が到着した日にトゥール・ダルジャンでの晩餐《ばんさん》に招待したのをはじめ、アンドレ・マルロー夫人やジャーナリストを呼んで連日二人をもてなし、田舎の本邸にも招待した。ガリマール社では、評論家で『O嬢の物語』の作者であるドミニク・オーリー（別名ポーリーヌ・レアージュ）と出会い、『午後の曳航』の英訳を絶賛される。のちにオーリーは三島の短篇を何篇か英語からフランス語へ訳すことになる。インタヴューもいろいろあり、三島は記者たちを喜ばせようと、片言のフランス語を覚えたりもした。十数年前、はじめてパリを訪れた時とは大きな違いである。かつてはいい印象を抱かなかったパリも、上流社交界が自分を部外者としてではなく主役として扱ってくれる今では、もはや居心地の悪い場所ではなかった。

パリの前にストックホルムに向かったのは、ノーベル賞が授与される場所を見てみたかったからだろう。日本を発《た》つ前に、三島は自分がノーベル賞の「候補」に挙がっているという噂を聞いていた。九月二十五日の朝日新聞は、ストックホルムの「信頼すべき筋」によれば三島は他の九十人の作家たちとともにノーベル賞の「有力候補」となっている、と明らかにした。その当時、日本人でノーベル文学賞を受けた作家はまだ一人もいなかった。

十月初め、三島はパリを発ちハンブルクを経由してバンコクへ向かう。『豊饒の海』第三部の主人公をタイの王女にしようと考え、アメリカ大使館の知人を通じて、タイの宮廷に紹介してもらっていたのだ。バンコクで取材をしていた十月十五日、三島がノーベル賞の「最終候補」になることは決定的だと各紙が伝えた。

しかしその翌日、アカデミーが発表した授賞者は、六十歳のロシア人作家ミハイル・ショーロホフだった。表にはそれを出さなかったが、三島が内心ではひどく落胆していたのは間違いない。まわりの人は、まだ若いのだから次があると慰めたが、その言葉も耳に入ってはいなかった。三島はノーベル賞を渇望していた。日本ではからかう人もいたが、西欧から認められたいという思いは三島の強迫観念のようにまでなっていた。

昭和四十一年（一九六六年）六月、三島は「英霊の声」と題する詩的な、小説ともエッセイとも呼べる作品を発表する。三島の複雑に入り組んだ愛国心の向かう先を照らすような作品である。物語は、恐ろしい降神術の会の記録として語られている。

二・二六事件の青年将校と第二次世界大戦の神風特攻隊員の霊があらわれて、神でなくなることで自分たちを裏切った天皇を非難する。霊たちにとっては、この裏切りこそが戦後日本の精神的頽廃《たいはい》の元凶なのだ。幾度となく繰り返される苦痛に充《み》ちた怨《うら》めしげな「などてすめろぎは人間《ひと》となりたまひし」という嘆きは、昭和二十一年の「人間宣言」を踏まえている。天皇が自らの神格性を想像上の有害な観念であると宣言したことによって、神風特攻隊員たちの死は無意味で悲惨なものになってしまったのだ。

作中には、現在の日本を捉えている「泰平のゆるき微笑《ほほえ》み」がもたらしたものを亡霊たちが歌う長い詩が挿入されている（のちに三島はこれをレコードに吹き込んだ）。現代日本の頽廃を嘆くこの歌はどこまでも非政治的で、危機の感覚が欠如した平和の退屈さと味気なさを糾弾する三島の私的感情に貫かれている。「ほとばしる清き血潮」に焦がれる三島にとって、若き蹶起《けっき》将校や神風特攻隊員は、血と死と栄光に包まれた殉教者だった。三島は戦後日本の頽廃の責任を天皇に帰すことによって、この不幸な状態の解決はただ天皇親政の復活にしかないと示唆する。だが、そうした政治性を一皮めくれば、そこにあるのは死への欲望、三島に取り憑《つ》いて離れないあの「ひたすらエロティックな想念」なのだ。

「英霊の声」は、三島作品のなかで初めて、誰の目からも政治的と捉えられた作品であった。しかしこの著作も広範な読者の支持を得ることはできなかった。日本共産党は「右翼的修辞」に投じているとしてこれを論断し、右翼の側からも三島の昭和天皇批判に反撥する動きがあった。

三島はこの作品と並行して、『豊饒の海』第二部『奔馬』で長々と引用される「神風連《しんぷうれん》」について研究をしていた。「神風連」は明治維新直後、新政府による日本の西欧化に危機感を抱いた熊本の武士たちの結社である。物心両面であらゆる近代化を拒み、やむなく新設の電信線の下をくぐるときは白扇で頭を蔽《おお》って通り、新たに導入された紙幣は手で触らずに箸でつまんだ。明治九年（一八七六年）、明治政府による廃刀令が出されると、その不満は一挙に爆発した。武士たちは地方政府を襲撃することにした——夷狄《いてき》の武器である銃砲はいっさい使わず、太刀、槍《やり》、薙刀《なぎなた》だけで武装して。この蜂起が無謀なことは自分たちが一番よくわかっていた。相手は圧倒的多勢で、最新鋭の火器を備えていた。夥《おびただ》しい犠牲者を出した戦闘の後、生き残った者は、あるいは山中で、あるいは自宅で、それぞれ立派に切腹した。

三島は神風連の蜂起が無謀であったこと、当時の日本には西欧化が正しい道であったことを充分理解していた。しかしこの史実は、天皇のために命を捧《ささ》げた人々のあらゆる物語同様に、その行動の純粋さゆえに三島を深く感動させた。純日本的なもの、純日本人的なものがそこにはあると考えたのだ。天皇の大義のために殉教することは、単に英雄的であるだけではない。このような殉教こそが、まさに日本的なものの本質なのだ。

だが殉教するには何らかの信念がなければならない。三島は意識的な努力によって、自らの信念を獲得していく。「英霊の声」の一カ月後、昭和四十一年七月に発表された短い記事「私の遺書」にはそのことが顕著にあらわれている。三島は古い書類のなかから、自分が昭和二十年、召集令状を受け取ったときにしたためた遺言状を見つけた。そこには両親や恩師をはじめ、世話になった人々への感謝の言葉とともに、弟の千之には、兄につづいて一日も早く立派な皇軍の兵士となり国のために命を捧げるように、と書かれていた。三島は二十年前のこの遺書を読みながら、それがあまりに形式的で単純明快であることに首を傾《かし》げる。遺書を書いた時、ここに書いてあることをその通り信じていたわけではないのは自明だが、かといってこの遺書が全部嘘《うそ》だとも言い切れない。三島はいろいろな可能性を検討しながら最後には、自分がこのような遺書を書くことができたのは、戦争の日々、自分の心のなかに民族の神聖な呪力がしみ通って働きかけたからだと結論づけるのだった。その大きな力にもう一度自分をゆだねようとすることが、やがて三島の大きな関心のひとつになっていくだろう。

昭和四十一年の三島は、相変わらず超人的な活動をつづけていた。ガブリエレ・ダンヌンツィオの霊験劇『聖セバスチャンの殉教』を翻訳し、それに自分が選んだ五十点に及ぶセバスチャン殉教の名画を加えた本を出版する。一幕ものの戯曲『アラビアン・ナイト』を書き、三島自身も端役で舞台に出演する。芥川賞の選考委員にもなり、定期的に新人作家の作品をいくつも読まなければならなくなる。三島は同時代の作品は概して紳士風家庭風で面白くないともらしていた。若い作家に直接助言を与えることもあったが、自分の考えを書面で伝える方を好んでいた。時には三島のファン、あるいは単なる頭のおかしい人が家に闖入《ちんにゅう》してくることもあった。そのあたりの事情は川端宛の書簡で触れられている。

このごろ拙宅には狂人の来訪ひんぴん、ついに早朝窓を破って闖入《ちんにゅう》してきたのまでございます。神経症患者激増の時代で、文学はキチガイに追い越されそうです。こちらも負けずによほど気が狂わねば、と思います。（川端宛昭和四十一年八月十五日付書簡）

昭和四十一年の春先、三島は自宅でフランス人ジャーナリストのインタヴューに応じる。テレビで放送されたこの十分に満たないインタヴュー(26)は、ベッドで眠ったふりをしている三島がいきなり目を覚まし、ぶしつけとも言える質問に答えるところからはじまる。「あなたは露出症ですか？」という問いに三島はたどたどしいフランス語で「小説家はみんな精神的露出症だが、私は恥ずかしがりだから肉体的露出症になろうとした。これによって私の精神をほぼ完全に隠すことができるのです」と答える。その次には髭《ひげ》を剃《そ》りながら、自分は小説が好きではない、さながら女嫌いのドン・ファンといったところだ、と語る。やがて白い稽古着に着替えた三島は、ルーフバルコニーで居合の型を披露する。その後のインタヴューには日本語で応じ、社会参加《アンガージュマン》、孤独と連帯、民主主義、インスピレーションなどについての

(26) このインタヴューはフランスで販売されている『憂国』のDVDの特典映像で見ることができる。インタヴューの一部は「フランスのテレビに初出演——文壇の若大将三島由紀夫氏」という題で昭和四十一年三月十日の毎日新聞夕刊に掲載された（『決定版　三島由紀夫全集』34巻所収）。

考えを述べる。自殺について尋ねられると、弱さと敗北の自殺は軽蔑するが、強さと勇気の自殺は賛美すると答える。そしてまた、死ぬことはおそらく怖いが、少なくとも平気を装って死ぬのが生きている人間への礼儀だと語る。日本以外の文化を選ぶとしたらどの文化か、という質問には、自分はフランス文化を最も尊敬していると即答する。

三島は日本の作家のなかで、フランス文学をこの上なく熟知し愛しているひとりである。少年期にはコクトーやリラダンを読み、二十歳で夭折《ようせつ》した早熟の神童ラディゲに自らを重ね合わせ、のちにはバタイユのなかに自分の呪われた兄弟を見出した。澁澤龍彦を通じてサドにも親しんでいた。サディズムの語源となったこのフランス作家と、マゾヒストの気質をもつ三島とは一見相容《い》れないようにも見えるが、どちらも限界を超えた何かを志向するという点で共通している。

三島はサドの絶対的自由や不羈《ふき》奔放を称賛し、サドがさまざまな性的逸脱によって世間に衝撃を与えたことを羨望していた。三島が何をしても、世間からは価値転覆ではなく単なる挑発としてしか見られないのだ。しかし、三島はやがてサド以上に過激な道を行くことになるだろう。言葉を振り捨てて自分を取り巻く世界に反逆し、自己犠牲の幻想のなかで、処刑者と受刑者の役を同時に引き受け、悦楽でもあり苦痛でもある死まで到達するのだ。

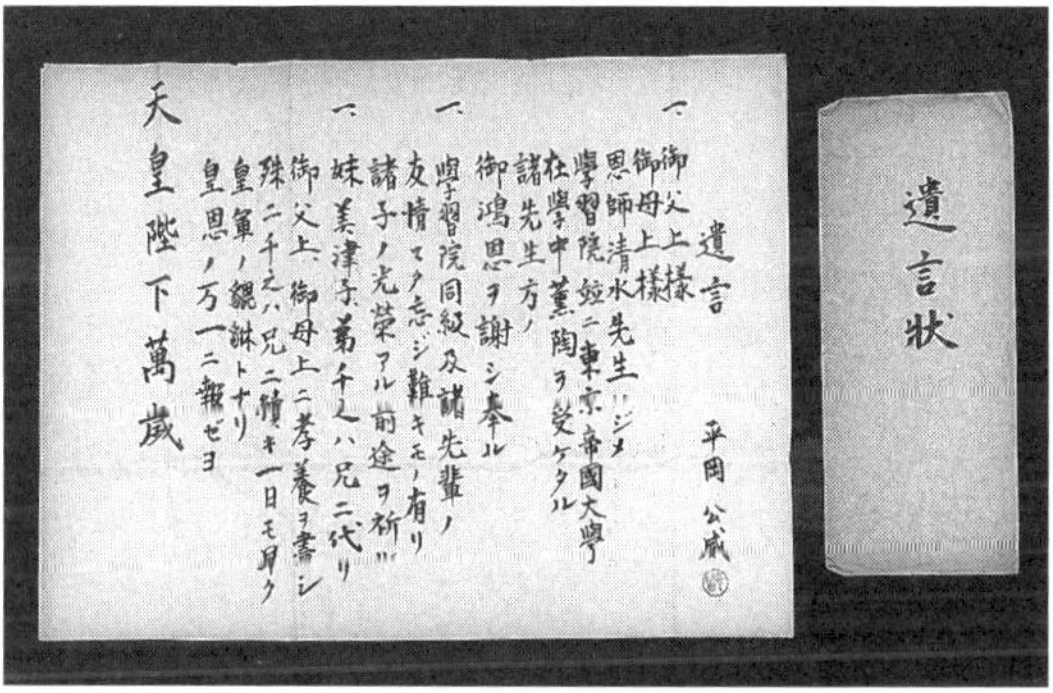

遺言状

遺言

平岡 公威

一、御父上様
御母上様
恩師清水先生ハジメ
學習院並ニ東京帝國大學
在學中薫陶ヲ受ケタル
諸先生方ノ
御鴻恩ヲ謝シ奉ル

一、學習院同級及諸先輩ノ
友情マタ忘ジ難キモノ有リ
諸子ノ光榮アル前途ヲ祈ル

一、妹美津子、弟千之ハ兄ニ代リ
御父上、御母上ニ孝養ヲ盡シ
殊ニ千之ハ兄ニ續キ一日モ早ク
皇軍ノ貔貅トナリ
皇恩ノ万一ニ報ゼヨ

天皇陛下萬歳

昭和20年２月、召集令状を受け、書いた遺書

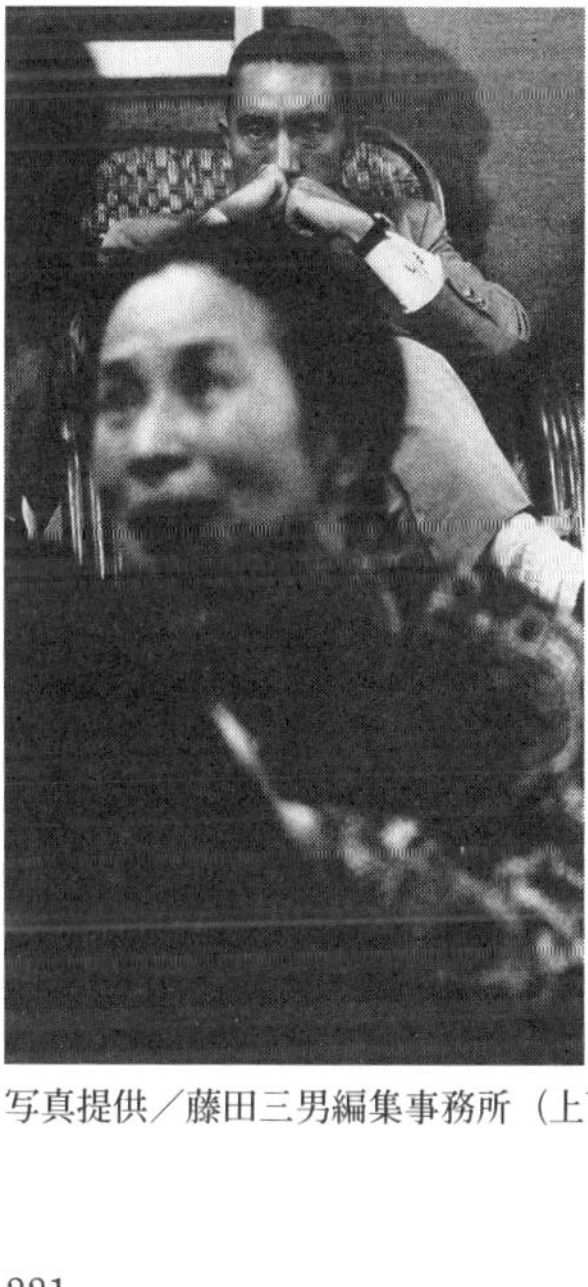

『サド侯爵夫人』稽古風景。
手前はモントルイユ夫人役
の南美江（昭和40年）

写真提供／藤田三男編集事務所（上下とも）

サドへのこの関心から、形式的にも内容的にもフランス古典演劇を髣髴《ほうふつ》とさせる『サド侯爵夫人』が昭和四十年に書かれた。澁澤龍彥の『サド侯爵の生涯』（昭和三十九年）に触発されたこの戯曲には近代能に見られたような象徴的な独白はなく、科白はラシーヌ劇のように明瞭的確かつ修辞に富んでいる。

三島が興味を惹《ひ》かれたのはサド自身ではなく、その夫人の方であった。なぜ夫人は獄に繫《つな》がれた夫を二十年近くも待ちつづけたのか、それほど待ちつづけていたのに、なぜ出獄と同時に夫と別れて修道院に入ってしまうのか。舞台にはサド侯爵は姿をあらわさず、登場人物はすべて女性である。サド侯爵夫人ルネ、母のモントルイユ夫人、妹アンヌ、悪名高いサン・フォン伯爵夫人、美徳の女性シミアーヌ男爵夫人、異なる立場の女性たちがサド侯爵の乱行をめぐって意見を対立させる。ルネは夫を激しく愛しており、その魂の極端な善と悪の二元性を理解していると主張し、夫を神格化することによってその乱行を肯定する。理性と社会秩序を体現する母のモントルイユ夫人は、娘に夫と別れるように促すが、その裏では自分自身の利害のために、婿を出獄させたかと思うと、また牢獄に連れ戻すように画策する。

三島は跋文《ばつぶん》のなかで、この戯曲は自分の芝居に対する永年の考えを徹底的に推し進めたところに生まれたものであると書く。三島は翻訳劇の技法を生かしながら、意識的に日本の伝統にはない、科白の論理性や抽象性を重んじた「純粋な対話劇」を作ろうとしたという。この劇は高い評価をもって迎えられた。フランスでも昭和五十一年（一九七六年）にルノー＝バロー劇団がオルセー小劇場で上演し、一年半余のロングランとなる。パリの観客の多くはこの舞台が現代劇であるとは、ましてや日本の戯曲であるとは思ってもいなかった。

12　ペンと剣をもつ作家

右翼思想への共感が大きくなるなかで、三島は林房雄《はやしふさお》と親交を深めるようになる。明治三十六年（一九〇三年）生まれの林は、大正末期の左翼運動勃興期にその洗礼を受け、プロレタリア文学の新人として脚光を浴び、気鋭の論客としても注目された。やがて治安維持法違反で下獄、出獄後は日本主義へと転向して小林秀雄らの『文学界』に参加、文学の政治からの独立を主張した。戦後は一時追放されたが、文芸時評の筆を執りつつ中間小説で活躍。昭和三十八年（一九六三年）からは『大東亜戦争肯定論』を執筆、幕末のペリー来航以来の日本近代史を、アジアを植民地化していた欧米列強に対する反撃の歴史ととらえ、先の戦争をその帰結と結論づけた。

林の政治的立場は三島のそれと必ずしも同じではないが、三島は林を一種の精神的指導者のように見なしていた。『林房雄論』（昭和三十八年）で三島は、昭和初期から戦後に及ぶ林の作品を年代順にたどりつつ、不安と動揺の時代を生きたこの批判の多い知識人の思想と心情の内面の劇を把握しようと試みている。

昭和四十一年（一九六六年）十二月、林房雄の紹介で一人の青年が三島邸を訪れる。三島に決定的な影響を与えることになるこの青年は万代潔《ばんだいきよし》、自ら「新国家主義者」と名乗り、戦後民主主義に深い疑念を抱き、天皇の庇護《ひご》のもと民衆が一体となり動かしていく日本というものを信奉していた。翌一月に万代が中辻和彦《なかつじかずひこ》とともに三島邸を訪れた時、二人は資金を集めて雑誌『論争ジャーナル』を創刊したばかりだった。雑誌は財政上の問題を抱えており、三島に助力の依頼にきたのだ。三島は心打たれ、原稿料なしに同誌に文章を寄せることと、知り合いにもそうするよう働きかけることを申し出た。のちに同誌に寄せた「青年について」と題された文章で三島は、この最初の出会いを「私に革命的な変化を起させる事件」と形容し、一群の青年たちがいかなる党派にも属さず、純粋な意気で日本の歪《ゆが》みを正そうと思い立ち、固く団結を誓ったことに感動したと書く。

三島がこの出会いから受けた衝撃は、万代との最初の会見の直後に書いたと思われる、昭和四十二年（一九六七年）元旦の新聞に掲載された二つの短い記事にあらわれている。一つは「日本への信条」と題されているが、自分が送っている西洋風生活様式の自己弁護である。何度も西洋へ旅行し、西洋人の友人も多く、自宅は純西洋式で畳の部屋もないありさま、料理は西洋料理を好み、手洗いも洋式が一番、和服など一年中着たことがない自分を、人は西洋かぶれの典型だと見なすかもしれない。しかし、今日の世の中で誰が純粋に日本風の生活をしているだろうか。日本風の部屋の片隅にはテレビもあるだろうし、台所には洗濯機もあるだろう。自分はそのような中途半端な折衷的日本主義の側に立つよりは、むしろ少なくとも「様式的統一」を受け入れる西洋風の生活様式を選択する。

だが三島の下す結論は次のようなものである。「私の西洋式生活は見《み》かけ《せ》であって、文士としての私の本質的な生活は、書斎で毎夜扱っている『日本語』というこの『生っ粋の日本』にあり、これに比べたら、あとはみんな屁のようなものなのである」。この文章で「様式的統一」について書いた時、三島はおそらく八年前に自宅を建てた建築家に言った「ロココ風の椅子に、アロハシャツにジーンパンツで腰かける」生活様式が望みだという言葉を忘れている。

二つ目の記事はもっと劇的なもので、「年頭の迷い」と題されている。三島は現在取り組んでいる『豊饒の海』に言及しつつ、この大長編が完成する五年後には自分は四十七歳になっており、もはや華々しい英雄的最期は永久に断念しなければならないだろうと書く。文学的英雄になることは関心がない。文学的英雄などというものは言葉の誤用で、英雄とは文学の対極にある概念だ。英雄になるのは行動を通してのみである。三島は自分の四十二歳という年齢を、「英雄たるにはまだ辛うじて間に合う年齢線」だと考える。だがそこにはジレンマがある。「今ならまだ間に合う。……しかし一方には大事な仕事が……」。この文章は三島が初めてペンと剣を、文学と行動をかくも先鋭に対立させたものである。

三島は文学のみではもはや満足できない自己を見出しており、それに代わる何かへの渇望が膨らんでいくのを抑えられなくなっていた。そのような時に二人の青年があらわれたことによって、三島は行動へと身を投じる決意を固めることになったのだ。実際には、万代と中辻の二青年は、自らを行動家ではなく作家、社会評論家と考えており、三島のような死への渇望は持ち合わせていなかった。そのことは程なくして二人を三島から遠ざけることになる。だがその前に二人は三島を、実際の行動に熱心な別の青年たちに引き合わせるだろう。

三島のなかには、議論の余地なき存在の確証を得るのはただ死の瞬間だけだという思いが深く根をおろしていた。そこから、自分も一人の戦士に、一人の武士になりたいという願望が生まれてくる。そうすれば死と隣り合わせで生きていた少年期のあの精神状態をふたたび取り戻すことができるのではないかと考えたのだった。日本は憲法第九条制定以降軍事力を保持していなかったが、昭和二十九年（一九五四年）からは、直接・間接の侵略に対し国を守ることを任務とする自衛隊が設置されていた。専守防衛を旨としながらも、自衛隊は軍隊としての性格を備えていた。愛国心に目覚め行動に飢渇した三島に躊躇《ちゅうちょ》はなかった。

昭和四十二年四月、三島は自衛隊に体験入隊し、四十五日間の基礎訓練に従事する。三島は前年十月頃から各方面に働きかけ、体験入隊許可の仲介や口利きを求めていた。三島の要請を当初自衛隊側は断ったが、三月になると、一、二週間ごとに一時帰宅するという条件つきで入隊が認められた。三島の知友の何人かはこの計画を知って、思いとどまらせようとした。新潮社のある編集者は、もし入隊などしたら笑い者になるだろうと警告したほどである。三島は笑い飛ばし、その編集者と絶縁した。

戦闘服に身を包み、ヘルメットをかぶった三島は、もはや「三島先生」ではなく一兵卒の「平岡」だった。最初は久留米《くるめ》の幹部候補生学校に一週間、それから富士山麓にある普通科新隊員教育隊に移り、そこで山中踏破、山中湖露営などを行なう。最期の二週間はレンジャー課程に所属し、習志野《ならしの》第一空挺《くうてい》団では降下訓練を除く基礎訓練を体験した。

自衛隊での生活は三島を熱狂させた。六時に起床、点呼、乾布摩擦、一キロ駈足《かけあし》で一日が始まり、厳しい訓練を受け、夜には疲れ切って軍隊毛布のベッドにもぐりこむ。文学とは無縁の生活を送りながら、三島は思った以上に自分が軍隊に向いていると感じていた。同期の志願者たちはまだ十代だったが、若者に比べ自分の体力がそれほど見劣りしないことを誇っていた。雑誌は三島のこの新しい酔狂を取り上げ、入隊したのは一種マゾヒスティックな快感を得るためのぜいたくな遊戯ではないかと指摘したが、三島はそれを一蹴する。他の男たちに混じって行動に身を投じることに喜びを感じていたのだ。三島が両親に書き送った手紙には、新兵の若者の手紙のように、隊員同士の仲間意識や銃を手にした興奮が嬉々《きき》として書き綴《つづ》られている。

だが三島にとって納得できないのは、自衛隊が正式な軍隊ではないことだ。武力行使を禁じられた自衛隊は、戦後日本社会の偽善そのものだった。憲法は自衛隊の存在を禁じていながら、その憲法を脅威から守るために自衛隊が存在しているのだ。三島は憲法が改正され、自衛隊が戦闘力を持つ国防軍として正当に位置づけられなければならないと考えていた。

戦士となるための最初の一歩を踏み出した三島は『論争ジャーナル』の学生グループに、

今こそ政治的行動に移るべきだと提案する。ヨーロッパの地方守備兵をモデルにした民兵組織の創設を企図していたのだ。その構成員は年に二回、一カ月ずつ自衛隊で軍事訓練を受け、もし左翼による間接侵略のような非常事態に際したら、各々二十名を指揮し自衛隊を援助する、というものだった。

昭和四十三年（一九六八年）二月二十五日、銀座の雑居ビルの一室にある『論争ジャーナル』事務室で、三島と十一名の学生は一通の血盟状をしたためた。全員が剃刀《かみそり》で小指を切ってコップに血を滴《したた》らせ、それをインク代わりに署名したあと、みんなでその血を飲み干した。この血書は現存していないが、文面は「我々ハ皇国ノ礎《いしずえ》ニナランコトヲココニ誓フ」というものだったという。

この血盟状に名を連ねた学生のなかに、早稲田大学の持丸博《もちまるひろし》がいた。日本学生同盟（日学同）と呼ばれる右翼的な学生組織の中心人物で、『論争ジャーナル』の編集長をつとめ新国家主義の評論家を自認していた。熱心に活動する持丸は、間もなく三島の右腕となった。はじめに三島のもとに集まった学生のほぼ半数は、日学同早稲田大学支部に属していた。

持丸の誘いで三島の活動に加わったのが二十二歳の早稲田大学生、森田《もりた》必勝《まさかつ》である。幼くして孤児となり、中学教師をしている兄に育てられた森田は、つねに天皇を尊崇していた。

ものしずかだが志操堅固で、いかなる気取りも持ち合わせておらず、人からは「純粋」「単純」といった言葉で形容されていた。森田は天皇のために死ぬ覚悟ができていたばかりか、その機会を待ち望んでいるかのようでもあった。そのような森田に精神的血縁を見出した三島は、誇りある庇護者の役割をつとめ、いつも注意深く見守っていた。森田を友人に紹介する際にはしばしば「自分は天皇に生命を捧《ささ》げ、森田は自分に生命を捧げている」と語った。また他の人には「彼を覚えておいてくれよ。ぼくを殺すただ一人の男だ」と語ったこともある。

昭和四十三年三月一日、三島は最初のグループを率いて、陸上自衛隊富士学校滝《たき》ヶ《が》原《はら》分屯地での一カ月の訓練に参加した。三島の「軍隊」は祖国防衛隊と名づけられ、のちには三番までの隊歌も作られた。二十数名のその一行は、自衛隊の正規軍と寝食をともにしたが、訓練は別々だった。三島ははじめの二週間、学生たちと一緒に生活して訓練を受けたあと、自宅に戻って十日間仕事をし、そしてまた月末には一同に加わった。この一ヵ月の訓練は成功と言えた。はじめは懐疑的に学生に接していた教官たちも、別れの握手を交わす時には、ともに涙を流したという。

だが三島は当初の祖国防衛隊の構想を放棄せざるをえなかった。その最大の理由は財政的なものである。三島は財界の有力者をまわって援助を懇請したが、興味を示した数少ない人物はいずれも条件として政治的提携を押しつけてきた。三島はそういった人々の援助は断った。自分の考える民兵団は、いかなる政党からも自由でなければならないと心に決めていたのだ。自らの作品ともいうべきこの民兵団は、不確定な未来へ向けた純粋性の実験だった。その純粋性を歪《ゆが》めないためにも、三島はそれを自分が個人で維持できる規模にとどめることにした。人員は百名。三島はド・ゴール(27)の制服をデザインした日本人デザイナーに依頼し、ベージュの軍服を作らせた。四月にはその完成を祝い、郊外の寺へ赴き満開の桜の下で写真を撮った。同志に囲まれて写る三島は、つねに求めつづけていたものをようやく見出したかのようにも見える。

七月下旬、第二グループ三十名あまりを率いて再び一カ月間の訓練を受ける。三島は今度の入隊では途中で自宅に戻ることなく、学生たちと起居をともにした。夜のあいだは自分の部屋で仕事をしたが、毎朝六時に起床しては先頭に立って四千メートルの駈足に出る。それが日課のはじまりだった。今回は教官たちも一行をあたたかく迎えるように指示を受けていた。自衛隊の側では三島以上に効果的な広報活動家はいないと考えていたのだ。

この二度目の軍事訓練の最中の八月、深作欣二《ふかさくきんじ》監督の『黒蜥蜴《くろとかげ》』が封切られる。江戸川乱歩の同名小説を三島が昭和三十七年（一九六二年）に劇化したものの映画化で、三島自身も特別出演していた。心を持たず老いに蝕まれることのない宝石の永遠性を鍾愛《しょうあい》する女賊黒蜥蜴は、宝石商の娘を誘拐し、引き替えに巨大なダイヤ「エジプトの星」を要求する。娘とダイヤを追うのは探偵明智小五郎《あけちこごろう》。物語の終盤で明らかになる黒蜥蜴の本拠地には、盗まれたおびただしい宝石とともに、剝製の生人形が並んでいる。その生人形の一体、黒蜥蜴の接吻《せっぷん》を受ける筋骨たくましい日本人青年が三島である。黒蜥蜴を演じたのは女装の丸山明宏。二人の同性愛関係が噂されていたこともある。三島の死後、この映画の国内での販売は遺族が認めていない。

三島の最後の映画出演は、昭和四十四年八月公開の五社英雄《ごしゃひでお》監督『人斬り』である。幕末

(27)　フランスの軍人・政治家（一八九〇～一九七〇年）。第二次世界大戦下の一九四〇年、国防兼陸軍次官となる。フランス降伏後、亡命先のロンドンで自由フランスを組織し、本国の対独レジスタンスを指導、フランスの解放をもたらす。戦後、フランス国民連合党首となり、五八年六月組閣して第五共和政を樹立。同年大統領となり、六二年アルジェリア戦争を終結させた。

の動乱期を舞台に、京の町を震撼《しんかん》させた土佐の剣士岡田以蔵《おかだいぞう》の半生を描いたもので、三島は十二人の相手を斬った末に理由のわからない切腹をして果てる薩摩藩士田中新兵衛《たなかしんべえ》を演じている。撮影は京都の大映スタジオで行なわれ、三島は自分の役も他の俳優たちとの付き合いも気楽に楽しむことができた。映画は大当たりし、三島の演技に対する批評も好意的なものだった。

昭和四十三年（一九六八年）十月、三島はノーベル賞の候補になっているという噂にふたたび取り巻かれる。誰もが今度の賞は日本人作家に与えられるはずで、川端か三島のどちらかであることは確実だと語っていた。運命の皮肉か、七年前の昭和三十六年、三島はストックホルムのアカデミーに川端康成をノーベル文学賞に推薦する手紙を書いていた。二人の文学世界は大きく異なるが、次のような川端作品の特徴は三島の作品にもあてはまるだろう。

川端氏の作品では、繊細さが強靱《きょうじん》さと結びつき、優雅さが人間性の深淵の意識と手をつないでいる。その明晰《めいせき》は内に底知れぬ悲哀を秘め隠して、現代的でありながら、中世日本の修道僧の孤独な哲学が内に息づいている(28)。

十月十七日の夕方、三島はノーベル文学賞発表の外電が毎日新聞社のテレックスに送られてくるのを待ちながら時間を過ごした。そばには親しい編集者や記者がいた。十九時三十分、テレックス・ルームからあらわれた記者が、三島に「川端先生だ」と告げた。三島がまずしたことは、川端の自宅に電話を掛けてお祝いを言うことだった。それから友人の見守るなかで一気に公式の祝辞をしたためた。「長寿の芸術の花を——川端氏の受賞によせて」と題され翌朝の毎日新聞の紙面を飾った一文がそれである。三島はすぐに帰宅すると服を着替え、瑤子夫人とともに鎌倉の川端邸へ向かった。道中の三島はにこやかな顔をしていたが、ただ一言、誰ともなしに「連中が賞をもう一つ日本によこすのは少なくともあと十年さきだろうな」と口にしたという。

ノーベル賞の発表を間近にひかえた十月五日、一カ月の軍事訓練を終えた学生四十名あまりを集めて正式な会合が開かれた。その席でこの私兵団の名称を「楯《たて》の会」と決定する。万

(28)「一九六一年度ノーベル文学賞に川端康成氏を推薦する」。原文英語、引用は佐伯彰一の訳による。

葉集防人歌の「今日《けふ》よりは顧《かへり》みなくて大君《おおきみ》の醜《しこ》の御楯《みたて》と出《い》で立《た》つ吾《われ》は」と、江戸末期の歌人橘曙覧《たちばなあけみ》の「大皇《おおきみ》の醜《しこ》の御楯《みたて》といふものはかゝるものぞと進め真前《ままえ》に」に由来するものだった。同時に次の三原則も定められた。

一、共産主義は日本の伝統、文化、歴史と両立せず、天皇制に反するものである。
二、天皇は、日本の歴史、文化の唯一の象徴であり、民族独立の象徴でもある。
三、共産主義の脅威に対しては、力による抵抗を支持する。

三島は楯の会をほぼ十人ずつの八つの班に分け、各班長は三島にのみ責任を負うようにし、それぞれ独立して行動させた。この会は天皇主義ということになってはいたが、三島自身の天皇に対する考えが曖昧だったように、全員が明確な共通見解を有していたわけではなかった。隊員は無給だったが、夏冬の制服、制帽、戦闘服、軍靴を支給された。隊旗は三島考案の古い兜《かぶと》のデザイン。楯の会の正式結成は記者会見で発表されたが、当初から新聞はこれを「三島隊長の玩具の兵隊」と呼んで嘲笑的だった。このような反応に対して三島は「尚武とサムライの伝統を復活するには、言葉なしで、無言で、あらゆる誤解を甘受して行動し

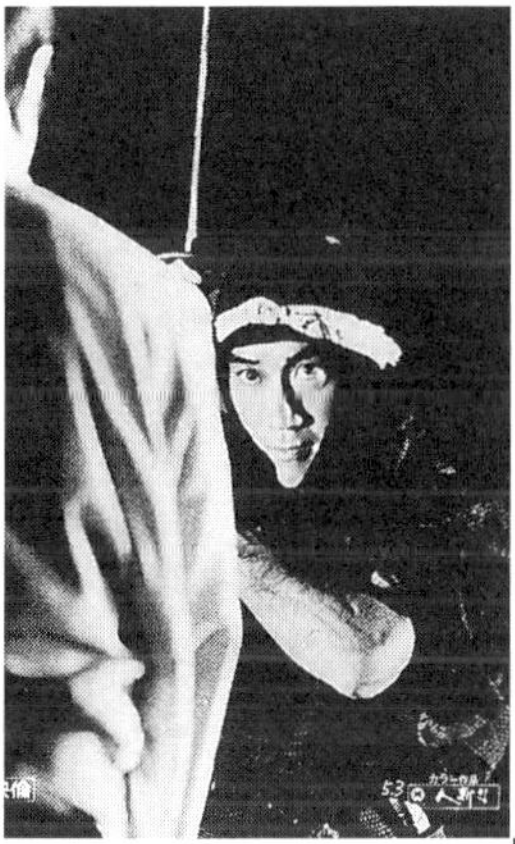

最後の映画出演となった『人斬り』（昭和44年８月公開）
写真提供／藤田三男編集事務所

川端康成ノ　ベル文学賞受賞で、祝福に駆けつける（昭和43年10月18日）

写真提供／新潮社

なければならぬ」(『楯の会』のこと」)と書くだろう。

三島は学生たちを連れて、昭和四十四年(一九六九年)の三月には三回目の、七月には四回目の自衛隊体験入隊を行なった。四回目の入隊中のある日、きびしい戦闘訓練が終わって夕食と入浴ののち、三島の部屋に四、五人の学生が集まった。一人の学生が横笛を取り出し古曲「蘭陵王《らんりようおう》」を吹いた。その哀切な調べに聞き惚《ほ》れながら、三島は宮廷的優雅さの伝統と、武士の伝統の幸福な成就がなされるのを感じた。昭和四十五年(一九七〇年)三月には五回目の、そして最後の軍事訓練があった。その時の楯の会の総数は、定員いっぱいの百名に達していた。

楯の会への応募者は小規模な大学から東京大学まで、あらゆる種類の大学からやってきたが、その多くは農村出身の若者で、東京出身者は少なかった。応募者はまず持丸によって、持丸が脱会したあとは森田によって選別され、それに通過した者が三島と一対一で面接を受けた。楯の会が求めている学生は、政治組織とのつながりを持たず、天皇に純粋な敬愛を抱き、信ずるもののために闘う精神的・肉体的活力を備えた者だった。正式に入会するためには、自衛隊で一カ月の軍事訓練を落伍《らくご》せずに勤めあげる必要があり、その六カ月後にはふたたび自衛隊で十日間の軍事補習科を受けなければならなかった。

楯の会は月一回の例会を、市ケ谷の自衛隊本部近くにある会館で開くことになっていた。三島は会合のはじめに最近の出来事の簡潔な報告を行ない、自分の政治的エッセイについてやや長い説明を加える。つづいて三十分ほどの政治討論。そこでは意見を統一しようとする試みはなされなかった。天皇固有の役割や憲法改正といった基本的な論点についてさえ、隊員のあいだで意見が一致していたわけではなかったのである。十二時半に昼食、カレーライスなどの質素なものだった。昼食後は屋上で一時間の軍事教練が行なわれたあと解散となった。

楯の会は待機中の軍隊であった。三島は出動命令を待ちつづけることしかできない隊員たちの士気を維持する方法を見出す必要があった。隊員たちが楯の会に身を投じる正当性の合理的説明を求めていると考えた三島は、『豊饒の海』と並行していくつもの政治的エッセイを書く。これら政治的著作について三島は、ペンによってではなく剣によって書かれたものであり、文学とは関わりのないものだと語っている。その言葉を裏付けるように、代表的政治評論である『文化防衛論』は抽象的で精密をきわめ、はなはだ難解である。三島はこの評論を一回目の入隊の兵営で起筆し、昭和四十三年七月に発表した。

この長大な評論の要旨は、①日本人は日本文化によって日本人である、②天皇は日本文化全体の唯一の源泉にして保証人である、③したがって天皇を守ることは文化を守ることと等しく、また自衛の究極の形態である、というものだ。三島の考察はもっぱら「みやび」の概念、ふつうは王朝和歌と一体化した「宮廷的優雅さ」と定義される日本古典美学の価値を軸に展開される。三島独自の定義によれば、「みやび」とは「宮廷の文化的精華であり、それへのあこがれ」とされる。王朝和歌がそれ以後の日本文学すべての源泉であるように、「みやび」はその後のすべての美学的価値の源泉なのだ。それゆえにまたあらゆる民衆文化は「みやびのまねび」でなければならない。「宮廷的優雅さ」は、もし天皇がいなければ意味を持ちえないのだから、天皇は「みやび」の源泉である。したがって天皇は日本文化の源泉なのだ。

三島は天皇その人を守る決定的必要性を打ち立てたうえで、天皇の敵を左右いずれものの全体主義体制——なかでも共産主義——と規定する。しかし、三島が自ら生命を賭して守ろうとするこの「文化的天皇」はもはや実在していない。三島の脳裏にあるのは君主にして祭司、そして色好みの情人、勇壮な戦士、優美な歌人でもあるような日本古代神話における半人半神であるが、その崇高な存在としての「文化的天皇」は、明治憲法によって西欧的な立憲君主政体へと押し込められることで、単なる「政治的天皇」へと変えられてしまった。戦後の新憲法は、天皇を「国家と国民的統合の象徴」とし、天皇の全体性を、そして日本文化の全体性をさらに侵犯した。

このように論を展開した三島は、天皇を従前の本質的な全体性に復帰させるためには、明治憲法のもとでは天皇の手中にあった栄典大権（勲章などの栄誉を与える権限）を回復し、天皇と軍隊とを栄誉の絆《きずな》でつなぐことが必要だ、と結論づける。

三島はこの立場を一般向けエッセイではより簡単な言葉遣いで説明している。「若きサムライのために」と「行動学入門」は合わせて二年以上にわたって『Pocket パンチ Oh!』に連載されたものである。連載完結後に単行本として出版されたこれらのエッセイの収入が楯の会の活動資金となったことは言うまでもない。

当然のことながら『文化防衛論』は左翼側から激しく非難された。ある者はこの評論を何よりも文化エリート主義と軍国主義の表明と受け取り、三島の論の矛盾を鋭く突いた。三島は自分に論理の撞着《どうちゃく》があることを認めつつも巧みに反論した。昭和四十三年十一月に早稲田大学で行なわれた討論集会では、共産主義否定と行動する作家の関係について質問した学生に次のように答えている。自分は初め芸術至上主義者で、芸術を守るためにはとにかく芸術の城を守っていればいいと信じていた。しかしそれでは満足できず、行動によって精神を動かさなければならないと考えるようになった。行動には必ずリアクションが必要であるが、そのリアクションは自分の敵からくる。行動を起こすには敵がいなければならないから、自分はその敵として共産主義というものを拵《こしら》えたのだ。

このような発言は、政治的文脈からすればただの諧謔《かいぎゃく》かナンセンスにすぎない。だがそれが『太陽と鉄』のなかに置かれると完全に意味のあるものになる。昭和四十年から四十三年にかけて執筆された『太陽と鉄』で、三島は明快な筆で真摯に、そして単刀直入に自分の精神の軌跡を説明している。はじめに三島は、世のつねの人とは反対に、幼時の自分にはまず言葉が訪れ、ずっとあとから肉体が、すでに言葉に蝕《むしば》まれた肉体が訪れたと語る。肉体的な存在感や現実感覚と呼ぶべきものが欠けており、生きた現実とは隔絶した文学という夜の世界にひたすら目を向けていた少年は、やがて初めて海外旅行へ出た船の上甲板で太陽を見出す。

爾来《じらい》、私は太陽と手を切ることができなくなった。太陽は私の第一義の道のイメージと結びついた。そして徐々に太陽は私の肌を灼《や》き、私にかれらの種族の一員としての刻印を捺《お》した。(『太陽と鉄』)

精神と肉体の乖離《かいり》に苦しみつづけた三島は、太陽とそして鉄（バーベル）によって「肉体の言葉」を学び、よく日に灼け光沢を放つ皮膚と、隆起する力強い筋肉とを獲得することによって、両者を調和させることが可能になった。そしてボディビルを通して肉体を鍛えるなかで、三島の文体も己の筋肉にふさわしくしなやかに自在になり、脂肪に類する不要な装飾は剝ぎ取られていった。肉体の獲得はまた死の準備でもあった。少年期からあこがれつづけた「浪曼主義的な悲壮な死のためには、強い彫刻的な筋肉が必須」なのだ。

一見すると矛盾しているようだが、三島は死の準備をしながらも、それと同時に存在の充《じゅう》溢《いっ》をも強烈に感じていた。例えば自衛隊での軍事訓練で、疲れ切った肉体を初夏の美しい夕方が解きほぐすとき。あるいは楯の会の若い同志たちと早春の朝まだき、身も凍る半裸の姿でグラウンドを駈けつづけているとき。三島はかつて祭の御輿《みこし》を担いだときのように、自他一体となったまま、苦痛と渾然《こんぜん》となった陶酔に包まれる。肉体と精神の統一はここに完成されたのだ。

エピローグで三島は、自衛隊で超音速戦闘機F－104に搭乗した体験を語る。四万五千フィート（約一万四千メートル）の上空に飛翔したとき、ほとんど性的な陶酔のなか、三島は地球を取り巻く巨大な蛇の環《わ》を、われとわが尾を嚥《の》みつづけることによってすべての相反するものをひとつに結びつける蛇の環を見るのだった。

13　遠ざかる幻影

三島の政治的主張は過激になっていくと同時に晦渋《かいじゅう》の度合いを強め、若い同志たちの理解を超えるようになる。もしも楯の会幹部たちが三島の文学、特に初期のものを読んでいれば、三島の政治的立場の底には極めて私的な思いが揺曳《ようえい》していることを感じ取っていただろう。それは少年時から希求されていたあの至上の美としての死へと自らを誘うべく設計されていたのだ。だが隊員たちは三島の「ペンによる著作」に親しんでいなかった。三島自身、いわゆる文学青年、なかでも自分の文学の崇拝者は戦士たるにふさわしくないと考えていた。

楯の会の立場をひとつの文書にまとめてほしいという幹部たちの要請に応じて書かれたのが、昭和四十四年（一九六九年）二月に発表された「反革命宣言」である。五項目からなるその信条宣言の要諦は「共産主義を行政権と連結せしめようとするあらゆる企図、あらゆる行動に反対する」というもので、最後は「われわれは日本の美の伝統を体現する者である」で締めくくられていた。

三島を良く思わない人々のなかには、三島が楯の会を作ったのは自分に心酔する頭が弱くて肉体の頑強な若者を愛人としてはべらせるためだ、などと公言する者もあったが、三島は楯の会の活動と私生活を混同するようなことはなかった。生涯最後の二年間、多くの時間をともに過ごした青年たちに対して、三島はやさしい父親のような態度で接していた。青年たちがあまりに真面目で純朴で素直なので疲れるとこぼすこともあったが、楯の会がもたらす同志愛と規律は三島を満足させていた。

三島が厳格な礼節の遵守を押しつけないこともあって、青年たちはますます三島を慕った。昼夜を問わずいつでも電話を掛けてよこし、三島は静かに仕事ができるように夜間は留守番電話を設置しなければならなかった。電話では満足できないときには突然家に訪ねてくることもあった。とうとう三島は銀座の喫茶店「サロン・ド・クレール」の地下フロアを毎週水曜日の午後借り切って青年たちの相手をした。それでも深夜の訪問はつづいた。とにかく三島に構ってもらいたかったのだ。自分たちと同じことを楽しんで大笑いする三島を、青年たちは敬慕していた。楯の会は三島を、人なつこく陽気な人間に変えていた。

楯の会を創設したとき、三島の念頭にはまだ「切腹」はなかった。昭和四十三年（一九六八年）中頃から翌四十四年まで絶えず口にのぼっていた言葉は「斬死《きりじに》」という、生死の境にある武士が選ぶもうひとつの暴力的な死だった。それが意味するのは、刀を手に闘いながら、特に圧倒的な敵を相手に闘いながら死ぬことである。三島の考えでは、間もなく左翼勢力が、警察では統御できない規模の大衆デモの形で暴力活動を開始するはずだった。首相は治安維持のため自衛隊の出動を余儀なくされるだろう。警察が圧倒され自衛隊が出動するまでの混乱した空白期に、楯の会は生命を賭けて天皇を守る、これが斬死だった。

いささか荒唐無稽なこのシナリオは、当時の緊迫した社会情勢から導き出されたものだった。日米安保条約改定を迎える昭和四十五年（一九七〇年）五月に向けて、左右いずれの陣営も活動を活発化させていた。左翼は改定阻止を叫ぶ。右翼は社共両党の提携、ゼネスト、さらには国家転覆の企てを危惧する。そしてそれは三島の危惧でもあった。自分は左翼から国家を守る任に当たっている、と三島は考えていたかのようだった。

昭和四十三年六月六日のロバート・ケネディ暗殺から程なくして、一橋大学での討論集会で三島は、暗殺を弾劾する学生にこう反論する。人を殺してはならないという考えの根底は戦後のいわゆる人間主義の教育からきている。殺人という問題を客観的に扱うことができずに、とにかく人を殺すことはいけないと決めつけ、暗殺のなかにもクオリティの高い暗殺と低い暗殺があることを考えない。同年八月、ソヴィエト軍のチェコスロバキア侵攻に対する三島の反応は、自国を守るために自らの生命を犠牲にしなかったチェコ政府指導者への侮蔑であった。

ベトナム戦争をめぐって世界各国で反戦運動が高まるなか、日本は新たな国内危機を迎えていた。昭和四十三年の大学闘争である。三島はその推移を期待とともに見つめていた。

闘争は昭和四十三年一月、登録医制度導入阻止や付属病院の研修内容改善などを掲げた東京大学医学部の無期限ストライキから始まった。やがて急進派の学生が全共闘（全学共闘会議）を組織、多くの建物がバリケード封鎖される。十一月に総長が辞任すると、新執行部が事態収拾に動き出し、多数派の学生は当局を相手とする紛争から離脱。しかし全共闘は闘争継続を主張し、安田講堂などの占拠・封鎖をつづけ、緊張が高まる。

昭和四十四年一月十八日、完全武装した八千五百の機動隊員が安田講堂を強攻し、翌日学生たちを排除した。三島は学生たちの決意に対する感嘆をこめてこの対決を見守っていたが、学生側から一人の死者も出さずに安田講堂が陥落すると嫌悪をあらわにした。自分が信じるものを守ろうと、窓から飛び降りる者も自刃する者もいなかったからである。

昭和四十三年十月二十一日の国際反戦デー、新宿駅に集結した左翼学生を中心とするデモ隊約二千人が各所で機動隊と衝突し、七百人以上の逮捕者がでた。三島は『サンデー毎日』の記者に変装して現場にいた。左翼がどのような武器を用いるか観察していたのだ。三島は新宿区内の大通りを進む学生暴徒の後を追いながらメモを取っていた。やがて猛り立った群衆に包囲された首相官邸までくると、全体を一望できる場所を求めて、弟の千之が勤めている外務省の庁舎に飛びこんだ。三島は最上階のカフェテリアでヘルメットも脱がず子供のように興奮しながら、当惑する弟を尻目に眼下の光景に夢中になっていた。

千之によれば、三島の政治への関わりはなによりもゲーム遊びのようだったという。子供の頃にさせてもらえなかった戦争ごっこをしていただけなのだ。三島のこの新たな気まぐれは同時代の政治そのものにはほとんど関係なく、常軌を逸しているばかりか危険ですらあった。だが両親や妻の瑤子同様、弟の千之も三島に何ら影響を与えることはできなかった。

昭和四十四年五月、東大全共闘は自分たちの本拠地である駒場キャンパスで討論しようと挑戦し、三島はこれを受諾した。警察は警護を申し出たが三島は辞退した。楯の会が同行することも禁じた。討論会の当日、三島は一人であらわれた。白いズボンに黒いポロシャツ、その下には昔ながらの腹巻きを締めていた。超満員の大教室の入り口には討論会のポスターが貼ってあり、三島の戯画には「近代ゴリラ」と書かれ、その飼育料が百円以上と謳《うた》ってあった。過激学生たちが自分を捕らえ殺害する事態もありうると考えた三島は相当な覚悟をして会場に乗り込んだが、その危機の感覚が三島を昂揚《こうよう》させていた。

討論は暴動が起きることなく二時間半あまりつづいた。学生たちははじめ三島のカリスマにも臆することなく、挑発したり横柄な受け答えをしていたが、三島は落ち着き払ったまま、学生たちの言葉を感情的にならず真摯に聞き、やがて両者のあいだにある種の敬意のようなものが生まれる。政治主張は相容《い》れないが、三島は全共闘の学生たちに親近感を感じていた。両者とも信じるもののためには危険に身をさらすことも暴力に訴えることも厭《いと》わないのだ。意図せずに三島のことを「先生」と呼んでしまった学生が絶句してから言い訳のように、そこらの東大教師より三島の方が先生と呼ぶに値するだろう、と言うと、聴衆からは同意の拍手が起こった。

しかし三島の言葉は学生たちを説得することはできなかった。全共闘運動の目を覚まさせようと三島は訴える、天皇こそが諸君が模索している革命的エネルギーの象徴であり源泉なのだ、と。三島が言わんとしているのはもちろん現天皇ではない。古代の天皇、文化概念としての天皇である。やがて三島は聴衆に向かって自分の個人的な思い出を語りはじめる。十九歳の三島は卒業式で天皇から銀時計を賜る。そのときの名誉と畏敬。三島はそれを今でも忘れていないのだ。しかし、天皇を搾取と反動の象徴としてしか考えない学生たちには、この話は理解できない。討論は平行線のまま終わったが、三島はこの対決に満足していた。のちに三島は、全共闘の学生たちに親近感を感じたが、それは鉄条網を隔てた愛情であり、互いに微笑みを交わしたが、抱擁するには至らなかった、と語った。

翌月に新潮社から出版されたこの討論の記録はベストセラーとなった。三島と全共闘は印税を折半した。その収入で全共闘はヘルメットとモロトフ・カクテル（火炎瓶）を調達し、三島は楯の会の夏服を誂《あつら》えた。悪くない取引だった。

楯の会、武道、ボディビル、討論、次々依頼される雑文……、多忙な日々を送りながらも、三島は決して文学をおろそかにすることはなく、自分の代表作となるべき『豊饒の海』に着々と取り組んでいた。もともと三島は全篇が完結するまで単行本として出版しないつもりでいたが、雑誌に連載中の作品はあまり注目されないこともあり、昭和四十四年一月に第一部『春の雪』、二月には第二部『奔馬』の刊行を新潮社に許可した。『春の雪』はかつての作品のような大成功を収め、二カ月で二十万部を売り上げた。前年の昭和四十三年七月からは第三部『暁の寺』に取り組んでいたが、それと並行して大衆的エッセイや最初にして唯一のバレエ台本(『ミランダ』)、そして演出家松浦竹夫とともに結成したばかりの劇団のために三幕ものの戯曲を二本書いている。

戯曲のひとつは昭和四十四年一月に上演された『わが友ヒットラー』である。三島はタイトルにも明白なその挑発性を充分に意識しており、鉤《かぎ》十字で埋まったポスターに自分も写り、宣伝文には「危険な思想家三島より危険な英雄ヒットラーへの悪の讃歌」。

一九三四年のレーム事件(29)にもとづいたこの戯曲は、ヒットラーがいかにして二十四時間のうちに左右両陣営からの脅威を打ち砕くことをやってのけたのかを描いている。劇は「君は左を斬り、返す刀で右を斬ったのだ」という言葉にヒットラーが「そうです、政治は中道を行かなければなりません」と答える台詞で幕を下ろす。全体主義とはしばしば最初は中道政治の装いをしているものだという警告であるにもかかわらず、この劇にはヒットラーの辣腕ぶりに対する三島の感嘆が滲《にじ》み出ている。しかしそれでも三島はヒットラーを英雄とは見なしていなかった。

ヒットラーは政治的天才であったが、英雄ではなかった。英雄というものに必須な、爽やかさ、晴れやかさが、彼には徹底的に欠けていた。ヒットラーは、二十世紀そのもののように暗い。（「『わが友ヒットラー』覚書」）

もう一つの戯曲は『癩王《らいおう》のテラス』、新劇台本として書かれた最後の戯曲で、昭和四十年（一九六五年）のカンボジア旅行で初めて知った伝説に触発されたものである。その伝説は、若く美しい王ジャヤバルマン七世が仏への感謝のためにアンコール・トムにバイヨン大寺院の建立を命じるが、王に癩の兆候があらわれ、寺院が完成に近づくにつれて次第に病に蝕《むしば》まれ死んでいく、というものだった。滅んでいく芸術家というロマン的な夢想を鍾愛《しょうあい》していた三島は、この伝説を「自分の全存在を芸術作品に移譲して滅びてゆく芸術家の人生の比喩」（「『癩王のテラス』について」）と解釈した。

---

(29)　ヒットラーがSA（ナチス突撃隊）隊長レームなど、党内の反ヒットラー分子、左派分子を粛清した事件。

この伝説と、アンコール・トムの廃墟《はいきょ》で目にした若く美しい王の彫像に魅惑され、三島は『癩王のテラス』の骨子を一晩で書きあげたのだった。醜悪なものと壮麗なものを結合させたこの作品で、三島は自分をヨーロッパの後期ロマン派の系譜のなかに位置づける。それは、この戯曲について語る際にリラダンの『ポートランド侯爵』を、高貴な物語を癩と結びつけた先例として引き合いに出していることからも明らかである。昭和四十四年七月の帝国劇場での公演は、大詰めでバイヨン大寺院の全容が燦然《さんぜん》と銀色にきらめきながら舞台にあらわれるといった壮大なものだった。

昭和四十四年十一月三日、三島は六本目の歌舞伎戯曲『椿説弓張月《ちんせつゆみはりづき》』の舞台稽古の演出に当たっていた。『椿説弓張月』は、江戸時代後期の戯作者滝沢馬琴《たきざわばきん》の伝奇小説を劇化したものである。筋が複雑に込み入った長大な作品だが、三島は自分の好みの場面を中心に筋を単純化して脚色した。特に雪中の血みどろの闘いと、幕切れでの主人公の切腹。三島はこの戯曲をいつもの驚くべき速筆で、六月から八月の三カ月間に三回ホテルに缶詰になって書きあげた。映画『人斬り』の出演と同じ時期である。

戯曲は伝統的な歌舞伎の言葉を用いて書かれていただけでなく、各場面が義太夫《ぎだゆう》による語りでつなげられていた。このようなことは三島以外の現代作家には企てられないことだった。義太夫部分の節づけは、五代目鶴沢燕三《つるさわえんざ》が八月に下田の東急ホテルに招かれて行なった。

稽古は九月にはじまった。初日から三島と役者たちのあいだには無視できない緊張が生じた。三島は自分ですべての役の台詞を吹き込んだ三時間のテープを役者全員に聞かせたのだ。国立劇場で仕事をしている期間中、三島は一度も楽屋に足を踏み入れることはなかった。楽屋は役者の領分だったからである。それ以外については、装置、衣装、照明にいたるまで、すべて自分で取り仕切った。ポスターも自分でデザインし、制作を横尾忠則《よこおただのり》にゆだねた。完成したポスターはピンクを基調とした極彩色で、三島がどのような歌舞伎を目指していたのかをよく示している。ロココ風の、けばけばしい、卑俗でグロテスクな、そして何よりも荘重な歌舞伎を望んでいたのである。十一月三日の舞台稽古では、切腹場面を中断させ、もっとたくさんの血糊《ちのり》を使うことを主張してやまなかった。この場面は三島がいちばん自慢していたもので、公演中はしばしば友人たちを招待した。誰しもがその血糊は胸が悪くなるほど真に迫っていたと認めている。歌舞伎の反響は全体としてそれほど芳《かんば》しいものではなかった。それなりに見せはするが、空虚だという見方だった。

『椿説弓張月』の舞台稽古が行なわれていた十一月三日の国立劇場では、三島は同時進行でもうひとつの大きな仕事に立ち会っていた。屋上で楯の会の隊員八十四名が、日本人外国人合わせて百人ほどの招待客の前で、結成一周年記念の公開パレードを行なったのだ。パレードの後で会員たちは冬の制服から白い夏服に着替え、国立劇場の一室でのビュッフェ形式のレセプションに参加した。三島は日本語と英語でスピーチし、ルース・ベネディクトの『菊と刀』を引用しながら、楯の会を創設した理由を述べた。招待客のリストには、楯の会に共感を寄せると目された作家や著名人、そしてジャーナリストが連なっていた。招待を断った人々には、その後三島からの音信は途絶えた。

楯の会結成一周年の式典は成功と評されたにもかかわらず、三島は心から喜ぶことはできなかった。楯の会創設に関わった学生たちがそこにいなかったからである。十月までに『論争ジャーナル』のグループは全員が脱会していた。発端は中辻が三島に隠れて『論争ジャーナル』の資金を右翼の大立者である田中清玄《たなかきよはる》に求めていたことだった。外部からの金銭上の援助なしに楯の会を運営してきた三島にとって、これは許し難い背信だった。三島に面罵された中辻は、他の数名とともに楯の会を去っていった。

東京大学駒場900番教室で開かれた東大全共闘主催の討論集会に出席（昭和44年５月12日）写真提供／新潮社

楯の会結成一周年記念パレード後のレセプションで挨拶する（昭和44年11月３日）写真提供／毎日新聞社

その一週間後、三島は自分の右腕として信頼を寄せていた持丸から脱会を告げられる。中辻による裏切りのあと、三島は持丸に『論争ジャーナル』を去って楯の会に全面的に身を捧《ささ》げるよう要請した。また三島は、持丸の結婚にも反対していた。いついかなる時に最後の闘いに加わるかわからないのだから、結婚などの紐帯《ちゆうたい》によって死への心の準備を弱めてはならなかった。しかし、自分は戦士ではなく評論家であると考えていた持丸は、三島の要求には応じられないと思い定めた。その旨を告げると、三島は結婚については譲歩し、もし楯の会に残ってくれるなら二人の生活は自分が保証すると提案した。持丸がそれを断ると、三島は悲嘆に暮れた。一時は楯の会の解散も考えたが、代わりに森田必勝を学生長に任命し、自分の望みをかけた。十一月三日のパレードは森田の指揮のもとに挙行された。

パレードの二週間前、昭和四十四年十月二十一日の国際反戦デーには、社会・共産両党、総評（日本労働組合総評議会）が中心となり、東京をはじめ全国で約八十六万人がデモを行なった。学生と労働者の群衆が道路を占拠し、石や火炎瓶が飛び交った。これに対峙《たいじ》したのは特別に訓練され、暴徒鎮圧用の武器を装備した警官隊だった。暴動は千五百人あまりの逮捕者を出して鎮圧された。三島は理解した。政治にとって治安維持には警察機動隊で充分であり、もはや自衛隊を必要としていないのだ。いまや自衛隊の治安出動の合憲性は問題とならず、憲法改正は議論にのぼらないだろう。今後改憲の動きがあるとすれば右からのクーデターか、左からの暴力革命か、どちらかに拠《よ》るほかはなく、いずれも可能性はきわめて低い。

十月三十一日、三島は楯の会の班長を集めて問いかける。国際反戦デーも不発に終わり、過激派学生に対する自衛隊の治安出動も不要になった。自衛隊が治安出動するまでの空白を埋めるのが楯の会の目的だったが、もはや楯の会の出る幕はない。これから楯の会は何をするべきか。森田は、自衛隊とともに国会を包囲し、憲法改正の審議を要求することを提案した。三島は懐疑的だった。武器なしで国会を包囲するのはきわめて困難だからだ。さらには、自衛隊が立ち上がって、国家の正式な軍隊になることを求めるなどということは期待できなかった。三島は、平和と秩序が勝利を収め、クーデターの可能性は永久に遠ざかって幻影となってしまったのを感じていた。今後はどのようにして死ねばいいのか、何のために、誰のために死ねばいいのか。三島が選ぶのは、どこまでも幻影を追いつづけることだった。

14　無言の別れ

昭和四十四年（一九六九年）八月四日、川端康成のもとへ三島から手紙が届く。その手紙には次のような謎めいた文面が見える。

ここ四年ばかり、人から笑われながら、小生はひたすら一九七〇年に向って、少しずつ準備を整えてまいりました。あんまり悲壮に思われるのはイヤですから、漫画のタネで結構なのですが、小生としては、こんなに真剣に実際運動に、体と頭と金をつぎ込んで来たことははじめてです。一九七〇年はつまらぬ幻想にすぎぬかもしれません。しかし、百万分の一でも、幻想でないものに賭けているつもりではじめたのです。（昭和四十四年八月四日付書簡）

何について語っているのか。かくも長いあいだ何の「準備を整えて」きたのか三島は明らかにしてはいない。

　昭和四十五年（一九七〇年）三月頃までには、三島と森田必勝は蹶起《けっき》を計画し、充分に信頼している二人の幹部のみをその計画に加えることに同意していた。ひとりは二十二歳の小賀正義《こがまさよし》、神奈川大学の学生だった。楯の会には昭和四十三年八月に入会し、背が低く姓が「小」の字ではじまるところから、同音の姓の同志（古賀）と区別するために「小《チビ》コガ」と呼ばれていた。

　四月三日、三島は小賀を帝国ホテルのコーヒーショップに呼び出し、計画の内容は話さずに自分と森田の「最終行動」に加わる用意があるかと尋ね、小賀はその場で承諾した。その一週間後、三島は同じく二十二歳の明治学院大学生、小川正洋《おがわまさひろ》と対面して同じ質問をした。森田に連れられて入会した小川は、かつて三島が口にした「右翼とは理論でなく心情だ」という言葉に深い感銘を受けていた。小川もまた理論ではなく心情で天皇を敬愛していたのだった。

　その時期から三島は目立たないように身辺の整理をはじめている。編集者の新田敞《にったひろし》に、二人で相談した新しい計画のことは忘れてくれるよう頼んだ。それには藤原定家《ふじわらのていか》の生涯に基づく小説や、性を赤裸々に描く作品も含まれていた。唐突な申し出に不安を覚えた新田は、いつか出版しようと話をしていた日記のことを尋ねた。三島は笑って、あれは焼いてしまうことにしたと答えた。四月下旬には友人の村松剛《むらまつたけし》に日本文化会議を辞める旨を告げ、共同で編集していた雑誌『批評』の廃刊を持ちかけた。こうやって三島は自分と文学の世界のつながりを徐々に絶っていった。

五月中旬、三島は自宅に森田、小賀、小川の三人を呼び、理想的な行動は前年十月に森田が提案した計画、楯の会と自衛隊とがともに武装蜂起して国会を占拠し憲法改正を要求することだ、と語ったが、その具体的な方法は定まっていなかった。

六月十三日にホテルオークラで開かれた二度目の会合では、自衛隊が行動をともにすることは期待できないから自分たちだけで実行する、と述べた。方法としては、自衛隊の弾薬庫を占拠してこれを爆破すると脅すか、東部方面総監を拘束するかして自衛隊員を集合させ、自分たちの主張を訴え、蹶起する者があればともに国会を占拠して憲法改正を議決させることを提案した。討議の結果、総監を拘束する方に案は絞られた。

六月二十一日には拘束の相手を連隊長に変更し、自動車は免許を所持している小賀が手配、武器の日本刀は三島が持ち込むことを全員が賛同した。七月五日の会合では、楯の会隊員が市ケ谷駐屯地のヘリポートで訓練している最中に連隊長を監禁すること、決行は十一月の例会の日とすることなどが決められた。

六月末、三島は弁護士と会って『仮面の告白』と『愛の渇き』の著作権を自分の死後、母の倭文重《しずえ》に譲渡するという内容の遺言状を作成する。よく考えた末の選択だった。『仮面の告白』は毎年十万部を安定して売り上げ、『金閣寺』に次いで多く文学全集に採録されていた。『愛の渇き』はそれほどの部数は売れていなかったが、この二つの小説はいずれも結婚前に書かれた、職業作家として事実上最初と二番目の作品である。倭文重にとってはことさら愛着の深い作品だっただろう。

六月に入ってからの三島は、人々にそれとなく別れを告げはじめていた。しかしその人たちが三島のちょっとした言葉や態度の裏にあるものに思い当たるのは、三島がこの世にいなくなってからだった。ある晩、プロデューサーの藤井浩明《ふじいひろあき》は真夜中をだいぶ過ぎた時間に三島から電話を受けた。ミラノ映画祭に『憂国』を出す可能性についてだったが、三島は映画を作った時の思い出話をしながら、二十分も電話を切らなかった。切る時になって三島がいつもの「ではまた」の代わりに「さようなら」と言ったことに気づいたのは、ずっと後のことだった。

他の友人たちも、特別な用事もないのに唐突に呼び出され、食事や酒席をともにした。そのなかには石川淳、武田泰淳、安部公房もいたが、いずれも三島が楯の会を創設した時に、これからは政治の話はよそうと申し合わせた文学者である。七月下旬、三島はＮＨＫの伊達《だて》宗克《むねかつ》との夕食の席で突然、自分が切腹すると決めたら生中継するか、と尋ねた。伊達は悪い冗談だと当惑したが、すぐに三島は爆笑し、伊達も一緒に笑った。

八月一日、三島は家族を連れて例年通り下田へ行く。三島はプールサイドで太陽を浴びながらゆっくりと過ごし、午後には家族とともに浜辺へ出たりしていた。この下田滞在のあいだに、『豊饒の海』の最終部『天人五衰《てんにんごすい》』の結末が書き上げられる。その連載は七月にはじまったばかりで、誰もが作品はまだ端緒についたばかりだと考えていた。しかし三島はずっと先まで仕事を進めていたのだった。身近にいて、三島が何か重大なことをやろうとしていると薄々感じ取っていた人たちも、四部作が完結するまでは決して過激なことを企てるはずはないと思っていた。太陽と海とを存分に味わったにもかかわらず、三島は疲れ切って東京へ戻ってきた。息子がひどくやつれているのに気づいて心配する倭文重に、家族を下田へ連れて行くのもこれが最後だと語った。

九月初頭、計画遂行のために新たに一人の幹部が加えられた。神奈川大学を卒業したばかりの古賀浩靖《こがひろやす》、通称「古《フル》コガ」だった。古賀は楯の会に入る前から三島の書いた「憂国」を読んでいた。その主人公に方向を指し示され、古賀は自分も生命を捨てたいと願うようになったのだった。九月二日、森田と小賀の二人が古賀に会い、生命を貸してくれ、と頼む。古賀は同志に加えてくれたことに感謝した。九月九日、三島は古賀と銀座のレストランで食事をしながら、計画の具体案を語った。決行は十一月二十五日。古賀はいつでも死ぬ用意があると誓った。

九月中旬、三島は写真家篠山紀信《しのやまきしん》の『男の死』と題された写真集の被写体となっている。この企画は三島の着想になるもので、三島は設定もカメラアングルも自分で決めた。泥沼で溺れている三島、頭を斧《おの》で割られている三島、トラックの車輪の下になった三島、そしてもちろん聖セバスチャンになって両腕を頭上の枝に縛られ、腋下と脇腹に矢を深々と射込まれたまま恍惚《こうこつ》とした表情を浮かべる三島。なかでも凄惨なのは、予言的な一枚の写真だった。裸の三島が正座したまま下腹に短刀を突き刺し、その背後には長剣を振りかざして介錯《かいしゃく》の合図を待つ篠山。これらの写真は雑誌『血と薔薇』に掲載されることになっていたが、三島が死んだとき、篠山はもはやそれを公開する気にはなれなかった。

十月十九日、三島と四人の同志は東條写真館に赴き、楯の会の制服を着用して記念撮影を行なった。東條写真館はかつて明治時代の将軍たちの写真を撮っていたことで有名だった。三島と若者たちの記念写真は、雰囲気といいポーズといい、さながら維新の日本を思わせる。どの顔も決然と引き締まり、そのまなざしはすでに彼方に据えられていた。


十一月三日、六本木のサウナ・ミスティで一同は檄《げき》と要求項目の原案を検討。三島は、全員自決するというかねてからの計画を変更し、小賀、小川、古賀の三名に人質を安全に引き渡すという任務と、逮捕されて法廷で楯の会の精神を明らかにするという任務を指示する。自分たちも死なせてくれと懇願する三人の同志を、森田は「俺たちは生きても死んでも一緒じゃないか。またあの世で会えるんだ」と慰めた。

人は死の直前にそれまでの思い出が走馬灯のように甦《よみがえ》るという。三島は自分の人生を振り返る機会を得る。十一月十二日から十七日にかけて池袋の東武百貨店で開かれた「三島由紀夫展」は、家庭のアルバムから探し出してきた赤ん坊の写真にはじまり、三島の生涯を現

楯の会メンバーと。後列左より、森田、古賀、小川、小賀（昭和45年10月19日）
写真提供／藤田三男編集事務所

「三島由紀夫展」の会場控室にて。手にしているのは決起の日に持参した銘刀「関孫六」（昭和45年11月10日）　撮影／齋藤康一

在の瞬間までたどる回顧写真展だった。三島は展示会場の壁を黒布で蔽《おお》い、写真を四つの流れに区分し、この「書物」「舞台」「肉体」「行動」の四つの河が「豊饒の海」へと流れ入るように構成した。展覧会のカタログには、自らの作家としての歩みを否定するかのような暗い色調を漂わせた表現もあった。

書かれた書物は自分の身を離れ、もはや自分の心の糧《かて》となることはなく、未来への鞭《むち》にしかならぬ。どれだけ烈《はげ》しい夜、どれだけ絶望的な時間がこれらの書物に費やされたか、もしその記憶が累積されていたら、気が狂うにちがいない。(「三島由紀夫展」案内文)

展覧会には『男の死』からも何点か出され、予想された通り裸体写真も多数あった。連日一万人もの来場者を数え、展覧会は大成功だった。大部分は男性で、三島は冗談混じりに「小生全く女に人気がありません」と書いている。この展覧会は、いわば三島の訣別の挨拶だった。よく見えるところに関《せきの》孫六《まごろく》が展示してあったが、それは十一月二十五日に三島の首を刎《は》ねることになる刀である。

「三島由紀夫展」開催前夜、会場に集まった親しい人々のなかには新潮社の新田敞もいた。そろそろ全集を出してもいい時機ではないかと持ちかけた新田に三島は、書かれた作品だけでなく、朗読テープ、写真、映画『憂国』など、すべてを含む全集にしてほしいと希望を述べた。

十一月十四日、蹶起する同志たちはふたたびサウナ・ミスティに集まり、三島が書いた檄《げき》の草案を検討し、無修正で承認した。檄には自分たちが自衛隊への恩義を忘れたかのような行動に及ばざるをえなかった理由が書かれていた。

戦後の日本は経済的繁栄にうつつを抜かし、国の大本を忘れ、国民精神を失い、その場しのぎと偽善に陥り、自ら魂の空白状態に落ち込んでいる。そのようななか、自衛隊にのみ真の日本、真の日本人、真の武士の魂が残されているだろうと夢みていたが、現実には違憲状態のまま置かれ、不名誉な欺瞞《ぎまん》のもとに放置されている。檄は、自衛隊が単なる警察力としてではなく、真の国軍として正当な地位を回復するために憲法を改正することの重要性を説明したあと、自衛隊への訴えをもって結ばれる。自分たちは熱烈に待っていたが、もう待てぬ。この歴史と伝統の国、日本を骨抜きにしてしまった憲法に体をぶつけて死ぬやつはいないのか。もしいれば今からでもともに起ち、ともに死のう。

しかし三島をはじめ全員が、これによって自衛隊が蹶起することも、世の中が急に変わることもないのはわかっていた。三島は自らの死をもって今の日本を諫《いさ》めることしか考えていなかった。

十一月十九日、一同は決行当日の時間配分を打ち合わせる。連隊長拘束後、自衛隊員を集結させるのに二十分、檄にもとづく三島の演説が三十分、他の四人の名乗り各五分、楯の会残余会員への訓示は五分、楯の会解散宣言——行動は一回限りの最終的なものであり、以降楯の会が存在する理由はないからだ。そして最後に天皇陛下万歳を三唱。

十一月二十日、三島は篠山紀信のスタジオを訪れ、「男の死」シリーズの密着印画から最終的な選択をする。制服姿の森田が一緒だった。篠山が見ている前で三島は自分が欲したとおりの荒々しい死にざまの諸相に印をつけていたが、時折森田に顔を向け意見を求めたという。

十一月二十一日、三島の著書を届けるという口実で森田が市ケ谷駐屯地に赴く。決行当日に連隊長が在室しているかどうか確認するためだった。連隊長が当日不在だと判明すると、協議の結果、最初の計画に戻って総監の身柄を拘束することになった。日延べするには遅すぎたのである。その日のうちに三島は総監に連絡し、二十五日十一時に面会する約束を取りつけた。森田たちは翌日にかけて、総監を縛るロープ、総監室にバリケードを作るための針金とペンチ、要求項目を書いて垂れ幕にする布地、気付け用のブランデー等を手分けして購入する。その夜帰宅する道すがら、森田は同志に、もし自分が三島の介錯に失敗したら代わりにやってくれと依頼した。

十一月二十三日と二十四日、一同は皇居を望むパレスホテルの一室で予行演習を行なう。総監役は三島だった。布地に要求項目を書き、「七生報国」としたためた鉢巻きを用意し、それぞれ辞世の句を短冊に墨書した。計画では小賀、小川、古賀の三人は生き残ることになっていたが、不測の事態に備えて全員が死の準備をしていたのである。三島は若者たちを、うまくなくてもいいから自由奔放に書けと励まし、清書の前にところどころ直した。二十四日の夕方にホテルを出た一同は、新橋の料亭で別れの宴をもうけた。帰宅した三島は両親の離れを訪れる。普段姿をあらわすよりずっと早い時間だった。疲れ切った様子の息子に早く休むようにと倭文重がうながすと、三島はお休みを言って自宅へと戻っていった。

三島が森田とともに死ぬことを心に決めてからほぼ一年間があり、死の計画を練りはじめてから約八カ月があった。その間三島は数知れない約束を手際よく片づけ、あらゆるしがらみを振り捨てていた。誰にも気づかれないうちに身辺の整理を済ませていたのである。残っている仕事はあとわずかだった。

三島は書斎に入ると机に向かって手紙を書く。まずニューヨークのドナルド・キーンとアイヴァン・モリスに『豊饒の海』の翻訳を共同で点検してくれるよう依頼した。さらに十通ばかりの手紙をしたためたが、その一通は楯の会幹部の倉持清《くらもちきよし》に宛てられ、楯の会の解散を命じたものだった。友人の伊沢甲子麿《きねまろ》宛の手紙には、自分の死体には楯の会の軍服を着せ、手には白手袋と軍刀を持たせたうえ写真を撮ってほしい、家族は反対するかもしれないが、自分は文人としてではなく、武人として死にたいのだ、と書かれていた。家族に宛てた手紙にも似たような文面が見られる。自分はペンを捨て、文人ではなく完全に武人として死ぬのだから、戒名にはかならず「武」の字を入れてほしい、「文」の字は使う必要はない。

手紙を書き終わると、三島は『天人五衰』の最終回の原稿に記した。「『豊饒の海』完。昭和四十五年十一月二十五日」。

15　豊饒の海

若い男女の悲恋というテーマは三島作品では目新しいものではない。しかし『豊饒の海』第一巻、急速に西欧化しつつも古い日本を色濃く残した明治末年の東京を舞台とした『春の雪』は、これまでのどの作品にもまして胸を締めつけるような美しさでそれを結晶化している。維新の功臣を祖父に持つ侯爵家の若き嫡子松枝清顕《まつがえきよあき》は幼い頃、本物の華族の優雅を身につけさせようという父の意向で、格式ある公家《くげ》の家柄の綾倉《あやくら》伯爵家に預けられていた。姉弟のように育てられた綾倉家の美貌の令嬢、二歳年上の聡子《さとこ》は、十八歳の清顕にとっては自分の幼時をあまりによく知り、あまりに感情的に支配していた存在である。清顕は聡子を心の底では愛しながらも、それを認めまいとしていた。聡子もいつしか清顕を恋い慕うようになっていたが、清顕は些細《ささい》なことから自尊心を傷つけられ、突き放した態度をとるようになる。しかし、洞院宮《とういんのみや》第三王子治典王《はるのりおう》と婚約した聡子に婚姻の勅許が下りたと聞いた瞬間から、聡子への思いは激しい恋となって燃えあがる。清顕は禁断の花となった聡子に逢《あ》うことを要求し、聡子もこれに応じる。

清顕から聡子との秘密をすべて打ち明けられ、二人の禁じられた恋の証人となるのが、学習院の同級生で親友の本多繁邦《ほんだしげくに》である。大審院判事を父に持つ本多は物静かで理知的な性格で、法律学に興味を抱き、ふだんは人には示すことのない鋭い直感の力を内に隠していた。清顕から聡子とのことを聞いた本多は、法の側に属する人間になることを決めているにもかかわらず、親友が禁を犯し法《のり》を超えるのを讃美の気持ちをまじえて眺め、次のように語る。

明治と共に、あの花々しい戦争の時代は終ってしまった。（……）しかし行為の戦争がおわってから、その代りに、今、感情の戦争の時代がはじまったんだ。この見えない戦争は、鈍感な奴にはまるで感じられないし、そんなものがあることさえ信じられないだろうと思う。だが、たしかに、この戦争ははじまっており、この戦争のために特に選ばれた若者たちが、戦いはじめているにちがいない。貴様はたしかにその一人だ。

行為の戦場と同じように、やはり若い者が、その感情の戦場で戦死してゆくのだと思う。それがおそらく、貴様をその代表とする、われわれの時代の運命なんだ。……それで貴様は、その新らしい戦争で戦死する覚悟を固めたわけだ。そうだろう？

本多は、情熱に導かれるまま許されぬ恋の深みにはまっていく清顕と聡子が密会を重ねる手助けをする。やがて聡子は妊娠し、清顕との関係が両家に知れわたる。大阪でひそかに堕胎手術を受けさせられた聡子は、そのまま奈良の月修寺《げっしゅうじ》で自ら髪を下ろし出家する。洞院宮との婚約は破棄された。清顕は聡子に一目会おうと連日月修寺を訪ねるが、門前払いで会わせてもらえない。春の雪の降る二月二十六日、清顕はついに肺炎をこじらせて倒れる。駆けつけた本多に連れられ帰京した二日後、清顕は本多に自分の夢日記を形見として残し、二十歳で死ぬ。

第二巻『奔馬《ほんば》』で描かれるのは、清顕が聡子と会うことなく、死んで十八年後の昭和七年、本多繁邦は三十八歳になっている。若くして判事となり大阪控訴院に地位を占め、論理の世界に生きている本多は、大神《おおみわ》神社の神前奉納剣道試合で、竹刀の構えに一糸の乱れもない一人の若者に目がとまる。若者は十八歳の飯沼勲《いいぬまいさお》、かつて清顕付きの書生で今では右翼塾を主宰している飯沼茂之《しげゆき》の息子だった。試合後、本多は三輪《みわ》山の三光の滝で水垢離《みずごり》する勲に出会い、その脇腹に清顕と同じ三つの黒子《ほくろ》を見て慄然とする。清顕の死に際の言葉を思い出していたのだ。「又、会うぜ。きっと会う。滝の下で」。

清顕と同じ黒子、滝の下での出会い、それだけではない。勲は清顕の夢日記に書かれている通り、白衣を着て鳥を銃で撃つ。その直後に勲の父親がいう言葉をさえ夢日記は予告していた。「お前は荒ぶる神だ。それにちがいない」。疑いようのないこの転生の神秘を前にして、論理と秩序の世界で生きてきた本多は困惑と同時に激しい歓《よろこ》びを感じる。

本多は今さらながら、清顕が彼の若い日へ残して行ったあの生の鋭い羽搏《はばた》きを思わずにはいられなかった。本多は一度も他人の人生を生きるつもりはなかったのに、清顕の迅速な美しい生は、本多の生の樹の或《あ》る重要な数年間に、淡い藤色の花を咲かせる寄生蘭《らん》のように根を下ろし、そこで清顕の生は本多の生の意味を代表し、本多が咲かせる筈《はず》のない花を成就したのだった。又そんなことが起ろうとしているのであろうか？　この転生の意味はそもそも何なのだ。

群がる謎に惑いながらも、一方では、本多の心には、しみ出す地下水のような歓びが生じた。清顕はよみがえった！　あの生半ばに突然伐《き》られた若木は、ふたたび緑の蘖《ひこばえ》を萌《も》え立たせた。そして十八年前には、二人の友は二人ながら若かったが、今では本多は若さを失い、友は依然若さの端緒にかがやいている。

勲の出現が本多の人生を大きく変える。本多は勲が清顕の生まれ変わりであることを確信していた。

勲には清顕の美しさと傲慢さが欠けている代わりに、清顕が持たなかった雄々しさと素朴と剛毅《ごうき》があった。『神風連史話《しんぷうれん》』に心酔し、「神風連の純粋に学べ」をスローガンとする勲は、同志を集めて、腐敗した政治、疲弊した社会を改革するため、剣によってこの国を浄化しようと考える。革新派の歩兵中尉の知遇を得、聯隊長《れんたい》をしている洞院宮治典王にも謁見して軍の協力に期待が持てるようになり、勲は集まった二十人の仲間と蹶起《けっき》の計画を進める。しかし中尉は満州へと転属になり計画から手を引く。軍の協力も得られなくなり、同志の多くが脱落するが、勲は残った十二人で藏原武介《くらはらぶすけ》等財界要人十一人の暗殺計画を秘密裏に練る。けれどもどこからか計画が漏れ、一同は実行前に検挙されてしまう。

本多は十八年前に清顕を救えなかった遺恨から、控訴院の判事を辞して弁護士になり勲を救う決意をする。一年近い裁判の末、本多の弁護によって無罪となり釈放されるが、その祝宴の席で勲は、自分たちを警察に密告したのは父だと聞かされ茫然《ぼうぜん》とする。父の主宰する右翼塾は、財界の巨魁藏原武介がらみの金で経営されていたのだ。

その三日後、勲は伊豆の藏原の別荘に忍び込み、短刀で藏原を殺害する。追手を逃れた勲は、夜の黒々とした海に面した断崖で正座して目を閉じ、白鞘の小刀の刃先を腹にあてがう。日の出はまだ遠い。しかし「正に刀を腹へ突き立てた瞬間、日輪は瞼《まぶた》の裏に赫奕《かくやく》と昇った」。「武」の体現者であり「純粋行為」を貫いた勲は、清顕と同じ二十歳でこの世を去った。

第三巻『暁の寺』では、本多は四十七歳になっている。清顕もその生まれ変わりの勲も救えなかった本多は、しかし「他人の救済」ということを信じず情熱を持たなくなってから、かえって弁護士として有能になっていた。昭和十六年、支那事変は解決がつかず、日独伊三国同盟が列強を刺激して日米開戦がしきりに論じられるなか、本多は国際法上の訴訟を助けるための仕事でバンコクに来ていた。バンコクはかつて学習院で清顕と本多の学友だったシャムの王子の故郷である。本多はそこの薔薇宮で、王子の末娘である姫君に会う。満七歳になったばかりの姫君は、頭がおかしいと思われていた。自分は日本人の生まれ変わりで、本当の故郷は日本であると言い張っていたからだ。幼い姫君は本多を見ると膝にかじりついて懐かしがり、あんなに世話になりながら黙って死んだお詫びを申し上げたい、と泣き叫ぶ。死の三日前、酔った勲は譫言《うわごと》で言っていた。「ずっと南だ。ずっと暑い。……南の国の薔薇の光りの中で」。さらに姫君は清顕や勲に関わる年月日をよどみなく正確に答えて明らかに転生を証明していたが、後日、姫とピクニックに同行したとき本多がその脇腹を見ても、あるべきはずの三つの黒子はそこにはなかった。

訴訟の仕事が片付くと、本多はインドを旅行し、カルカッタ、ベナレス、アジャンタなどを訪れる。そしてベナレスでは神聖と汚穢《おわい》が渾然《こんぜん》と一つになったガンジスの河畔で、何か究極のものに触れたような体験をする。バンコクに戻り、姫君に別れを告げて本多が日本に帰国してほどなく、日本とアメリカの戦争がはじまる。親友の生まれ変わりとインドでの体験とに触発され、輪廻《りんね》転生や唯識論《ゆいしきろん》の世界に足を踏み入れた本多は、戦争中さまざまな書籍を読みあさり研究に没頭する。

その後物語は戦争後の昭和二十七年に移る。五十八歳の本多は、土地所有権をめぐる裁判で多額の報酬を手にし、富士の見える御殿場《ごてんば》に別荘を建てた。隣人には久松慶子《ひさまつけいこ》という五十歳ほどの有閑婦人がいて、本多の友人となる。

かつてシャムの王子が学習院の寮で紛失したエメラルドの指輪を戦後になって古道具屋で見つけていた本多は、日本に留学している王子の末娘、いまや十八歳になった月光姫《ジン・ジャン》を別荘に招待する。やって来たジン・ジャンは、幼い頃自分が日本人の生まれ変わりだと主張していたことを何も覚えていない。本多は美しく官能的に成長した姫に魅了され、年齢不相応の恋心を抱き、父親のように振る舞いながらも、執心を募らせていく。ジン・ジャンが別荘に泊まったある夜、本多は書斎の覗《のぞ》き穴からその寝室を覗く。そこで目にしたのは、慶子と裸で睦《むつ》み合い恍惚《こうこつ》とした表情を浮かべるジン・ジャンの姿だった。そしてその脇腹には三つの黒子。驚いていたのも束《つか》の間、夜更けに一室から火の手が上がり別荘は焼け落ちた。やがてジン・ジャンはバンコクに帰り、消息を絶ってしまう。本多は人づてに、ジン・ジャンが二十歳のとき庭で腿《もも》をコブラに咬《か》まれて死んだと聞かされる。

『豊饒の海』の最終巻は『天人五衰』である。昭和四十五年、本多繁邦は七十六歳になっていた。妻に先立たれたあとは気ままな旅をして暮らしている。永年の友人久松慶子は七十歳近くになっているのにまだ快楽の相手の娘を漁《あさ》っている。二人は仲の良い友人として、しばしば一緒に旅行をしていた。あるとき二人は三保《みほ》の松原に旅をする。能の「羽衣《はごろも》」の舞台となり、天人伝説の伝わる海辺だ。しかしすべては腐っている。羽衣の松は枯死寸前で、幹の裂け目はコンクリートで埋めてある。そこに至る道も、品のない土産物屋やわざとらしい滑稽な絵看板で徹底的に俗化されている。翌日ふと立ち寄った清水港の帝国信号通信所で本多は、海岸に近づいてくる船に信号を送る役目の若い信号員に出会う。

信号員の名は安永透《やすながとおる》。まだ中学を出たばかりの十六歳で、父も母もなく知的な冷たい目をしている。透は自分が選ばれた者で、絶対に他人と違っていると確信し、世界は自分の認識の上に成り立っていると信じていた。本多は透の内面が自意識に縛られた自分と同じであることを直感する。しかも透の脇腹にはあの三つの黒子がはっきりと刻まれていた。本多はそれを見て、ただちに透を養子にする手続きをすすめる。

本多は透に何人もの家庭教師をつけるとともに、徹底して俗物的な世知や処世術を自ら教え込み、世間並みの教養を備えた凡庸な青年に叩《たた》き直すことを試みる。自分の運命をまっしぐらに完成しようとして夭折《ようせつ》した三人、恋の感情につかまれた清顕、使命につかまれた勲、肉につかまれていたジン・ジャンのような道を取らせたくなかったのだ。しかしそのようなことを知る術もない透は、義父に嫌悪と軽蔑と憎悪しか感じない。透は次第に悪魔的になっていき、二十歳で東京大学に入学してからは、本多にも危害を加えるようになる。本多はなすがままになりながらも、透が二十一歳の誕生日の前に死ぬまでと辛抱をつづける。

しかし見かねた久松慶子は透を呼び出し、本多が透を養子にした理由、清顕以来の輪廻転生の秘密を明かす。透のことを転生の輪に連なってなどいない贋物《にせもの》だと断定し、夭折を運命づけられた特別なものを何一つ持たない透は長生きをするだろうと喝破する。自尊心を激しく傷つけられた透は工業用薬品を嚥下《えんげ》し自殺を図る。企ては未遂に終わったものの、完全に失明してしまう。盲目となった透は離れに閉じこもったままみじめな生活を送り、二十一歳の誕生日が過ぎてもなお生きつづける。

やがて自分の人生の残りもわずかになったのを感じた本多は、清顕の死以来六十年間思いつづけた念願を果たすため、最後の力を振り絞って奈良の月修寺へ行き、今は門跡《もんぜき》になっている綾倉聡子を訪ねる。本多の前にあらわれた聡子は、八十三歳になりながら若いころの風貌をありありととどめていた。老いは聡子を衰えさせず、むしろ清らかにしていた。しかし本多が清顕の名前を出しても聡子は知らないと答える。

本多が語る六十年前の悲恋の長い物語を聞き終わった聡子は言う。「松枝清顕さんという方は、お名をきいたこともありません。そんなお方は、もともとあらしゃらなかったのと違

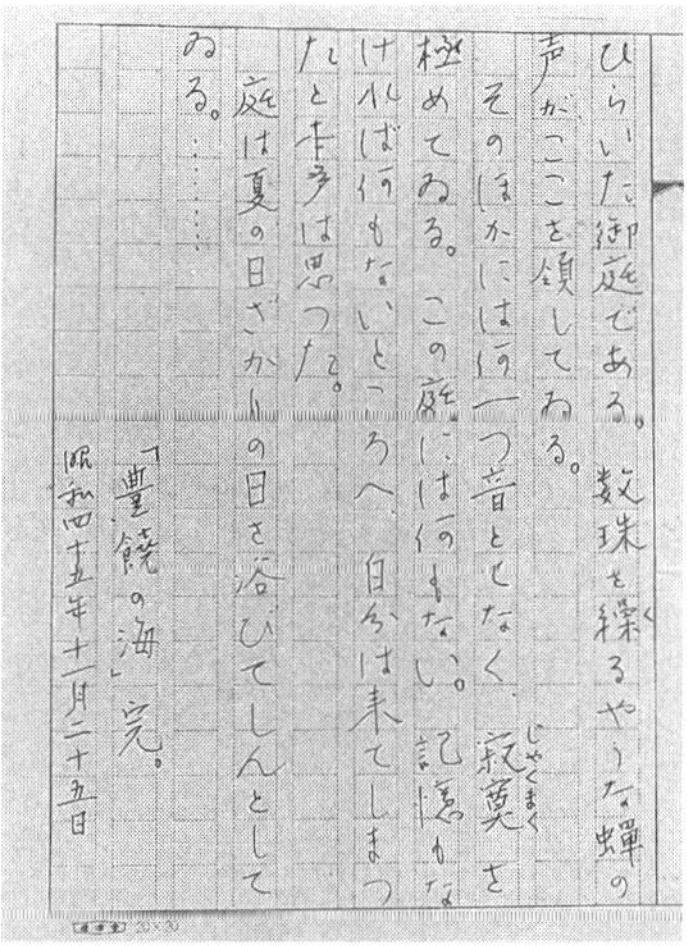

ひらいた御庭である。数珠を繰るやうな蟬の
声がここを領してゐる。
そのほかには何一つ音とてなく、寂寞《じやくまく》を
極めてゐる。この庭には何もない。記憶もな
ければ何もないところへ、自分は来てしまつ
たと本多は思つた。
庭は夏の日ざかりの日を浴びてしんとして
ゐる。……

「豊饒の海」完。
昭和四十五年十一月二十五日

『天人五衰』原稿の最終頁（昭和45年11月25日付）

『豊饒の海』四部作 写真提供／藤田三男編集事務所（上下２点とも）

いますか？　何やら本多さんがあるように思うてあらしゃって、実ははじめから、どこにもおられなんだ、ということではありませんか」。清顕がいなかったとすれば、勲もジン・ジャンも、そのうえこの自分すら存在しないことになる……、本多は雲霧のなかをさまよう心地がする。こうして三島由紀夫の畢生《ひっせい》の大作『豊饒の海』は、蟬《せみ》の声が領する月修寺の閑雅な庭にたたずむ本多の述懐で終わる。

そのほかには何一つ音とてなく、寂寞《じゃくまく》を極めている。この庭には何もない。記憶もなければ何もないところへ、自分は来てしまったと本多は思った。

庭は夏の日ざかりの日を浴びてしんとしている。……

16　市ケ谷の悲劇

昭和四十五年（一九七〇年）十一月二十五日、三島は朝早く起床した。瑤子夫人はすでに子供たちを学校に送りに出ていた。ゆっくりと丁寧に身支度し、楯の会の制服を着た。目につくところに分厚い封筒に入った『天人五衰』連載最終回の原稿を置いた。朝のうちに担当の編集者が取りに来ることになっていた。

午前十時、三島は友人のジャーナリスト伊達宗克《だてむねかつ》と徳岡孝夫《とくおかたかお》に電話を掛け、十一時に市ケ谷会館に来るよう依頼する。それが何のためかは告げなかった。十時十分頃、小賀正義の運転する白いコロナが三島宅に到着。三島は玄関先まで迎えに来た小賀に封筒を渡す。小賀、小川、古賀の三名に宛てたもので、一人当たり三万円の現金と手紙が入っていた。手紙には事件の責任は自分が取る旨が記され、また三人が生き残って法廷で楯の会の精神を陳述することが命令されていた。

三島は小賀の隣に乗り込む。脇には軍刀仕立ての関孫六《せきのまごろく》、膝の上に乗せたアタッシュケースには短刀二本、檄文《げきぶん》のコピー、要求書などが収められていた。後部座席には森田必勝、小川正洋、古賀浩靖。五人を乗せた車は、穏やかに晴れた東京の通りを走っていく。誰も口を開かなかった。三島が、「これがヤクザ映画なら、ここで〝義理と人情の唐獅子牡丹〟といった音楽がかかるものだが、おれたちは意外に明るいなあ」と冗談を言って歌を口ずさむと、それに合わせて全員が歌った。車は三島の子供たちが通う学習院初等科の前を通って、市ケ谷へと向かっていった。

五人は十一時に自衛隊東部方面総監部に到着する。薄汚れた灰色の三階建てで、戦時中は陸軍参謀本部が置かれ、戦後は東京裁判の法廷として東條英機ら七人に死刑が言い渡された場所である。二階の総監室へ通されると、三島は益田兼利《ましたかねとし》総監に楯の会の例会があるので制服で来たと説明し、森田他三名を例会で表彰する予定の青年たちだと紹介する。益田総監は青年たちの態度と立居振舞いに感心し、制服がスマートだとお世辞を言った。三島と総監がソファで談話中、話題が三島持参の日本刀になった。総監が三島に、そのような軍刀を下げて咎《とが》められないかと尋ねたのに対し、三島は美術品だから構わないと答えて関孫六の鑑定書を見せ、刀の鞘《さや》を払った。三島と益田はじっと刀身に見入る。油がついているのか、三本杉の刃文がはっきり見えない。

「小賀、ハンカチ」。これが行動の合図だった。小賀は立ち上がり、刀身を拭うハンカチを三島に渡すよう装いながら総監の背後に回ると、持っていた手拭いで総監の口をふさぐ。小川と古賀が躍りかかり総監を縛って拘束し、呼吸が止まらないよう気をつけながら猿ぐつわをする。この間三島は日本刀を構え、森田は出入り口にバリケードを構築する。

事態に気づいた幕僚たちは、総監を救出するために部屋へ入ろうとした。三島は刀を振りかぶり、外に出ないと総監を殺すと叫びながら、入ってきた者に斬りつけて追い出した。退散した幕僚らは廊下から窓越しに三島の説得を試みるが、三島は、要求に従えば総監の生命は助ける、と要求書を破れた窓ガラスから廊下に投げる。市ケ谷駐屯地の全自衛官を本館前に集合させること、三島の演説を清聴させること、市ケ谷会館に集合中の楯の会残余会員を召集・参列させること、自衛隊は一切の攻撃を行なわないこと。条件が遵守され二時間が経過すれば総監の身柄は安全に引き渡すが、条件が守られないとき、あるいは守られないおそれがあるときは、三島は総監を殺害して自決する。その間にも何人かの自衛官がバリケードを押しのけ室内に入ろうとしていたが、三島と森田は白刃をふるって追い出した。現場の指揮官は要求を受け入れることにし、その旨を三島に伝える。十一時三十五分だった。

　そのころ隣の市ケ谷会館のロビーでは、ジャーナリストの伊達宗克と徳岡孝夫が三島に言われた通りカメラと記者腕章を持って待っていた。十一時二十分、一人の楯の会隊員があらわれ二人の氏名を確認すると、それぞれに宛てた封筒を手渡した。中に入っていたのは記念写真、檄のコピー、そして同文の手紙だった。二人は三島からの手紙を読んだ。

　わざわざ来てもらったのは決して自己宣伝のためではなく、事柄が自衛隊内部で起こり揉《も》み消されるおそれがあるので、正確に報道してもらうためである。自分の意図は同封の檄に尽くされているが、それがどのような方法で行なわれるかは現時点では明かせない。ただ、市ケ谷会館三階に例会のために集まっている楯の会隊員が警察か自衛隊かによって移動を命じられるときが変化の兆しである。そのときに偶然居合わせたようにして腕章をつけて駐屯地内に入れば全貌がわかるだろう。檄と写真を同封するのは警察の没収を怖《おそ》れているからで、自由に発表してもらって構わないが、檄は全文を発表してほしい。自分たちの企てが成功するかはわからない。傍目《はため》には狂気の沙汰に見えるかもしれないが、自分たちは純粋な憂国の情から行動を起こすのであり、願うのはただその真意が正しく世間に伝わることである……。

パトカーのサイレンが最初は遠く、やがて駐屯地へと近づいてきた。何台もの車が総監部の前に停まり、白いヘルメットの男たちが救急車から飛び出して建物へと入っていった。まもなく構内放送が総員集合を告げる。駐屯地の各所から続々と人が出てきて本館前に集まる。その数およそ八百名。三島由紀夫が益田総監を人質にして立て籠もっているらしい、という噂に誰もが耳を疑っていた。正午少し前、森田と小川が総監室の外のバルコニーから要求項目を書いた垂れ幕を垂らし、檄文のコピーを撒布《さんぷ》した。

正午ちょうど、三島がバルコニーに姿をあらわした。胸を張り、両手を腰にあて、三島は大声で演説をはじめる。予定ではその演説は三十分におよび、最後にはこう呼びかけるはずだった。

……日本を日本の真姿に戻して、そこで死ぬのだ。生命尊重のみで、魂は死んでもよいのか。生命以上の価値なくして何の軍隊だ。今こそわれわれは生命尊重以上の価値の所在を諸君の目にみせてやる。それは自由でも民主主義でもない。日本だ。われわれの愛する歴史と伝統の国、日本だ。これを骨抜きにしてしまった憲法に体をぶつけて死ぬやつはいないのか。もしいれば、今からでもともに起《た》ち、ともに死のう。

けれども三島の声は野次でかき消される。「馬鹿野郎」、「降りてこい」、「英雄ぶるんじゃねえよ」、「総監を放せ」。総監室に残っていた同志の一人が扉越しに、下の自衛隊員たちを静かにさせないと総監を殺すと告げた。要求は下に伝えられたが、まったく効果はなかった。三島は喉をからして蹶起《けっき》を訴えていたが、自衛隊員たちは猛《たけ》り立ち、口々に罵声を浴びせていた。上空には早くも異変を聞きつけた報道のヘリコプターが旋回し、騒音は耳を聾《ろう》さんばかりだった。

三島は十分も経《た》たないうちに、話しつづけても無駄だと理解した。しわがれた声を振り絞って最後に三島は叫ぶ。「諸君は憲法改正のために立ち上がらないと見極めがついた。これで俺の自衛隊に対する夢はなくなったんだ」。だがその言葉も怒号の渦にのみこまれた。演説を終えた三島は、傍らにいた森田とともに天皇陛下万歳を三唱したのち、総監室へ戻っていった。

三島は総監室へ入ってくると「あれでは聞こえなかったな」とひとりごちた。益田総監

バルコニーから演説する三島
写真提供／朝日新聞社

自衛隊市ヶ谷駐屯地・本館前に集まった自衛隊員や報道陣（昭和45年11月25日）写真提供／毎日新聞社

に、恨みはありません、自衛隊を天皇にお返しするためです、こうするより仕方なかったのです、と話しかけたあと、上着を脱いでバルコニーに向かうように正座した。森田が三島の後方で関孫六《せきのまごろく》を頭上にかざす。三島は両手で短刀を握り、切っ先を下腹の左側にあてがう。と、気合いもろともその刃《やいば》を深々と突き立てた。両手は鋼の刃をゆっくりと右へ引き回す。真一文字に右まで切り裂くと、三島の首は前に垂れた。森田は柄《つか》を握りしめ刀を振り下ろす。だが一瞬遅かった。三島の身体は前のめりに倒れ、森田の太刀は三島の肩に深く食い込んだ。「いま一太刀!」古賀が声をかける。森田はふたたび刀をふるう。だが首は落ちない。三島は自らの血潮のなかにうつむけに倒れ、腸をはみ出させた姿のまま呻吟《しんぎん》している。森田は古賀に刀を渡す。古賀は一太刀で三島の首を斬り落とした。森田は三島の血に染まった短刀を手にすると、上着を脱ぎ、三島と隣り合って正座した。それから刃を下腹に突き立てたが、もはや腕に力はなく、浅く切っただけだった。古賀は一太刀で介錯《かいしやく》した。

残った三人は、三島と森田の遺体を仰向《あおむ》けに直して制服をかけ、両名の首を並べて合掌すると、総監の拘束を解いた。三人の涙を見て益田総監は、もっと思い切り泣け、と言い、自らも正座して瞑目《めいもく》合掌した。それから三人はバリケードを取り除き、総監を連れて部屋から出て、日本刀を自衛官に渡すと、手錠をかけられるために両手を前に差し出した。検死官が総監室に入り、三島と森田の死亡が確認された。死因は頸部《けいぶ》切断。十二時二十三分だった。

父親の平岡梓は正午のニュースで事件を知った。瑤子は昼食に行く途中タクシーに乗っていて同じ報道をラジオで聞いた。帰宅した瑤子は夫が最後に残したメモを書斎の机の上に見出した。「人生は短いが、私は永遠に生きたい」。

朝日新聞夕刊早版には、胴体から離れた三島と森田の生首が掲載された。国会の議場から出てきた首相の佐藤栄作は記者団に取り巻かれ事件について尋ねられると、「天才と狂人は紙一重だ。気がふれたとしか思えない」とコメントした。佐藤は三島を親しく知り、自衛隊による楯の会の訓練を間接的に世話したこともあった。

その夜、平岡家の前にはおびただしい報道陣が詰めかけていた。門は固く閉ざされ、故平岡公威《きみたけ》の通夜は近親者だけで営みます、花輪御供物の儀は固く御辞退申し上げます、と記された紙が貼ってあった。羽織袴姿の右翼学生たちが次々に門の前へやってきては、家へ向かって深々と礼をして立ち去った。

三島の遺体が帰宅したのは翌二十六日の午後三時過ぎだった。次の日が友引《ともびき》で火葬場が休みのため、どうしても夕刻までには荼毘《だび》に付さなければならず、告別のために残された時間はわずかだった。遺書で望んでいた通りに遺体は楯の会の制服を着せられ、胸には軍刀が置かれた。最後の瞬間に瑤子は原稿用紙と万年筆を棺《ひつぎ》に納めた。遺体に付き添って火葬場に行ったのは梓と、瑤子の父杉山寧《やすし》だけだった。

その翌日、平岡家は三島の霊に焼香しにくる弔問客を迎え入れた。弔意をあらわす白い薔《ば》薇《ら》の花束を持って訪ねてきたある弔問客に母の倭文重は言った。「お祝いに赤い薔薇を持ってきてくだされればようございましたのに。公威がいつもしたかったことをしましたのは、これが初めてでなんでございますよ。喜んであげて下さいませな(30)」。

三島の遺骨は昭和四十六年（一九七一年）一月十四日に府中市多磨霊園の平岡家の墓地に埋葬された。本葬は一月二十四日に築地本願寺で営まれた。喪主は妻の瑤子、葬儀委員長は川端康成で、三島の親族、森田の遺族、楯の会隊員とその家族のほか、八千人以上の一般弔問客が参列した。遺言には戒名に「文」の字は不要であると書かれていたが、「三島は文人として育ってきたのだから」という遺族の思いから「武」の字を上にし、下に「文」の字も入れることになった。「彰武院文鑑公威居士」、それが三島由紀夫の戒名だった。

(30) ジョン・ネイスン『新版・三島由紀夫―ある評伝―』338ページ。

築地本願寺における葬儀（昭和46年１月24日）
写真提供／新潮社

エピローグ

三島が最後にバルコニーで叫んだ天皇陛下万歳の言葉は、天皇の耳に届くことはなかった。三島の叫びは虚空へと消え去った。昭和六十四年（一九八九年）、昭和天皇が崩御し、皇太子明仁《あきひと》親王の即位とともに「平成」の時代がはじまった。しかし皇居では何も変わらなかった。未曾有の繁栄を誇る超近代都市東京の中心にぽっかりと広がる緑と静寂、その御所で天皇と皇后はひっそりと暮らしている。

生き残った三人の裁判は昭和四十六年（一九七一年）三月二十三日からはじまった。瑤子は三人に優秀な弁護士をつけた。一年以上におよぶ裁判のすえ、昭和四十七年四月二十七日に判決公判が開かれ、小賀正義、小川正洋、古賀浩靖に懲役四年の実刑判決が下された。東部方面総監で陸将の益田兼利は事件後に責任を取って辞職した。

「三島事件」は大きな衝撃を与えた。多くの日本人にとっては、その劇的な自刃は無意味で筋違いなものだった。聖セバスチャンの殉教、神風特攻隊の自己犠牲、神風連の蹶起《けっき》といったものにあこがれてきた男が、自分も同じことをしてみたかっただけではないか。平和と民主主義のもとに生まれ変わった日本には、凄惨で前時代的なものを受け入れる余地はなかった。三島の母だけは、この自死を息子が自己を解放するための行為と見た。モーリス・パンゲのような知識人はそれを、一人の男が妥協を許さず極限まで信念を推し進めた行為として理解した。

生前の三島は自分の人生を一篇の詩にしたいと語っていた。その言葉通り、三島は自分の死をさまざまなテーマが交錯する一本の歌舞伎のようなものに仕立て上げた。政治的反抗、自己愛的幻想、自己懲罰、贖罪《しょくざい》……、そういったものが非現実的な演出のなかでひとつに撚《よ》り合わされているのだ。マルグリット・ユルスナールが『三島あるいは空虚のヴィジョン』で書いたように、三島の死とは三島の作品、生涯を通して築き上げた決してやり直しのきかない作品である。

しかし三島のこの衝撃的な行動は、激しい怒りに突き動かされた憤死でもあった。現代日本に対する苦痛に満ちた叫びであり、総中流化して物質的な安楽と豊かさばかりむなしく追い求める現代社会の告発なのだ。死の少し前、三島は不吉な予言をしている。

私はこれからの日本に大して希望をつなぐことができない。このまま行ったら「日本」はなくなってしまうのではないかという感を日ましに深くする。日本はなくなって、その代わりに、無機的な、からっぽな、ニュートラルな、中間色の、富裕な、抜目がない、或る経済的大国が極東の一角に残るのであろう。(「果たし得ていない約束――私の中の二十五年」)

三島には自分の最後の行動がさまざまな批判を浴びるだろうことはわかっていたが、自分の死後に子供たちが笑われることになるのは耐えられなかった。しかしその心配はなかった。唯一の遺言執行者である瑤子夫人、のちには子供の紀子と威一郎が、三島が死んでからもその名誉を守るために高い壁を張りめぐらせたからである。同性愛を思わせるものを徹底的に消し去るため、映画『憂国』や『黒蜥蜴』の配給を許可せず、三島との同性愛関係を赤裸々に暴露した福島次郎の『三島由紀夫――剣と寒紅』(一九九八年)のような書籍は訴訟を起こして出版差し止めにした。訴訟理由は、三島の書簡を無断で掲載したことが著作権侵害に当たるというものだった。一九七四年に出版されたジョン・ネイスンの伝記(31)には瑤子夫人も積極的に協力したが、その日本語訳(32)が刊行されると、三島の同性愛に深く踏みこんだ記述のため、すぐに出版停止、配本した分の回収という事態になった。瑤子夫人は亡夫が冒《ぼう》瀆《とく》されるのを決して許さなかった。

したがって三島の伝記を制作しようという企画は、いずれも遺族による検閲、さらには右翼による脅迫を受けることになった。一九八五年にはポール・シュレイダー監督の『Mishima : A Life in Four Chapters』が公開されるが、そこに至るまでの道は決して平坦《へいたん》ではなかった。製作総指揮はフランシス・フォード・コッポラとジョージ・ルーカス、撮影協力としての費用を瑤子夫人に払っていた。しかし、緒形拳《おがたけん》演じる三島由紀夫がゲイバーに入るシーンを見た瑤子夫人が、娘がショックで気を失ってしまったと言い張ったため、そのシーンはカットせざるをえなかった。撮影自体にも困難がつきまとった。一部の過激な極右団体が撮影を妨害したのだ。さらには公開の際にも問題が発生した。完成した映画は一九八

(31) John Nathan, *Mishima : A Biography*, Boston, Little Brown, 1974.
(32) 日本語訳の初版は、『三島由紀夫―ある評伝―』、野口武彦訳、新潮社、昭和五十一年（一九七六年）。

五年のカンヌ国際映画祭で最優秀芸術貢献賞を受賞して各方面から絶賛され、日本でも『MISHIMA　十一月二十五日・快晴』の邦題で公開が予定されていた。しかし、瑤子夫人の抗議とも右翼からの圧力ともいわれる諸事情により日本では劇場公開されず、ビデオやDVDにもなっていない。

毎年十一月二十五日には東京で三島由紀夫を追悼する「憂国忌」が行なわれる。二〇一〇年の憂国忌は没後四十周年を記念して大規模なものとなり、壇上には日の丸をはさんで三島由紀夫と森田必勝の巨大な写真が掲げられ、神道の作法に則《のっと》って追悼式が執り行なわれた。しかし日本の主要メディアにとって、危険な政治思想を体現した三島はいまだタブーだった。没後四十周年のこの式典はほとんど黙殺された。かつて天皇の名のもとに行なわれた戦争犯罪や残虐行為のことを、明確にであれ漠然とであれ思い出させるようなことはしたくなかったのだ。

三島の政治的立場をめぐっては、それをどのように評価するのか議論は今もつづいている。しかし、文学における三島の寄与についてはもはや疑いの入り込む余地はない。三島の作品は途切れることなく読まれ、研究され、無数の論が書かれている。二〇〇〇年に全四十二巻、補巻・別巻を合わせると四十四巻におよぶ『決定版　三島由紀夫全集』の第一巻が刊行されると、十日で八千部が売れた。作家の個人全集がこのような成功を収めたのは、かつてなかったことである。

三島由紀夫とは何者だろうか。天才作家？　危険な思想家？　大衆を楽しませるエンターテイナー？　凶暴な狂人？　いずれも仮面にすぎない。三島が唯一常軌を逸しているのは、己の幻想を徹底的に突き詰めて、自らが理想とする美と死にはっきりとした形を与えたことだった。だが三島はある重要な一点で誤りを犯していた。それは、日本がその伝統と魂を失ってしまうだろうと確信していた点だ。古《いにしえ》よりの伝統は今でもこの国に深く染みこんでいる。神道は大小無数の神社から家庭の神棚まで、いたるところに見られる。

政治が不安定な時代に、日本人は英雄を求めて自分たちの過去を支えていた確固たる価値観に目を向け、坂本龍馬を熱狂的に支持した。武士のなかの武士とも呼ぶべき、八三五年生まれのこの男は、幕藩体制を終わらせ新時代を開くのに大きく貢献した人物である。憂国の士である坂本龍馬は、はじめは攘夷《じょうい》をとなえていたが、やがて外国の脅威から日本を守るには「夷狄《いてき》」の制度や技術を取り入れることが必要だと考えるようになった。日本固有の文化を否定しない平和的な近代化に身を捧《ささ》げた龍馬を象徴しているのが、帯刀和服に西洋式の靴という和洋折衷の姿であろう。その開明性と先見性は、日本を鎖国攘夷の徳川幕藩体制から近代化に向かう統一国家へと変貌させる推進力のひとつとなった。しかし龍馬は自分の夢が実現するのを見ることがないまま、三十三歳で何者かに暗殺された。

現代日本において坂本龍馬は、日本民族の希望と活力を体現した人物としてとらえられている。その肖像は日本酒のラベルから土産物屋まで、あらゆる場所で目にすることができる。龍馬は三島と違い、ペンも、剣も、天皇も必要としなかった。それでももし三島が今の世に生きていたら、国の運命に自らの生命を賭けた一人の武士が国民から広く支持されているのを目にして喜んだであろう。

訳者あとがき

衝撃的な切腹自殺から四十周年を迎えた二〇一〇年、日本は「三島由紀夫ブーム」に湧いていた。関連書籍が続々と刊行される。各地で講演会やシンポジウムが開かれる。何本もの三島演劇が新たな演出で上演され、映画化された三島作品の回顧上映が行なわれ、モーリス・ベジャールによるバレエ『M comme Mishima』が再演される(初演は一九九三年)。そのような中、ある新聞に「三島由紀夫の本格的伝記、仏で出版へ」という見出しの小さな記事が載った。これまでにジャック・ロンドンやパティ・スミスの伝記を執筆してきたジャーナリストのジェニフェール・ルシュールが、フランスで初めての三島由紀夫の伝記を、老舗出版社ガリマールから近々出版するというものだった。

それからしばらくして、さまざまな偶然が重なって、その伝記の翻訳の話が私のもとに舞い込んできた。それがここに訳出した Jennifer Lesieur, *Mishima*, Gallimard, coll. «Folio

Biographie», 2011である。

しかし、なぜ三島由紀夫の研究者でないどころか、日本文学を専門にしているわけでもない一介のフランス文学研究者の私がそれを引き受けたのか。もちろん、かつて読んで強い印象を受けた『仮面の告白』『金閣寺』『豊饒の海』といった作品を書いた作家・三島由紀夫に興味があったのは事実である。また、語る人ごとに異なる姿で描かれ（芸術至上主義者、同性愛者、露出症のナルシスト、過激な民族主義者……）毀誉褒貶《きよほうへん》相半ばするこの人物、「三島以後」の一九七一年に生まれた私にとってはなかなか掴《つか》み所《どころ》のないこの人物の全体像を知りたいという思いも強かった。だが翻訳を引き受けることにしたのは、そのような個人的事情からだけではない。

本書の執筆にあたってルシュールは、英語で書かれた二冊の伝記に大きく依拠している。それはいずれも一九七四年に出版された、ジョン・ネイスン著 *Mishima : A Biography*（邦訳『三島由紀夫　ある評伝』野口武彦訳　初版は一九七六年新潮社刊、その後二〇〇〇年に再刊）と、ヘンリー・スコット-ストークス著 *The Life and Death of Yukio Mishima*（邦訳『三島由紀夫　死と真実』徳岡孝雄訳　初版は一九七五年チャールズ・イー・タトル出版刊、その後一九八五年ダイヤモンド社より再刊、『三島由紀夫　生と死』と改題して一九九八年清流出版より再々刊）である。

英語圏の著者によるこれら二冊の伝記には、日本人の手による三島の伝記とは大きく異なる特徴がある。それは、対象である三島に対しての批評的距離だ。三島と親交があり、後に山中湖畔にある「三島由紀夫文学館」の初代館長となる佐伯彰一《さえきしよういち》は、一九七八年に出版した自らの『評伝　三島由紀夫』（新潮社）のなかでネイスンの著作に言及している。佐伯が強い衝撃を受けたのは、死後三年少々しか経《た》っていないまだ「ぬく味の残っている死者」の客観的、事実的な伝記を書くことに成功している点だったという。それが可能になったのは、ネイスンが広く三島の知人、関係者にインタヴューした成果を、彼らを傷つけることになるかもしれないなどという配慮もなく相当無遠慮に使用したからだ、と分析した佐伯は、次のようにつづける。

「これは、むしろ外国人という立場の特権というべきであろう。外国人として可能な距離と客観性というものがあり、（中略）平気で突っ放した態度をとることが出来る。同国人であるならば、かなりの時間の経過のみが可能にしてくれる、内的、外的な距離、の余裕を、外国人としての立場によって先どりしてしまった」（佐伯彰一『評伝　三島由紀夫』）

その「内的、外的な距離の余裕」は、死後四十年以上を過ぎた現在でもまだ可能になっていないように思われる。日本人の論者、とりわけ三島に近い世代、三島が生きた時代を自らの身をもって生きた世代の日本人の論者にとって、三島は何よりもまずある種のカリスマ性を備えた一個の生身の人間である。彼らが共感と共にであれ反感と共にであれ、三島について語る際には、あまりに身近すぎて近視眼的な見方に囚《とら》われてしまう傾向が濃く見られる。

日本の伝統的な美の擁護者としての三島、仮面をかぶった同性愛者としての三島、死の観念に取り憑《つ》かれたニヒリストとしての三島、自らの肉体美を誇示するナルシストとしての三島、志《こころざし》に殉《じゅん》じた憂国の士としての三島、あるいは気の置けない友人としての三島……、論者によって三島のどの側面に焦点を合わせるかはそれぞれ異なり、作家三島由紀夫の全体像はなかなか見えてこない。

しかし、ネイスンの伝記、そしてスコット‐ストークスの伝記が描き出すのは、そのような偏《かたよ》りを免れている客観的な三島の姿である。どちらの伝記も、今日では三島研究における基本参照文献として認められている。ただ残念なことに、その日本語訳は現在では容易に入手できない。

本書の著者ルシュールはジャーナリストとしての才能を生かし、その二冊の伝記に見られる時として冗長な部分を省いて、それぞれから重要な部分だけを抽出したうえで、それを手際よくまとめて一冊に仕上げることに成功している。もちろんそれだけにとどまらず、一九九七年になって公開された三島と川端の往復書簡などを参照し、新たな伝記的事実を補足することも忘れていない。また、フランス語訳が出ている三島作品については、その作品が言及される際に詳細なあらすじを提示し、読者の理解を助けている。

ルシュールの手になる本書を翻訳し、新書版として世に出すことの意義は、生身の三島を知らない若い世代——再生産されつづける多種多様な三島のイメージに混乱し、どのようにこの作家を理解していいかわからずにいる世代——に、外国人の目を通した、余計なバイアスのかかっていない三島像を伝えることができる点にあるだろう。意識するしないにかかわらず上の世代が囚われていた、同時代人としての三島に対する複雑な感情、そういったものとは無縁の世代によって今後は新たな理解と解釈がもたらされることになるだろうが、この作家の全体像をある程度ニュートラルな形で提示する本書は、三島研究の格好の入門書となりうるに違いない。

ただ原著はフランスの読者を想定して書かれているため、そのまま訳したのでは日本の読者には少々物足りないと思われる記述も一部見られる（特に日本の歴史や文化に関する説明など）。翻訳にあたっては、訳者の判断で原著の記述を若干補足した箇所もあることをお断りしておく。

末筆ながら、本書を翻訳する機縁を作ってくださった学習院大学文学部の中条省平先生、そして本書の刊行にご尽力いただいた方々に厚くお礼を申し上げたい。

二〇一二年十月吉日

鈴木《すずき》　雅生《まさお》

三島由紀夫●年譜

一九二五年（大正十四）　1月14日　農林省官吏・平岡梓と（旧姓・橋）倭文重《しずゑ》との長男として東京・四谷区に生まれる。

生後まもなく母親から引き離され、祖母・夏子に育てられる

一九二六年（大正十五、昭和元）　改元（以下、昭和の年号と三島の年齢は同じ）

一九三一年（昭和六）　4月　学習院初等科に入学、詩・俳句を書き始める
9月　満州事変（翌年3月、満州国建国）

一九三三年（昭和八）　四谷区の西信濃町（現・信濃町）に転居

一九三六年（昭和十一）　2月　二・二六事件

一九三七年（昭和十二）　3月　学習院初等科を卒業
4月　学習院中等科に進学し、文芸部に入部
このころ、夏子が三島を両親のもとへ戻す。渋谷区大山町に転居
7月　支那事変勃発
11月　『輔仁会雑誌』に五篇の詩を投稿、12月に活字になる

一九三八年（昭和十三）
3月　「酸模《すかんぽう》」「座禅物語」の短編二作を『輔仁会雑誌』に発表
このころから、歌舞伎・能の舞台を観はじめる

一九三九年（昭和十四）
1月　夏子、死去
4月　清水文雄が国文法と作文の担当教師になる

一九四〇年（昭和十五）
雑誌『山梔《くちなし》』に俳句・詩作品を発表

一九四一年（昭和十六）
4月　『輔仁会雑誌』編集長になる
9月　三島由紀夫の筆名で、「花ざかりの森」を『文芸文化』に連載開始
12月　真珠湾攻撃により、太平洋戦争勃発

一九四二年（昭和十七）
4月　学習院高等科に進学、文芸部委員長となる
7月　東文彦、徳川義恭と同人誌『赤絵』を創刊
このころ日本の古典とともに、ラディゲ『ドルジェル伯の舞踏会』、コクトー、プルーストらフランス文学を耽読する
このころ、日本浪漫派の作家・批評家らと交わる

一九四四年（昭和十九）
9月　学習院高等科を首席で卒業、天皇から恩賜の銀時計を拝受
10月　東京帝国大学法学部法律学科（独法）に入学

一九四五年（昭和二十）
10月　処女短編集『花ざかりの森』刊行
2月　召集されるも、軍務不適格となり即日帰郷
8月15日　日本の無条件降伏
10月　妹・美津子、腸チフスのため十七歳で死す

一九四六年（昭和二十一）
1月元旦　昭和天皇が「人間宣言」
1月　鎌倉に川端康成を訪ねる
6月　川端の推薦で「煙草」が雑誌『人間』に掲載
12月　太宰治と会う

一九四七年（昭和二十二）
このころ、土曜の夜ごと、ナイトクラブに遊ぶ
11月　東京大学法学部卒業
12月　高等文官試験に合格、大蔵省に採用される

一九四八年（昭和二十三）
6月　太宰治が自殺
9月　執筆に専念するため大蔵省を退職
11月　『仮面の告白』にとりかかる
11月　初の長編小説『盗賊』刊行

一九四九年（昭和二十四）
7月　『仮面の告白』刊行、ベストセラーとなる

一九五〇年（昭和二十五）　6月　『愛の渇き』刊行
7月　金閣寺が放火により焼失
8月　目黒区緑ケ丘に転居
10月　最初の近代能「邯鄲」を『人間』に発表
一九五一年（昭和二十六）　11月　『禁色』（第一部）刊行
12月　世界一周旅行のため横浜を出帆。アメリカ、ブラジル、パリ、ロンドン、ギリシア、イタリアをまわり、翌年5月に帰国
一九五二年（昭和二十七）　4月　サンフランシスコ平和条約が発効、アメリカの占領が終了
一九五三年（昭和二十八）　6月　長編戯曲『夜の向日葵』を文学座で初演
この年、春と夏、伊勢湾口の神島に滞在、秋に『潮騒』を起稿
12月　最初の歌舞伎台本『地獄変』が中村歌右衛門主演で上演
一九五四年（昭和二十九）　6月　『潮騒』刊行。東宝が映画化し、10月封切
7月　自衛隊発足
一九五五年（昭和三十）　9月　ボディビルの練習をはじめる
一九五六年（昭和三十一）　3月　文学座に入座
4月　『近代能楽集』刊行

一九五七年（昭和三十二）
8月　『潮騒』が初の海外翻訳としてアメリカで出版される
10月　『金閣寺』刊行

一九五八年（昭和三十三）
3月　戯曲集『鹿鳴館』刊行
7月　クノップ社の招待で渡米。ミシガン大学で「日本文壇の現状と西洋文学との関係」の講演
スペイン、イタリアをまわり、翌年1月に帰国
6月1日　（旧姓・杉山）瑤子と結婚（媒酌人は川端康成）
11月　警察署の師範について剣道の稽古を始める

一九五九年（昭和三十四）
5月　大田区馬込東（現・南馬込）の新居に移る
6月2日　長女・紀子、誕生
9月　『鏡子の家』第一部・第二部刊行

一九六〇年（昭和三十五）
1月　戯曲『熱帯樹』文学座で初演
3月　初の主演映画『からっ風野郎』公開
10月　社会党委員長・浅沼稲次郎が、右翼少年に刺され死亡
11月　『宴のあと』刊行
11月　瑤子夫人同伴で世界一周旅行に出る（翌年1月帰国）

一九六一年（昭和三十六） 1月 「憂国」発表
3月 『宴のあと』で元外相から提訴される（プライヴァシー侵害裁判）
9月 細江英公の写真のモデルとなる（六三年に写真集『薔薇刑』として刊行）
一九六二年（昭和三十七） 3月 江戸川乱歩の同名小説を戯曲化した『黒蜥蜴』初演
5月2日 長男・威一郎、誕生
一九六三年（昭和三十八） 9月 『午後の曳航』刊行
一九六四年（昭和三十九） 10月 新聞社の依頼で東京オリンピックを取材する
一九六五年（昭和四十） 3月 長編小説『豊饒の海』の構想を発表する
4月 自作自演の映画『憂国』を秘密裏に制作
9月 『豊饒の海』の第一部『春の雪』の連載が始まる
9月 夫人同伴で欧米と東南アジアを旅行
10月 ノーベル文学賞の「有力候補」に挙げられる
11月 戯曲『サド侯爵夫人』刊行
一九六六年（昭和四十一） 6月 作品集『英霊の声』刊行

一九六七年（昭和四十二）
12月　林房雄の紹介で万代潔の訪問を受ける
4月　最初の自衛隊体験入隊
6月　日本文芸家協会の理事に就任
9月　『葉隠入門』刊行
9月　インド政府の招聘で夫人と訪印
10月　ノーベル文学賞候補とみなされる

一九六八年（昭和四十三）
6月　一橋大学での討論集会に参加
7月　『文化防衛論』を発表
8月　特別出演した映画『黒蜥蜴』公開
10月　評論『太陽と鉄』刊行
10月　民族派の学生らと私的民兵組織「楯の会」を結成
10月　ノーベル文学賞の有力候補と目されるが、川端康成が受賞
10月　国際反戦デーに「新宿騒乱」起こるが機動隊が鎮圧

一九六九年（昭和四十四）
1月　『春の雪』（『豊饒の海』第一巻）刊行
1月　戯曲『わが友ヒットラー』初演
2月　『奔馬』（『豊饒の海』第二巻）刊行

5月　東京大学教養学部で東大全学共闘会議と討論集会
8月　最後の出演映画『人斬り』公開
11月　「楯の会」結成一周年パレードを国立劇場屋上で行なう
11月　持丸博が「楯の会」を退会し、森田必勝が学生長になる

一九七〇年（昭和四十五）
7月　『暁の寺』（『豊饒の海』第三巻）刊行
10月　四人の同志と「楯の会」の制服を着用しての記念撮影
11月　東武百貨店にて自ら企画構成した「三島由紀夫展」開催
11月25日　「楯の会」会員四名と市ケ谷の陸上自衛隊で益田兼利総監を人質に取り、自衛隊員に決起を促すも失敗。森田とともに割腹自殺（その後、この日は「憂国忌」に）
11月26日　自宅で密葬
12月11日　池袋・豊島公会堂で追悼の夕べ

一九七一年（昭和四十六）
1月24日　築地本願寺で葬儀（葬儀委員長は川端康成）
2月　『天人五衰』刊行、『豊饒の海』四部作が完結

キリトリ線

★読者のみなさまにお願い

この本をお読みになって、どんな感想をお持ちでしょうか。祥伝社のホームページから書評をお送りいただけたら、ありがたく存じます。今後の企画の参考にさせていただきます。また、次ページの原稿用紙を切り取り、左記まで郵送していただいても結構です。

お寄せいただいた書評は、ご了解のうえ新聞・雑誌などを通じて紹介させていただくこともあります。採用の場合は、特製図書カードを差しあげます。

なお、ご記入いただいたお名前、ご住所、ご連絡先等は、書評紹介の事前了解、謝礼のお届け以外の目的で利用することはありません。また、それらの情報を6カ月を超えて保管することもありません。

〒101—8701（お手紙は郵便番号だけで届きます）
祥伝社新書編集部
電話03（3265）2310
祥伝社ホームページ　http://www.shodensha.co.jp/bookreview/

★本書の購入動機（新聞名か雑誌名、あるいは○をつけてください）

＿＿＿＿新聞の広告を見て	＿＿＿＿誌の広告を見て	＿＿＿＿新聞の書評を見て	＿＿＿＿誌の書評を見て	書店で見かけて	知人のすすめで

★100字書評……三島由紀夫〈ガリマール新評伝シリーズ〉

名前

住所

年齢

職業

著者／ジェニフェール・ルシュール　Jennifer Lesieur

1978年生まれ。ジャーナリスト。2008年、アメリカの作家ジャック・ロンドンのフランス語による初の伝記を発表し、ゴンクール賞伝記部門を受賞。2009年には「パンクの女王」パティ・スミス、2010年にはアメリカの女性飛行士アメリア・イアハートの伝記を出版。

訳者／鈴木雅生　すずき・まさお

1971年生まれ。東京大学文学部卒業。パリ第四大学博士（文学）。現在、学習院大学文学部フランス語圏文化学科准教授。著書に『ル・クレジオの思想と文学の変遷——西欧近代を超えて』（仏語、L'Harmattan、2007）、『フランス文化事典』（共編著、丸善出版、2012）など。ル・クレジオ『地上の見知らぬ少年』の翻訳（河出書房新社、2010）で第16回日仏翻訳文学賞受賞。

三島由紀夫《みしまゆきお》〈ガリマール新評伝《しんひょうでん》シリーズ〉

ジェニフェール・ルシュール／著
鈴木雅生《すずきまさお》／訳

2012年11月10日　初版第1刷発行
2012年12月25日　第2刷発行

発行者……………竹内和芳
発行所……………祥伝社《しょうでんしゃ》
〒101-8701　東京都千代田区神田神保町3-3
電話　03(3265)2081(販売部)
電話　03(3265)2310(編集部)
電話　03(3265)3622(業務部)
ホームページ　http://www.shodensha.co.jp/

装丁者……………盛川和洋
印刷所……………堀内印刷
製本所……………ナショナル製本

Printed in Japan　ISBN978-4-396-11299-8　C0295